Córdoba de los omeyas

Biografía

Antonio Muñoz Molina nació en Úbeda (Jaén) en 1956. Cursó estudios de periodismo en Madrid y se licenció en historia del arte en la Universidad de Granada. Ha reunido sus artículos, reconocidos en 2003 con los premios González-Ruano de Periodismo y Mariano de Cavia, en volúmenes como *El Robinson urbano* (1984; Seix Barral, 1993 y 2004). Su obra narrativa comprende *Beatus Ille* (Seix Barral, 1986 y 1999), *El invierno en Lisboa* (Seix Barral, 1987 y 1999), que recibió el Premio de la Crítica y el Premio Nacional de Literatura, ambos en 1988, *Beltenebros* (Seix Barral, 1989 y 1999), *El jinete polaco* (1991; Seix Barral, 2002), que ganó el Premio Planeta en 1991 y nuevamente el Premio Nacional de Literatura en 1992, *Los misterios de Madrid* (Seix Barral, 1992 y 1999), *El dueño del secreto* (1994), *Nada del otro mundo* (1994), *Ardor guerrero* (1995), *Plenilunio* (1997), *Carlota Fainberg* (2000), *En ausencia de Blanca* (2001), *Ventanas de Manhattan* (Seix Barral, 2004), *El viento de la Luna* (Seix Barral, 2006), *Sefarad* (2001; Seix Barral, 2009) y *La noche de los tiempos* (Seix Barral, 2009). Desde 1995 es miembro de la Real Academia Española. Vive en Madrid y Nueva York y está casado con la escritora Elvira Lindo.

Antonio Muñoz Molina
Córdoba de los omeyas

Seix Barral

© Antonio Muñoz Molina, 1991
© Editorial Seix Barral, S. A., 2010
  Avinguda Diagonal, 662, 6.ª planta. 08034 Barcelona (España)
  www.seix-barral.es
  www.planetadelibros.com

Diseño de la colección: Hans Geel
Ilustración de la cubierta: AGE Fotostock
Fotografía del autor: © Ricardo Martín
Primera edición en esta presentación en Colección Booket: marzo de 2006
Segunda impresión: octubre de 2006
Tercera impresión: abril de 2008
Cuarta impresión: noviembre de 2010

Depósito legal: B. 41.843-2010
ISBN: 978-84-322-1723-4
Impresión y encuadernación: Litografía Rosés, S. A.
Printed in Spain - Impreso en España

Para Luis Molina Jiménez

La verdad no está en un sueño, sino en varios sueños.

PIER PAOLO PASOLINI,
Las mil y una noches

I. INTRODUCCIÓN A CÓRDOBA

La escritura de un libro siempre es el fruto y el testimonio de una posesión. Se escribe, cuando se escribe de verdad, para librarse de una materia al mismo tiempo explícita y oscura que empezó a poseernos mucho antes de que reparásemos en ella, pero el mismo acto de escribir —del que esperamos, si no la libertad, sí al menos el alivio del punto final— agrava intensamente la posesión al ahondar en sus motivos y nos sumerge en un estado tóxico, de hipnosis y vigilia perpetua, de un gozo gradualmente ensimismado cuyos límites se aproximan a un sentimiento de dolor. Se empieza a escribir un libro como se emprende irreflexivamente un viaje o como se viven las primeras horas de un amor. No sabemos lo que ocurrirá en la página siguiente, ni cómo serán las ciudades que visitaremos, ni adónde nos llevará este preludio tibio de ternura en el que nos aventuramos igual que en los recodos desconocidos de una calle nocturna. Lo único que sabe o sospecha el escritor, el viajero, el amante, es que está siendo impulsado hacia un territorio donde no van a servirle sus normas usuales, y que valdrá la pena su temeridad en la medida en que descubra cosas que no pudo imaginar, no sólo paisajes o ciudades exteriores, sino galerías íntimas de su propia conciencia, islas vírgenes de su imaginación y de su mirada, incluso de su piel.

Ya sé que hay viajeros que antes de partir se fortifican contra la sorpresa y contra lo imprevisto, es decir, contra lo nunca visto. También hay escritores que calculan sus libros tan meticulosamente como un turista sus itinerarios, y amantes que sólo apetecen la rutina y habitan confortablemente el tedio. Pero uno, que ha perdido tantas certezas en los últimos años, ya casi sólo una de ellas conserva, la de que no vale la pena vivir sino lo que no se ha vivido nunca ni decir nada más que lo que nunca ha sido dicho. Paradójicamente, esa singularidad de la experiencia acaba volviéndose el vínculo más poderoso y común con nuestros semejantes, con quienes se parecen tanto a nosotros que son nuestros cómplices sin que lo sepamos, mujeres y hombres a los que nunca veremos porque vivieron antes que nosotros o porque no han nacido. Algunos de ellos viven en nuestro mismo tiempo y acaso respiran el aire de la misma ciudad, y sin embargo nos son tan lejanos como los muertos y los no nacidos, porque no los llegaremos a encontrar. Esa conspiración secreta justifica los libros, los que escribimos y los que leemos. Quien lee es tan poseído como quien escribe, y también, al leer, nada nos maravilla tanto como el descubrimiento de lo que ya sabíamos. Cada día nos roza la convicción platónica de que aprender es recordar, y de que todo amor y toda amistad encubren un reconocimiento, el de las dos mitades escindidas que se encuentran después de un largo destierro en el acto mutuo de la posesión.

También para escribir sobre una ciudad hace falta haber sido previamente poseído por ella. Del encuentro apasionado entre una ciudad y una mirada convertida luego en memoria y palabras han nacido algunos de los más altos episodios de la literatura: palabras, casi siempre, de invocación y de elegía, que quieren simultáneamente apresar a las ciudades en la fuga del tiempo y volverlas imaginarias, salvarlas y mentirlas, hacerlas inmortales y dar noticia dolorosa de su extinción. Se podría establecer un catálogo de escritores y ciudades tan numeroso como el de las parejas de amantes que han merecido el recuerdo del mundo. Baudelaire y París, Dickens —o De Quincey, o Conan Doyle, o Baroja...— y Londres, Bassani y Ferrara, Durrell y Alejandría, Galdós y Madrid, Juan Marsé y Barcelona, Onetti y Santa María (aunque Santa María no exista), Walter Benjamin y todas las ciudades que visitó en su vida y la ciudad abstracta que las resume en una sola, infinita como Bagdad o Berlín, material y también ilusoria, como aquella mujer a la que tanto quiso, Asja Lacis, como las ciudades

11

que visitamos sabiendo que su nombre es casi lo único que permanece en ellas indemne: Granada, Córdoba. La peregrinación de Walter Benjamin por las ciudades se parece a la de aquel personaje de Faulkner, Joe Christmas, para quien todas las calles por las que había deambulado en su vida se prolongaban confundiéndose en una sola calle sin fin, la calle de dirección única que Asja Lacis abrió en la existencia de Benjamin.

La mirada de este hombre que tanto amó las ciudades y fue a morir en la tierra de nadie de un puesto fronterizo es tan de estos tiempos que nosotros miramos como él aunque no hayamos leído sus libros. Pero no es una mirada de plana observación, sino de vaticinio. Él mismo escribió que el París de Baudelaire sólo existió en la realidad muchos años después de que Baudelaire hubiera muerto. Es posible que las ciudades de Benjamin sólo existan con plenitud ahora, y que nuestra mirada sea la heredera de la suya, y que esa sombra que nuestro cuerpo proyecta mientras caminamos sea en parte la sombra de Walter Benjamin.

Alguna vez tuve esa sensación mientras estaba en Córdoba. Apenas conocía la ciudad, y no tenía ningún vínculo previo con ella. Recordaba con vaguedad un par de viajes lejanos, la penumbra de la mezquita, el resplandor de oro de los mosaicos, el recorrido apresurado y canónico por la Judería, haciendo hora para volver al autocar. La lógica extravagante del turismo ha convertido a Córdoba en un lugar de paso. Los guías apacientan a la multitud en el patio de la mezquita, la ordenan en fila india, la empujan al interior de las naves con una severidad nunca exenta de premura, la hacen salir media hora después, también en fila india, y sólo le permiten que se disperse en las tiendas de abalorios y de postales y en los premeditados callejones con macetas y fachadas blancas. Así la ciudad permanece en su mayor parte invisible para el forastero, que ni siquiera tendrá la tentación de recordarla después y que tal vez ha sido absuelto de la disciplina de mirar, sustituida por el gesto reflejo de un dedo índice que dispara una cámara fotográfica.

Con frecuencia, al caminar por las ciudades, he observado que el turista se parece a un adicto a la caza menor. Avanza entre los prodigios como un merodeador fatigado, vigilando algo, alza la cámara como si apuntara un fusil y tras el disparo vuelve a colgársela del hombro con el desinterés y el alivio de quien ha cobrado una pieza no demasiado relevante. Uno prefiere ir por ahí desarmado de cámaras y de guías, dejando al azar y al instinto el sentido de sus itinerarios y confiando a la memoria la perduración de las cosas que ve. A uno lo que le gusta, cuando ha llegado a una ciudad y se ha inscrito en el hotel, es salir a la calle para mirarlo todo con codicia indolente, rondar los lugares que ya sabe que lo esperan, perderse a la zaga de la más leve incitación, de una torre o de una palmera vislumbrada a lo lejos o de un olor a jazmines tan poderoso como la cercanía de una mujer deseada. Uno va a las ciudades con el equipaje más liviano posible, y gusta en ellas de la compañía de unos pocos libros y de unas cintas de música, escrupulosamente elegidas, eso sí, que encubran el peligroso silencio de la habitación.

Yo había ido a Córdoba porque tenía que escribir un libro sobre ella. Temprano, hacia las ocho, me despertaba el escándalo de las campanas que llamaban a los primeros oficios en la catedral. Por la ventana veía el campanario que alguna vez fue un alminar, las crestas color ladrillo del muro de la mezquita y las copas de las palmeras del patio, muy altas contra el azul pálido del cielo, que luego, cuando avanzaba la mañana y crecía el calor, se iba volviendo incoloro, casi blanco, un cielo de mediodía candente en el que reverberaba la luz como en la cal de una pared. Mirando los colores de Córdoba, tan puros en la primera luz de la mañana, me acordaba de la claridad de los paisajes marroquíes, verde de oasis y rojo de greda, y de la sensación de oír, en medio de un silencio poblado de pasos, en la medina de Xauen, la salmodia de un muecín, amplificada por un precario altavoz sujeto a la ventana del alminar con un cable de plástico. En Xauen había notado que el tiempo que yo llevaba conmigo —llevamos con nosotros nuestro tiempo, como nuestra documentación y nuestra cara— se me volvía inútil, igual que un reloj que se para de pronto. Pero no sentía el anacronismo de un lugar exótico, porque aquel tiempo en el que había ingresado al deambular por la medina no me resultaba desconocido, ni tampoco el rumor de las voces, aunque hablaban en árabe, ni el olor a humo de leña y a tierra apisonada y húmeda en el atardecer. Aquel tiempo arcaico y aquellos sonidos no vulnerados por motores de automóviles los había vivido y degustado yo en las tardes de la infancia, y al oír al muecín me acordé de que a la hora del crepúsculo la llamaban entonces *la oración*. En el interior de las casas se establecía una opaca penumbra, como en los patios de Xauen y Córdoba, y las mujeres, sentadas junto a las ventanas con la costura en el regazo —tenían una manera cautelosa de mirar a la calle, como si las ocultaran celosías y no visillos echados—, no encendían la luz eléctrica y se quedaban algunos minutos en silencio, o conversando en voz baja. Había que esperar atentamente la llegada de la noche, había casi que presenciarla en la plenitud de su advenimiento.

El metal de las campanas es más enfático que la llamada del muecín. Cada mañana, en Córdoba, cuando me despertaban, yo emprendía la extraña tarea de imaginar una ciudad inexistente caminando sin prisa por la ciudad real. Tenía que buscar a Córdoba en Córdoba, como busca a Roma en Roma el peregrino de Quevedo. Visitaba ruinas e indagaba en ellas y en las páginas de los libros la presencia y la vida diaria de hombres que vivieron hace mil años: hombres que miraron esa misma luz que yo veía y cuyas manos y pisadas gastaron las columnas de mármol y el pavimento de la mezquita. Al cabo de mil años casi nada quedaba de la ciudad que ellos habitaron, pero las columnas aún estaban en pie y el Guadalquivir seguía fluyendo entre las islas de arena y las espesuras de adelfas y cañaverales con la misma lentitud mitológica de los ríos sagrados. Tenía que escribir un libro sobre la Córdoba de los omeyas, sobre ese inconcebible lugar que había sido la capital de Occidente, pero me daba cuenta de que no era hora todavía de encerrarse en una habitación rodeado de volúmenes de Historia. Hacía falta primero olvidarse de todo propósito y salir a la ciudad en cuanto las campanas próximas anunciaran la llegada del día, perderse en ella y ser poseído por ella para encontrar, si era posible, no los despojos de la arqueología, sino las señales intangibles del tiempo, esos caminos ocultos entre el presente y las latitudes más hondas de la memoria que yo había adivinado en Xauen.

Empezamos a conocer una ciudad cuando la vivimos como un hábito, no del tedio, sino de la pasión. Cada mañana, cada uno de los días de mi breve viaje, yo buscaba a Córdoba en Córdoba y me habituaba al deslumbramiento y a la quieta aventura de encontrar lo inesperado y lo desconocido al mismo tiempo que lo presentía.

Era como si la ciudad fuese creciendo ante mí y se multiplicara ante mis pasos. Córdoba, ciudad de tránsito para el nomadismo de autocar, sólo entreabre parcialmente su absoluta belleza a quien la recorre sin apuro, a quien descubre en cada calle la tapia hermética de un convento o las columnas de la fachada de un gran palacio abandonado, o un patio que exhala una frescura de pozo bajo el agobio del calor, o una plaza sin nadie donde hay estatuas romanas sin cabeza y columnas taladas como anchos troncos de árboles. Córdoba es el descubrimiento de perspectivas de arcos que llevan los unos hacia los otros como el azar de los dados en el juego de la oca, la fogarada inmóvil de una luz de desierto y la sabiduría de una penumbra calculada y modelada hasta el límite. Tabernas umbrías, con aliento a sótano y a madera empapada de vino, jardines donde se escucha un caudal de agua invisible. En cierto modo, ésa es la dualidad de la mezquita: la sombra de las naves y la claridad del patio, la selva aritmética de las columnas y la arquitectura vegetal de los naranjos y las palmeras.

A las diez de la mañana se abrían al turismo las grandes puertas herradas de la mezquita. Pero dos horas antes, a las ocho y media, comenzaban las piadosas tareas de los canónigos en el recinto de la catedral, y entonces uno, polizón solitario, disponía de todo el espacio no pisado por nadie en el que resonaban las notas del órgano y las salmodias litúrgicas. Todo quedaba muy lejos, y el tiempo presente se confundía poco a poco con la pausada duración mineral de aquel otro tiempo que yo había ido a buscar a Córdoba. Friedrich von Schack, que anduvo por estas mismas naves hace más de un siglo, escribió que quien penetra en ellas tiene la sensación de internarse en la oscuridad de una selva sagrada. Yo caminaba sin descanso viendo desplegarse ante mí las perspectivas móviles de las columnas y las floraciones blancas y rojas de los arcos y me parecía que Baudelaire estaba aludiendo a la mezquita cuando escribía que la naturaleza es un templo de vivientes pilares. Caminaba a través del bosque de los símbolos y oía el murmullo de mis pasos como una voz familiar. Y la mezquita, como una selva sagrada, tampoco tenía senderos precisos ni dirección obligatoria. Cualquier lugar era su centro, desde cualquier columna junto a la que me detuviera se multiplicaban las otras en una sucesión infinita. Y la luz, al afianzarse el día, modificaba tenuemente el espacio, lo ensombrecía y lo agrandaba a un ritmo a la vez imperceptible e incesante, como el que rige el crecimiento de las hojas de un árbol.

Pensaba en las alineadas multitudes que humillarían las cabezas contra el suelo y las levantarían luego en un solo gesto unánime cuando este lugar era un santuario islámico. Al fondo, junto a los arcos de oro del mirhab se alzaría el gran estrado de madera tallada desde donde el emir de los creyentes asistía a la oración. Y me acordaba de pronto, como si me despertara, del propósito que me condujo allí, el de escribir un libro sobre aquellos hombres que habían muerto tantos siglos atrás y que ya eran tan imaginarios como los que pueblan las novelas. Inventar un personaje, dotarlo de nombre y de rostro, rodearlo de una casa y de una ciudad para que se mueva por ellas como el Golem que modeló en arcilla el rabino de Praga —con la modesta finalidad de tener una ayuda en las tareas domésticas— no difiere gran cosa de contar la vida de alguien que dejó de existir hace mil años. La teología, dice Borges, es una rama de la literatura fantástica. ¿No es la Historia una rama de la novela, una ficción de sombras nacida de las ruinas y los libros, un rumor de escrituras y de voces del pasado, de indicios dudosos, de mentiras que los siglos han vuelto verdad y de verdades tan inaccesibles como las estatuas ocultas a muchos metros bajo tierra? Apenas sabemos nada sobre las personas que tratan diariamente con nosotros. Espiamos señales y gestos, queremos dilucidar el pensamiento tras las palabras, pero la verdadera identidad de quienes más nos importan permanece siempre escondida. Inventamos creyendo averiguar. Sin darse cuenta, el historiador también construye una invención, usando, como el novelista, materiales y fragmentos dispersos de la realidad, edificando con ellos un libro igual que los arquitectos musulmanes edificaron la mezquita aprovechando sin el menor apuro columnas de palacios y de templos romanos, igual que un poco tiempo después los saqueadores de Madinat al-Zahra se llevaron sus columnas para sostener con ellas otros arcos en los patios de la ciudad.

En un relato perfecto, aunque no muy celebrado, *La busca de Averroes*, Borges da noticia de un estupor semejante: escribe sobre un hombre que existió, que vivió en Córdoba y escribió libros de sabiduría perdurable, pero comprende que su tarea es imposible, porque ese hombre, Averroes, le será siempre extraño y remoto, un fantasma sin más sustancia que su nombre y las pocas fechas y datos de su biografía que han llegado a nosotros. En el manuscrito de la *Poética* de Aristóteles, nos dice Renan, Averroes encontró dos palabras que no supo traducir: *tragedia* y *comedia*. Lo más evidente es también muchas veces lo más indescifrable, y los mayores misterios no nos aguardan en la oscuridad, sino en la plenitud de lo visible, en el espacio vacío de la mezquita de Córdoba, en los pormenores que yo iba descubriendo conforme la mirada se habituaba a la penumbra, cuando advertía que ninguna columna es exactamente igual a otra, cuando rozaba con los dedos las incisiones en el mármol y veía que sus tonalidades cambiaban del gris al violeta, al azul oscuro, a un granate apagado. Según Borges —su presencia, mientras estuve en Córdoba, era tan asidua como la de Walter Benjamin—, una veta de una columna de la mezquita es un zahir, uno de esos objetos o matices de la realidad que tienen la virtud maléfica de no ser olvidados y de apoderarse poco a poco y sin remedio de la memoria entera de quien los ha mirado una sola vez. Días más tarde, cuando me fui de la ciudad y empecé a buscar su historia en los libros, pensé que tal vez Córdoba es en sí misma un zahir, y también un aleph, porque hay lugares en ella que parecen contener, escondida e intacta, la integridad del Universo. El califa al-Mamun, cuando fundó Bagdad, quiso que su mismo trazado fuera una alegoría y un resumen del mundo. Por eso sus arquitectos la hicieron de forma circular y abrieron cuatro puertas en sus muros, señalando cada uno de los puntos cardinales, y situaron en el centro el palacio del califa. También Córdoba se nos aparece como una alegoría, si bien nos damos cuenta de que no sabremos nunca desvelar el significado oculto de su belleza ni ahondar en el limo de devastaciones sucesivas y prodigios levantados sobre escombros del que se ha nutrido hasta hoy su perduración. Córdoba es un pergamino rasgado y pulido muchas veces que revela al calor del fuego una escritura invisible, pero las palabras que descubrimos en él pertenecen a un idioma desconocido. En Córdoba nos sobrecogen con igual intensidad el esplendor y la destrucción, y un patio abandonado no es menos noble que esa especie de obelisco barroco sobre el que se yergue, frente al río, la estatua del arcángel San Rafael.

Las únicas ruinas tristes de Córdoba son las actuales: esos ingentes caserones de los que sólo las fachadas quedan en pie, con las ventanas tapadas con ladrillos o con tablones mal clavados a los alféizares, con decrépitos andamios que no parecen haber sido instalados para la reconstrucción, sino para acelerar la caída. Pero las ruinas arcaicas, las de los tiempos de Roma o del califato, poseen una vida y una presencia imperiosas, como si continuaran afirmando, a pesar del desastre, el orgullo de los hombres que edificaron una ciudad tan inmutable y versátil como la corriente del río junto al que nació. Córdoba sobrevive a sus devastadores convirtiendo a las ruinas en símbolos de dolor y ofrece la gloria más alta a los vencidos: cayeron los palacios y los alminares, pero el aire de la noche sigue oliendo al azahar de los naranjos que trajeron los árabes, y sobre los tejados se levantan todavía las copas de las palmeras, descendientes de aquellas que hizo crecer Abd al-Rahman I en los jardines de su destierro. La catedral, esa torpe maquinaria insolente de la que dice Titus Burkhardt que es como una gran araña agazapada sobre las columnas de la mezquita, fue construida sobre ella para declarar la victoria de la Iglesia católica sobre el Islam, pero esa intrusa cercanía manifiesta, por comparación, la infinita superioridad del edificio vulnerado, la transparencia misteriosa de su geometría. La catedral es un prolijo establecimiento religioso: la mezquita es un espacio sagrado.

Dicen que sus primeros arquitectos, al trazar los arcos que se abren hacia el techo, quisieron sugerir una forma como de bosque de palmeras, y que el patio, aislado de la ciudad tras los muros, con sus fuentes de agua limpia para las abluciones y sus rumorosos árboles, es una metáfora del Paraíso: «Quienes sean piadosos tendrán junto a su Señor jardines en que corren los ríos», promete el Corán. Y aunque no haya leído estas cosas en los libros, uno siente, al llegar al patio de la mezquita, que ha alcanzado un modesto edén, y no precisa una lección de teología para agradecer el agua que le limpia la cara y las manos y le sacia la sed y las sombras de los naranjos. Uno anda por allí, aturdido al principio a causa de la luz, como si todavía caminara por el interior de las naves, porque es cierto que su multiplicación se parece a la de los árboles, se acerca al estanque para beber un poco de agua, se sienta luego bajo las arcadas para fumar un cigarrillo o leer el periódico, apoyando la nuca y la espalda en la pared, cansado, feliz, deleitándose en la pereza. Al otro lado de los muros se oía la ciudad, pero todavía no era tiempo de volver a ella, aunque el patio ya hubiera sido tomado por escuadrones de japoneses y de alumnas de colegios de monjas, hirsutas damas de falda gris y calzado ortopédico que algunas veces usaban terminantes silbatos para disciplinar a sus pupilas. En el patio de la mezquita, donde leía todas las mañanas un libro de Walter Benjamin —*Calle de dirección única*—, me gustaba percibir como una costumbre íntima el tiempo y los sonidos de Córdoba para nutrirme de ellos en ese viaje al pasado que aún no había emprendido.

Para mirar el paisaje de la ciudad e imaginarme cómo era hace mil años subía al campanario. En las paredes pueden verse incrustados algunos arcos del antiguo alminar. La primera vez me detuvo en mi ascenso una puerta cerrada sobre la que había un pequeño cartel escrito muy torpemente con bolígrafo: *Para subir llamar a la puerta. Entrada 10 ptas*. Todo tenía tal aire de abandono —el papel, una hoja cuadriculada de bloc, estaba amarillento— que supuse que esa puerta llevaba años cerrada. Pero cuando llamé, previendo que nadie me respondería, una mujer abrió. Tenía el pelo blanco y vestía una bata de casa más bien desaliñada. En su presencia, en los muebles del pequeño cuarto de estar al que daba directamente la escalera, había algo de anacrónico, como si esa mujer habitara allí desde hacía tanto tiempo que ya nadie se acordara de ella ni del motivo inexplicable por el que se le concedió ese lugar para vivir. Cruzar su menesteroso comedor para seguir subiendo hacia el campanario costaba, efectivamente, diez pesetas, y cuando uno le pagaba —venciendo la incómoda sensación de estafar a una anciana— ella guardaba las monedas en un bolsillo de la bata y cerraba otra vez la puerta. (Más tarde, cuando bajé, vi aquel comedor con muebles tapizados de skay y estampas en las paredes invadido por una populosa expedición de orientales con pantalón corto y cámaras fotográficas. Braceando entre ellos para encontrar la salida, me acordé de esa película de Buñuel en la que lentos carros de bueyes transitan por un salón aristocrático y una vaca rumia tendida bajo el dosel de una cama Luis XV.)

Córdoba es una ciudad tan llana que sólo se la puede dominar entera desde la altura de sus torres, desde la cima barroca del campanario de la catedral. Sólo desde allí se descubren sus jardines escondidos, la monotonía ocre de los tejados entre los que se abre el rectángulo de un patio, la extensión blanca del caserío que se prolonga hasta la orilla del Guadalquivir y hacia las primeras estribaciones de la sierra, donde también ahora, como en el tiempo de los omeyas, se multiplican las quintas de los poderosos, breves oasis de delicia para defenderse del calor y del estrépito de la ciudad. Allí estuvo el primer palacio de Abd al-Rahman I, que se llamó al-Rusafa para repetir el nombre de otro palacio de Siria, desde esta misma torre tal vez podía distinguirse a lo lejos la ciudad áulica de Madinat al-Zahra, de murallas tan blancas que un poeta musulmán la compara a una muchacha desnuda entre los brazos de un etíope. A un lado el río con sus

25

molinos abandonados, el puente que llevaba al arrabal que fue destruido para siempre durante el reinado del temible al-Hakam I; al otro, los tejados y las torres de la ciudad perdiéndose hacia el doble azul de la serranía y del cielo, un azul casi blanco en el límite del horizonte. El horror y la gloria, el hormigueo de las generaciones, el fuego de los incendios, los gritos de los héroes, de los verdugos y las víctimas: todo eso había ocurrido en la ciudad que yo tenía ante mis ojos, tan impasible en la distancia como una llanura desierta en la que muchos años atrás hubiera sucedido una batalla. Aquí estuvo la biblioteca de al-Hakam II, tan vasta como la de Alejandría, aquí vivieron Ibn Hazm y el infatigable al-Mansur, que levantó cincuenta expediciones victoriosas contra los reinos cristianos; a un precipicio de esta sierra se lanzó el extravagante inventor Abbas ibn Firnas, atado a una máquina de volar que tenía alas de seda; tal vez desde las torres de la iglesia que hubo en este mismo lugar antes de que se construyera la mezquita vio alguien llegar a los jinetes árabes y bereberes que conquistaron Córdoba para el Islam en el otoño del 711. La Historia es eso, una ficción nacida del gusto de saber lo que no puede recordarse, un gran teatro de sombras custodiadas en los libros o surgidas de las ruinas y del suelo estéril como nacían los hombres de las piedras sembradas por aquel Deucalión que en la mitología griega restaura el linaje humano tras el diluvio universal.

Hay libros que uno sueña despierto antes de empezar a escribirlos, libros que uno presiente, todavía velados en su imaginación, pero ya vivos e impacientes en ella, en el espectáculo de las ciudades y de las vidas. Sin que hubiera escrito ni calculado una sola palabra, yo veía mi libro en las calles de Córdoba, y por eso, algunas veces, las recorría como quien está leyendo y se muere de impaciencia por averiguar lo que ocurre en la próxima página. Me gustaba perderme en los callejones y entrar en todos los portales, en las honduras lóbregas de todas las iglesias vacías, y cuando estaban clausuradas las puertas miraba un patio prohibido a través de una cerradura o de una rendija entre dos tablas, y casi siempre veía lo mismo, lugares desertados donde crecían malezas entre los escombros. Dice el gran Ibn Jaldún que la extinción es el porvenir de todas las dinastías y de todas las ciudades. Para entender el dolor de Ibn Hazm por la decadencia de la Córdoba que había conocido en su primera juventud no hace falta visitar las excavaciones de Madinat al-Zahra ni leer las crónicas donde se cuentan los saqueos y asedios que padeció la ciudad durante las guerras civiles del siglo XI. La memoria y la evidencia continua de la destrucción forman parte de Córdoba tan indisolublemente como las hojas podridas y los árboles derribados que fecundan el subsuelo de un bosque. A cinco metros bajo el pavimento de las calles actuales dice Torres Balbás que yacen los restos de la Córdoba romana, piedras quemadas y cenizas, estatuas sin rostro y losas y columnas de patios que han seguido repitiéndose en la ciudad hasta ahora mismo como arquetipos platónicos.

Una mañana me llamó la atención la alta fachada de una casa que parecía sostenerse en pie gracias únicamente a las vigas que la apuntalaban. Unos maderos fuertemente clavados defendían la puerta, pero el candado estaba roto y conseguí entrar. En el vestíbulo, a la izquierda, había una pequeña ventana oval que me recordó a una taquilla, y en la pared colgaba el anuncio de una actuación musical. De la puerta que daba entrada a un gran salón con columnas de hierro y techo de cristal ya no quedaban más que los goznes. Vi una barra como las que tenían los ambigús en los cines antiguos: tras ella había un espejo roto y un anaquel de botellas cubierto de polvo, incluso un fregadero de cinc con cristales de vasos. Al caminar pisaba astillas de vidrio y restos de basura, botellas de licores que estuvieron de moda hace diez o quince años, envoltorios de plástico. Del techo de cristal sólo quedaba intacto el armazón metálico, y al fondo había un escenario tal vez destinado en otro tiempo a modestas atracciones musicales, a melancólicos concursos de poesía o de belleza local. Imaginé un baile violentamente interrumpido por alguna catástrofe, mujeres huyendo hacia las salidas de emergencia con tacones de aguja y ceñidas faldas de los años sesenta. Detrás del escenario había una pared de ladrillo medio derruida, y la luz indiferente del sol resaltaba un jardín con falsos arcos musulmanes. Aún no conocía estas palabras de Ibn Hazm: «Sus huellas se han borrado, sus vestigios han desaparecido y no se sabe dónde están. La ruina lo ha trastocado todo. La prosperidad se ha mudado en estéril desierto, la sociedad, en soledad espantosa; la belleza, en dispersos escombros; la tranquilidad, en encrucijadas aterradoras.» Él escribía sobre un barrio de Córdoba arrasado hace casi mil años, pero la sensación de soledad y despojo era la misma, y hasta el miedo: vi las cenizas de una hoguera reciente y una o dos agujas hipodérmicas, oí los pasos de alguien que se movía en una habitación cercana. Salí huyendo de aquel lugar con la sensación de haberme salvado de una trampa.

El nombre único de una ciudad, como el de una persona, es una simplificación. Yo conocí una Córdoba de serenidad y penumbra, de silenciosos jardines y caudales de agua (en uno de ellos, en un estanque del alcázar, una mujer se bañaba los pies blancos y ateridos, y el frío del agua le incitaba la risa), y también vi una ciudad de bloques de pisos y avenidas triviales, y una desolada Córdoba en la que se oscurecía prematuramente la tarde y olía a meadas de borrachos y a ladrillos podridos de humedad. La plaza de la Corredera, que anduve buscando en vano con el auxilio de un mapa y en la que me encontré de pronto cuando ya no la buscaba, tiene una sórdida perspectiva de soportales y zaguanes de casas de renta antigua en los que se abren temibles pensiones y tabernas para bebedores terminales, para borrachos mendigos que antes de beber dejan sobre el mostrador un puñado de monedas. La Corredera, como los patios abandonados, es un paréntesis en el espacio y también en el tiempo de Córdoba, una hermosa plaza inmediatamente desmentida por la suciedad y la pobreza, un sumidero cerrado sobre sí mismo en el interior de la ciudad. La habitan viejos que posiblemente morirán solos en sus cuartos de alquiler y alcohólicos que se peinan furiosamente hacia atrás el pelo sucio y aplastado. Basta salir de allí y alejarse un poco hacia otras calles para sentir que uno no ha estado en esa plaza, que no ha visto esas caras de muerto en las ventanas enrejadas, mirándolo como fantasmas o leprosos que se sorprenden de que un extraño se atreva a visitar su reino.

Pero Córdoba no es una ciudad decadente, una de esas altivas ciudades, enfermas de pasado, en las que se vuelve irrespirable la vida. Cuando Abd al-Rahman el Inmigrado la conquistó e hizo de ella la capital de su reino tal vez pensó que se parecía a Damasco, y que su llanura y su río eran el reflejo simétrico de aquella patria perdida a la que nunca podría volver. Al cabo de tantos siglos Córdoba mantiene la definitiva gallardía sin énfasis de una columna sola y vertical sobre la tierra estéril. El tiempo la gasta, pero no la derriba;

ella misma está hecha de la sustancia del tiempo y de la materia de los sueños: *alma del tiempo, espada del olvido*, escribió don Luis de Góngora, que vino a morir a su ciudad y está enterrado en la mezquita. Córdoba es simultáneamente todas las ciudades que ha sido desde que la fundaron, pero la memoria de Roma y del califato y de los esplendores funerales de la Contrarreforma no convierte sus calles en las heladas escenografías de un museo. Del pasado queda en el presente un rescoldo de sabiduría y de lúcida predisposición hacia esos placeres regidos por el gusto que tanto amó el emperador Adriano. En algunas tabernas de Córdoba la penumbra y el vino son dos obras maestras del placer de vivir. Las calles parecen hechas a la medida del viajero indolente, y su trazado curvo gradúa los placeres de la caminata y la mirada con una exactitud de dibujo científico o de *crescendo* musical serenamente contenido. Córdoba, lejana y sola, ofrecida y ausente, es a la vez un reducto no vulnerado de la vida y un laberinto de la literatura, sobre todo de noche, cuando han cerrado los bares y no hay nadie en las calles, cuando la cal de las paredes y la negrura del cielo la convierten en una ciudad abstracta donde el aire huele a jazmines azules, en uno de esos grabados que ilustraban los libros de los viajeros románticos.

Un viaje, una ciudad, un libro: al volver boca arriba los naipes se nos desvela inapelablemente la trama del azar. Si no hubiera tenido que escribir este libro yo no habría viajado a Córdoba, no habría mirado desde la ventana de la habitación de un hotel el campanario de la catedral, más alto cuando lo iluminan los reflectores nocturnos, ni poseería ahora el recuerdo del agua que se escuchaba en la oscuridad junto a la orilla pantanosa del río. Uno sólo puede escribir sobre las ciudades que forman parte de su vida, que no son siempre aquellas en las que ha vivido más tiempo. Los omeyas reinaron en Córdoba durante doscientos sesenta y cinco años, a lo largo de nueve generaciones de hombres, pero desde la distancia de ahora mismo casi nos parece que la suya fue una edad fugaz. Y sin embargo el tiempo de unos pocos días y noches crece en la memoria y se hace más firme en cada una de las palabras escritas para contar, lejos de Córdoba, el testimonio de una posesión.

II. HOMBRES VENIDOS DE LA TIERRA
O DEL CIELO

A principios de octubre del año 711 un es-
cuadrón de jinetes musulmanes se acercaba a
Córdoba, viniendo desde el sur. Acamparon frente a las murallas de la ciudad, al otro lado del
río, en un bosque de alerces. Gastado por la furia de las inundaciones y por varios siglos de
abandono, el poderoso puente que habían tendido los ingenieros romanos sobre el cauce del
Guadalquivir estaba en ruinas, pero eso no sería
un obstáculo para los invasores, porque el río, en
los primeros días de otoño, llevaba poca agua y
podía vadearse con facilidad. El gobernador visigodo de Córdoba, que contaba con una escasa
guarnición de cuatrocientos soldados, sabía que
esos jinetes se acercaban mucho antes de que los
centinelas los avistaran en la lejanía de la llanura. De boca en boca habían llegado a la ciudad a
lo largo de aquel verano espantosas noticias sobre la batalla perdida a mediados de julio por el
ejército del rey Rodrigo en las marismas del
Guadalete o *Wadi-Lakka*. Soldados fugitivos y ca-

suales viajeros vendrían a la ciudad contando historias que exageraba el miedo, describiendo con pavor a esos guerreros de piel oscura y extrañas ropas y armas que habían desembarcado en abril junto a la roca desnuda de Gibraltar, en un paraje al que los mismos árabes llamaron después al-Yazirat al-Jadra: la isla verde, Algeciras. Su número era tan inconcebible como su crueldad y su audacia. Cinco siglos después, la *Crónica general* de Alfonso *el Sabio* guarda la memoria o la mitología de aquel espanto que sobrecogió en el otoño del 711 a los habitantes de Córdoba: «Los moros de la hueste todos vestidos de sirgo et de los paños de color que ganaran, las riendas de los sus caballos tales eran como de fuego, las sus caras dellos negras como la pez, el más fermoso dellos era negro como la olla, assí lucíen sus ojos como candelas; el su caballo dellos ligero como leopardo e el su caballero mucho más cruel et más dañoso que es el lobo en la grey de las ovejas en la noche.»

Contaban que los moros mataban a los hombres, quemaban las ciudades y talaban los árboles y las viñas y todo lo verde que encontraban. Pero aquellos setecientos jinetes que llegaron a Córdoba no hicieron nada más que levantar sus tiendas en la orilla izquierda del río y vigilar desde la distancia los muros de la ciudad, como si esperaran algo o supieran que su sola presencia gangrenaba de miedo a los guardianes que los miraban desde las torres y espiaban de noche los fuegos de su campamento, la extraña salmodia de los muecines llamando a la oración. Entre ellos había muy pocos árabes. La mayor parte eran nómadas bereberes, convertidos no hacía mucho tiempo al Islam y animados por la esperanza del botín y por la certidumbre de ganar el Paraíso si morían en la guerra santa. Había también unos pocos libertos y cristianos renegados, como el jefe de la expedición, que se llamaba Mugit y llevaba el apodo de *al-Rumí*, el Romano. Los árabes llamaban *rum* o *rumí* a los antiguos súbditos europeos de Roma y a los bizantinos. El Mediterráneo, para ellos, era el mar de los Rum, y con ese mismo nombre calificaron luego a los cristianos del norte de España.

Al cabo de unos días en los que nada sucedió, emisarios a caballo cruzaron el lecho del Guadalquivir y ofrecieron una ventajosa capitulación a los habitantes de Córdoba. Tal vez se sirvieron de intérpretes judíos para entenderse con el gobernador, que prefirió resistir. En los últimos años las severas proscripciones de los concilios visigodos habían empujado a muchos judíos a huir al norte de África: si no abjuraban de su religión se les reducía a la esclavitud, se confiscaban sus bienes, les quitaban a sus hijos cuando cumplían los siete años para educarlos en la fe católica. Las crónicas y las leyendas sobre la conquista musulmana de España sugieren siempre una médula de traición para explicar el desastre: traición de los judíos, del conde Julián, de los nobles y obispos hostiles al rey Rodrigo. También por culpa de la traición y no de la falta de bravura nos dicen que fue tomada Córdoba. Los mensajeros de Mugit vuelven a su campamento y los soldados visigodos se disponen a la batalla, que ahora calculan inminente, pero tampoco ese día ocurre nada, sólo una amenazante quietud que durará hasta la noche. Imaginamos, en el interior de las murallas, una ciudad silenciosa, tibia en las primeras tardes del otoño, desierta por el miedo.

Un pastor ha indicado a los musulmanes que hay un punto débil en la fortificación, una brecha por la que podrán entrar con sigilo en Córdoba cuando se haga de noche. Incluso en la oscuridad les será fácil orientarse: bajo el trecho arruinado de la muralla por donde deben entrar crece una higuera. El pastor les dice que no encontrarán mucha resistencia: hay muy pocos soldados, y toda la gente principal ha huido a Toledo. La noche, muy oscura, se cierra en lluvia y granizo, las hogueras de las torres se apagan y los centinelas se cobijan en el interior de las almenas. Los hombres de Mugit van cruzando el río en silencio y uno de ellos, trepando por la higuera, logra subir a la hendidura en la muralla. Se quita el turbante y lo tiende a los que vienen tras él para que lo usen de escala. Degollaron a los centinelas de la puerta del puente y abrieron los cerrojos, dando paso a la caballería que esperaba frente a ella, avanzaron por calles oscuras en las que debió de sorprenderles que no hubiera nadie. El gobernador y los suyos se replegaron a una iglesia muy bien fortificada, la de San Acisclo, dejando la ciudad entera en manos de los invasores. Resistieron en ella durante tres meses, porque en el interior de la iglesia había un manantial subterráneo. En una de las escaramuzas, los defensores capturaron a un soldado de Mugit que era negro, circunstancia que los maravilló, pues nunca habían visto antes a un hombre de ese color, y suponían que estaba teñido. Lo lavaron con agua hirviendo y piedra pómez hasta hacerlo sangrar, y sólo entonces se convencieron de que su piel verdaderamente era negra. Pero el cautivo se les escapó, y pudo explicarle a Mugit de dónde procedía el venero de agua. Lo cegaron, y la resistencia ya fue imposible. Los musulmanes incendiaron la iglesia de San Acisclo y todos sus defensores murieron abrasados. Nos dicen que mucho después seguían llamándola iglesia de la hoguera o de los cautivos.

«Los santuarios fueron destroídos —cuenta la *Crónica general*—, las iglesias quebrantadas, los logares que loaban a Dios con alegría, esora le denostaban il maltraíen, las cruces et los altares echaron de las iglesias, la crisma et los libros et las cosas que eran por honra de la cristiandat todo fue esparcido y echado a mala part, las fiestas et las solemnias, todas fueron oblidadas, la honra de los santos et la beldad de la eglesia toda fue tornada en laideza et villanía, las eglesias et las torres o solíen loar a Dios es ora confessaban en ellas llamaban a Mohamat, las vestimentas et los calces et los otros vasos de los santuarios eran tornados en uso del mal et enlixados de los descreídos...»

Para lamentar la pérdida de España e incitar a la guerra contra los infieles, el cronista del siglo XIII adopta el tono de elegía de un pasaje bíblico. La invasión aparece ante nosotros como un cataclismo que asola el mundo con la furia de un apocalipsis, pero es probable que en la Córdoba recién conquistada por los jinetes de Mugit casi nadie tuviera ese sentimiento, inventado luego por la literatura. Salvo el gobernador y sus hombres, los cordobeses no habían resistido, de modo que las condiciones de la rendición no debieron de ser particularmente severas. Por un documento algo posterior conocemos las capitulaciones acordadas entre Abd al-Aziz, hijo de Musa, el jefe supremo de la invasión, y el príncipe visigodo Teodomiro o Tudmir, señor de la región de Murcia. Tudmir, según el pacto firmado ceremoniosamente ante testigos, adquiere la protección de Dios y del Profeta, y se le garantiza que no será destituido de su soberanía y que en nada se alterará su posición ni la de sus súbditos: «No serán reducidos a cautiverio ni separados de sus mujeres e hijos. No serán muertos. No serán quemadas sus iglesias ni despojadas de sus objetos de lujo. No se les obligará a renunciar a su religión...»

El fuego de los incendios y el estrépito de las armas y de los tambores de guerra quedan de pronto cancelados por las tranquilas palabras de un acuerdo firmado por hombres que hablan idiomas distintos y que tal vez se miran el uno al otro como seres exóticos: Tudmir, el godo, del que dicen que combatió junto al rey en el río Barbate, y Abd al-Aziz, cuya vida futura va a ser tan breve como singular: parece que se casó con la viuda de don Rodrigo, Egilona, formando el primer matrimonio mixto de musulmán y cristiana del que tenemos noticia después de la invasión, y fue también víctima del primer asesinato político ocurrido en al-Andalus: lo apuñalaron en Sevilla, mientras se inclinaba para orar. La Córdoba destruida y aterrorizada por los guerreros enemigos también puede ser una ciudad apacible en la que casi nada ha cambiado desde aquella noche en que las gentes bien escondidas en sus casas oyeron los gritos de los guardianes que morían y supieron que los recién llegados iban a ser los nuevos señores de la tierra. En Écija, algunas semanas antes, una muchedumbre de judíos y de siervos y esclavos rebeldes se habían sumado con entusiasmo al ejército invasor, menos odioso para ellos que los soeces terratenientes godos y los príncipes de la Iglesia. Es verdad, como dicen las crónicas cristianas, que el mundo estaba siendo conmovido hasta sus cimientos, pero puede que muy pocos hombres lo notaran, o que les llegase a importar: habían sufrido la escasez, las epidemias, la tiranía y el pillaje de los poderosos, los habían visto corromperse y exterminarse entre ellos, y los nombres de esos reyes y prelados y hasta sus dignidades y sus rostros sin duda no les eran menos lejanos que los de los nuevos invasores. En Córdoba, Mugit al-Rumí ocupó el mismo palacio donde vivió Rodrigo cuando era gobernador de la Bética: tras una breve conmoción, la ciudad recobraría su apariencia de siempre, y al cabo de algún tiempo los guerreros la abandonaron para continuar su viaje hacia el norte, llevando ahora consigo un pesado botín. Como ya era su costumbre, confiaron a los judíos la administración de la ciudad y dejaron en ella una pequeña guarnición, porque no es seguro que tuvieran el propósito firme de enraizarse en el país.

Para nosotros, la Córdoba de aquellos años está casi completamente sumergida en el desconocimiento, como las ciudades sepultadas por el mar o bajo las cenizas de una erupción volcánica. Las excavaciones de los arqueólogos revelan que entre el nivel del suelo de la ciudad romana y el de la visigoda hay una capa de ruinas que en algunos lugares tiene un espesor de seis metros: piedras y mármoles deshechos, calcinados, ennegrecidos por el humo de los incendios, como en la Troya que exhumó Schliemann. Pero de los desastres que sufrió Córdoba durante la edad oscura que vino tras la caída del dominio de Roma no han quedado más testimonios que los escombros enterrados. La asolaron las incursiones de los vándalos, las guerras entre los visigodos y los bizantinos, se fue hundiendo despacio, como cualquier otra ciudad del imperio, en una larga decadencia que duraría cinco siglos. La Hispania romana, en la que habían vivido más de cuatro millones de personas, albergaba a poco más de dos millones cuando llegaron los árabes. Las ciudades se habían despoblado, y ya no eran seguros los caminos ni prosperaba el comercio. Las crónicas hablaban de un mundo sometido al ocaso y ahogado en la pobreza, de siervos y esclavos que huyen de la sujeción a la tierra y forman hordas de vagabundos dedicados al saqueo, de padres que matan a sus hijos para librarlos del horror de vivir. La peste, la sequía y el hambre vinieron antes que los árabes y fueron mucho más exterminadores que ellos. Los metales preciosos no fluían de mano en mano en las monedas: los reyes y los clérigos guardaban tesoros solemnes que alimentaban la imaginación y la codicia. En Toledo, Musa ibn Nusayr encontró la mesa del rey Salomón, que era de oro macizo con incrustaciones de esmeraldas, o toda ella de una sola pieza de esmeralda, según otros autores y veinticuatro coronas de oro correspondientes a cada uno de los reyes visigodos, y veintidós libros cuya encuadernación estaba incrustada de pedrería. Algunos contenían textos bíblicos; había uno, chapado en plata, que trataba de las propiedades de las piedras, de los árboles y de los animales, y en el que había dibujados extraños talismanes, y otro que era un tratado de alquimia en que se explicaba la fórmula para fabricar jacintos.

Bajo las hermosas mentiras de la imaginación apenas hay nada. Sólo sabemos que en aquellos días Córdoba no era más que una sombra de su propio pasado en la que aún se mantenían en pie vastos edificios que nadie recordaba cuándo o por quién fueron levantados. «Basílicas, templos, anfiteatros sin destino —escribe Leopoldo Torres Balbás—, medio ocultos entre los escombros, surgirían como enormes fantasmas de ladrillo y de dura argamasa. Despojados de sus revestidos de piedra y mármol, dominan plazas y foros solitarios y calles yermas, últimos testigos aún enhiestos de una espléndida civilización urbana. Sobre sus escombros y con los materiales procedentes de ellos se levantarían pobres viviendas parásitas, incrustadas entre los restos de sus pórticos y de los grandes edificios abandonados.» En Córdoba, a mediados del siglo VII —cuenta un escritor musulmán—, un cazador de altanería ha perdido su halcón y al ir a buscarlo se adentra sin darse cuenta en un bosque donde no ha estado nunca. Entre los árboles y la maleza descubre con sorpresa las ruinas de un palacio romano, oculto y desconocido, en el mismo interior de la ciudad. Tiempo después, el palacio será reconstruido y servirá de alojamiento al gobernador de la Bética, el duque Rodrigo, que aún no sabe que llegará a ser rey y que su nombre perdurará en las generaciones futuras no a causa de su heroicidad ni de su gloria, sino del recuerdo de su infamia.

El nombre de Rodrigo o Rodericus designa a un desconocido, igual que al decir Córdoba estamos designando a una ciudad inexistente. No sabemos cómo era su cara ni dónde murió. Cuando los guerreros del Islam desembarcaron en la costa de Algeciras, hacia finales de abril del 711, Rodrigo andaba por las tierras del norte intentando sofocar una revuelta de los vascones. En el poco tiempo que había pasado desde que lo eligieron rey no había conocido ni una hora de sosiego. Los hijos del difunto rey Witiza conspiraban contra él y le disputaban la corona. Los pastores salvajes de las montañas de Vasconia se habían alzado contra su dominio. Y hasta aquella región tan nublada y hostil que parecía extranjera llegaron emisarios del sur para avisarle de una invasión de hombres que venían del otro lado del mar.

En Córdoba reunió un ejército de cien mil soldados: exagerando el número de sus enemigos, los cronistas musulmanes agrandan la victoria de los dieciocho mil guerreros de Tariq ibn Ziyad, el general bereber que dirigió la expedición y que antes de la batalla del río Guadalete dicen que mandó quemar las naves que los habían traído del norte de África, para que no les quedara a los suyos ninguna posibilidad de huir. Ocho siglos después, en México, Hernán Cortés, que era gran lector de cronicones fantásticos y libros de caballería, imitará esta decisión insensata y heroica, aunque es posible que en ambos casos la Historia nos haya legado una mentira: para contarla nos basta su categoría de símbolo, la bravura simétrica de los dos soldados invasores. Tariq y Cortés se disponen a la batalla dando la espalda a la orilla del mar, donde arden las naves que los trajeron a un país desconocido. Cortés buscaba las maravillas de El Dorado, los reinos imaginarios de Amadís de Gaula; Tariq, una tierra de la que le habían dicho que era «fértil y bella como Siria, templada y dulce como el Yemen, abundante como la India en aromas y flores, parecida al Hiyaz en sus frutos, al Catay en los metales preciosos, a Adén en la fertilidad de sus costas». Una descripción del siglo XIII, recogida por Ibn al-Sabbat, atestigua la misma sensación de paraíso: «Posee al-Andalus un suelo generoso y bien abastecido de aguas. Es muy elevado el número de sus ríos y exiguo el de alimañas ponzoñosas. Su clima es moderado... Los recursos naturales son inagotables y sus frutos no tienen barbecho.» Para llegar a esta tierra de promisión, Tariq y sus guerreros habían cruzado el estrecho en barcas de cabotaje, venciendo el miedo al mar de los primeros musulmanes. «Es un ser inmenso que lleva sobre su lomo a seres endebles, gusanos hacinados sobre trozos de madera», había escrito en una carta al califa Omar, uno de los generales que conquistaron Egipto. Y dicen que el califa al-Walid, cuando supo que

Musa ibn Nusayr, el gobernador del norte de África, planeaba el paso a la península desde la costa de Tánger, intentó disuadirlo con esta advertencia: «¡Guárdate de exponer a los musulmanes a los peligros de una mar furiosa por sus violentas tempestades!»

Pero Dios les había prometido en el Corán el dominio de Oriente y de Occidente, y esa tierra azulada que vislumbraban al otro lado del mar era el último extremo del mundo y debía ser conquistada. Cuenta Ibn Habib que Musa ibn Nusayr —el moro Muza de nuestro romancero— no sólo era un militar siempre movido por la ambición y el arrojo, sino también un reputado astrólogo que había soñado o leído en los astros que su destino era conquistar Hispania. Una voz le dijo en sueños que había en alguna parte un viejo que le diría el nombre de aquel de sus generales a quien debía mandar a la cabeza del ejército. Encargó a uno de ellos, su liberto Tariq, que buscara a ese anciano de su sueño. Cuando Tariq lo encontró y le preguntó quién estaba predestinado a dirigir la invasión, el viejo se lo quedó mirando y le contestó: «Tú y un pueblo de tu misma fe. Llegarás a una colina oscura y al este habrá una región pantanosa y una figura que representa a un toro...» Junto a la roca de Gibraltar, en los pantanos de Algeciras, desembarcaron las tropas de Tariq. Hacían rápidas incursiones hacia el interior y esperaban la llegada de un ejército de enemigos que suponían innumerable.

45

Gentes que los vieron irrumpir en aquellas marismas contaron la mala nueva de su advenimiento. «Señor —dice una carta apócrifa dirigida a Rodrigo—, aquí han venido hombres enemigos de la parte de África, que por sus rostros y trajes no sé si parecen llegados del cielo o de la tierra.» Hombres a caballo, con vestiduras de colores vivos, con turbantes y barbas y altas banderas rígidas en las que hay bordados versículos del Corán. Así los vemos en la ilustración de un manuscrito del siglo XII: algunos de ellos hacen sonar largas trompetas, a los cristianos vencidos les recordarían las del Apocalipsis, y hay uno, montado sobre un mulo, que golpea simultáneamente dos tambores.

Las crónicas nos hacen imaginar que la invasión y la conquista sucedieron con la velocidad de una cabalgata fulminante. Nuestro sentido del tiempo no tiene nada que ver con el de aquellos hombres: lo que nos desconcierta, si comprobamos las fechas, es la extraña lentitud de todo. A mediados de abril desembarca el ejército musulmán; aproximadamente tres meses después tiene lugar la batalla del río Guadalete, y pasará todo el verano hasta que los jinetes de Mugit, separándose del grueso de la expedición, lleguen a Córdoba. Los personajes de nuestro pasado o de nuestra ficción cruzan un tiempo más denso y enrarecido que el que nosotros habitamos, con esperas lentísimas, con dilaciones baldías que dan a los acontecimientos un pesado aire de inmovilidad. Yuxtaponemos actos muy lejanos entre sí para que se nos haga inteligible el devenir de aquellas vidas igual que el novelista elige y ordena a su placer algunos indicios singulares para imitar la sucesión sin fisuras del tiempo. Antes de avanzar, Tariq espera refuerzos del norte de África. Mientras tanto, en su alcázar de Córdoba, un solitario rey que no puede confiar en nadie lee las cartas de los mensajeros y procura organizar un ejército del que nos dicen todos los autores que mucho antes de comenzar la batalla estaba destinado al fracaso. «El exército era compuesto de toda broza —escribe el padre Mariana— y como gente allegadiza y poco excercitada ni tenían fuerza en los cuerpos ni valor en sus ánimos: los escuadrones mal formados, las armas tomadas de orín, los caballos o flacos o regalados, no acostumbrados a sufrir el polvo, el calor, las tempestades.»

Para los cronistas de los siglos futuros, Rodrigo es un rey culpable de soberbia y lujuria, y su culpa, como la de Edipo trae consigo un adelanto del Juicio Universal. La peste que diezma a los habitantes de Tebas se convierte en España en la catástrofe de la invasión musulmana. Los árabes son los ejecutores del castigo de un Dios que no conoce la misericordia. Algunas veces la *Crónica general* se parece al relato de una epidemia: «Los cuerpos muertos a cada paso se hallaban tendidos por las calles y caminos, y no se oía por todas partes sino llanto y gemidos.» Igual que Edipo, Rodrigo se niega a reconocer su delito y a aceptar los presagios, porque también a él lo pierde la voluntad de saber y la indiferencia a los augurios: «Pidió le dieran agua para beber e se la dieron e cuando la tomó en la mano se tornara en sangre.» Tuvo sueños amenazadores y no hizo caso de ellos, supo que se habían visto en el cielo cometas que dejaban un largo rastro del color de la sangre y rayos que caían en las mañanas serenas. Se oyeron ladridos de perros, silbidos de serpientes, gritos de los difuntos aterrorizados en sus sepulturas. Temblaba la tierra, y en la oscuridad de la noche se escuchaba un estrépito de armas manejadas por sombras. Los árabes son la peste y las siete plagas de Egipto y el fuego de azufre que destruyó las ciudades de la Llanura. A Rodrigo sólo se le concederá un poco de piedad cuando ya esté vencido: «Se despeñó a sí mismo y a su reyno en su perdición como persona estragada por los vicios y desamparada de Dios.»

Su primera perdición fue el deseo, que es siempre deseo de saber. Según la crónica del moro Rasis, «non cuidaba más que de folgar e aver vicio». Florinda, la hija del conde Julián, que algunos dicen que era el exarca bizantino de Ceuta, estaba bañándose con las piernas desnudas en un ribazo del Tajo cuando el rey la vio amparado tras una celosía. En una variante del romance viejo que cuenta la historia, Florinda invita a sus doncellas a medirse las piernas «con un listón amarillo», para saber cuál de todas las tiene más hermosas, «e tanto fatigado se vio el rey de su desseo que la forzó mal de su grado e la tuvo por su amiga». Poseída violentamente por Rodrigo, la hija de Julián escribe a su padre y éste trama la desaforada venganza de vender España a los árabes. La llamarán la Cava, la ramera, y a ella también le corresponderá una parte de la culpa, igual que a Eva, madre y sacrificadora de todo el género humano.

Pero Rodrigo también se perdió por haberse atrevido a mirar cosas que estaban prohibidas. Edipo interrogó a la Esfinge, y el orgullo de su victoria sobre ella —de la razón frente al mito— fue el preludio de su soberanía y de su desgracia. Los dioses ciegan a quienes quieren perder. En Toledo, capital de la monarquía visigoda, había una casa cerrada a la que llamaban la casa de Hércules, porque decían que el semidiós guardó en ella sus tesoros cuando anduvo por España y doblegó a los toros de Gerión. A nadie le estaba permitido entrar en aquella casa, y lo primero que hacían los reyes al ganar la corona era añadir un cerrojo más a su puerta. Sólo Rodrigo quiso forzarlos todos y entrar. Sobre el dintel había una leyenda escrita en griego: «El rey que abra esta casa y ponga al descubierto las maravillas que contiene encontrará cosas buenas y malas.» Mandó que rompieran los cerrojos y a la luz de las antorchas vio que no había tesoros en las habitaciones vacías. «Sólo un arca —dice el padre Mariana—, y en ella un lienzo y en él pintados hombres de rostros y hábitos extraordinarios con un letrero en latín que decía: *Por esta gente será en breve destruida España.*»

Reconocería a esos hombres del vaticinio cuando los viera cabalgar con las espadas desnudas y los estandartes levantados, cuando comprendiera al oír sus gritos y sus tambores de guerra que todo su ejército y él mismo iban a ser rápidamente aniquilados por ellos. Avanzaba sobre un carro bélico con incrustaciones de marfil y llevaba sobre los hombros una capa de púrpura con bordados de oro. Más o menos así, con rigidez bizantina, está representado en un fresco que encontraron los arqueólogos en las ruinas de un palacio musulmán del desierto de Siria. Según otros, el rey cabalgó hacia los enemigos montado sobre su caballo *Orelia* y vistiendo una armadura de hierro. Duró ocho días la batalla. La táctica árabe era atacar en cargas fulminantes y retroceder luego hacia sus líneas para repetir el ataque aprovechando el desconcierto de los adversarios. A esa manera de pelear la llamaron los castellanos *tornafuye*. Había cuatro soldados cristianos por cada musulmán, pero el ejército de Rodrigo fue segado y deshecho, y era tal el número de los muertos que nadie los habría podido contar. Entendemos la furia de los guerreros de Tariq leyendo la arenga que atribuye el gran Ibn Jaldún al califa Alí:

«Alinead bien vuestras filas como un edificio sólidamente construido; colocad al frente a los hombres con escudos y en retaguardia a los descubiertos; apretad los dientes, que es el mejor medio de hacer rebotar los golpes de espada que os quieran asestar en la cabeza; arrojaos en medio de las lanzas de los enemigos, eso os salvará de sus puntas; bajad la vista, porque así se afirma el valor y se serena el corazón; guardad silencio, que eso aleja la flaqueza y conviene a la gravedad de un soldado; prestad atención a vuestras banderas, sostenedlas en alto. Sosteneos en un valor veraz y persistente, porque a fuerza de persistencia se logra la victoria...»

Al octavo día diezmados no sólo por la muerte sino también por la traición —los hijos de Witiza y los soldados del obispo don Oppas se pasaron al enemigo en mitad del combate—, se retiran los cristianos vencidos. Se dice que algunos vieron huir al rey, y también que su caballo apareció solo en la orilla del río, junto a la corona y a la armadura de Rodrigo. Medio hundido en el barro había uno de sus borceguíes, adornado con perlas. También cuentan que Tariq cabalgó hacia él y lo traspasó con su lanza, y que envió a Damasco su cabeza conservada en salmuera. Otra historia asegura que Rodrigo fue perseguido por Musa ibn Nusayr hasta la Sierra de Francia, y que en aquellos parajes encontró una muerte heroica resistiendo sin esperanza a los árabes. En cualquier caso este hombre, que ya era un desconocido, se vuelve ahora decididamente invisible, y su porvenir tras la batalla es tan conjetural como el de otros reyes fracasados de los que nunca más se supo: el rey Arturo de Bretaña y don Sebastián de Portugal. De nuevo aquí las peripecias de la historia se comunican por pasajes secretos: cuando don Sebastián navegaba en el siglo XVI hacia otra guerra perdida contra los infieles, alguien cantó en su presencia un romance sobre don Rodrigo, y él le mandó callar porque entendía que esos versos guardaban un presagio maléfico. Pero a diferencia de don Sebastián y de Arturo, Rodrigo no tendrá a nadie que espere su vuelta. Rodrigo es un malvado melancólico al que absuelve tardíamente su valor o su simple derrota, un espectro culpable que sobrevive a la muerte de los suyos para que no acaben ni su vergüenza ni su penitencia. «Solo va el desventurado —dice el romance que escuchó don Sebastián— que no lleva compañía.» Cabalga solo por caminos y serranías donde no encuentra a nadie, por un país desolado por el gran pánico de la invasión. Lo que los indicios históricos apenas nos permiten averiguar lo explica con magnífica literatura don Emilio García Gómez: «No hay en la Historia silencio más vasto y estremecedor que el que rodea la entrada de los musulmanes en España. Nada tenemos sino espantosa oquedad sobre lo que de verdad fue y lo que en realidad pensaron o hicieron en tan nunca vista coyuntura las infinitas gentes anegadas por la avenida.»

Rey sin reino y guerrero sin armas, Rodrigo

llega al cabo de muchos días de soledad a la choza de un ermitaño, le pide confesión, acepta con avaricia de suicida la atroz penitencia ordenada por una voz que baja del cielo: ha de tenderse en el fondo de una zanja donde duerme una culebra que tiene siete cabezas y es tan larga que su cuerpo enroscado da tres vueltas a la tumba voluntaria del rey. Hay una sórdida delectación en la lentitud con que el ermitaño y Rodrigo esperan la mordedura de la muerte. Rodrigo permanece inmóvil en la zanja, cubierta con una losa de piedra por el ermitaño, que reza en voz baja y de vez en cuando pregunta si se ha despertado la culebra. El animal y el hombre respiran en la oscuridad y al cabo de horas o de días el largo cuerpo escamoso empieza a removerse y silban las lenguas venenosas de sus siete cabezas. Cuando muera, el rey será absuelto, pero no por un hombre, porque el deseo y la soberbia y la necesidad de saber que han despeñado a Rodrigo y a sus súbditos en la perdición y el terror son delitos que sólo Dios puede perdonar. Desde lo hondo de la fosa, Rodrigo cuenta al ermitaño que la serpiente ha despertado por fin, que ya empieza a morderle *por do más pecado había* y que muy pronto la mordedura homicida taladrará su carne hasta llegar al corazón, *fuente de mi gran desdicha*. Cuando el rey muere, en el paroxismo masoquista de la expiación y del dolor, las campanas de todas las iglesias del mundo tocan a muerto sin que ninguna mano las haga tañer.

Pero en la Córdoba recién conquistada no sólo suenan ya las campanas al atardecer: también se oyen invocaciones de almuédanos que llaman a la oración declarando cinco veces al día la unidad y la omnipotencia solitaria de Dios. A pesar del cataclismo y de la derrota visigoda y de ese gran silencio de pánico y de incertidumbre que ha seguido a las batallas, la apariencia cotidiana de la ciudad ha cambiado muy poco. Los invasores incautan las propiedades de quienes han huido o han muerto, pero respetan escrupulosamente a los que quedaron, imponiéndoles, desde luego, un tributo personal, que no es más gravoso que los que antes existían. Los cristianos y los judíos, que son gentes del Libro —*ahl al-kitab*— porque han recibido una parte de la revelación (para los musulmanes, Abraham y Jesús son dos de los profetas legítimos que precedieron a Mahoma), pueden seguir practicando sus cultos, aunque no hacer alarde público de sus celebraciones ni construir nuevas iglesias o sinagogas. Desde ahora, la mitad de la basílica de San Vicente será utilizada como mezquita por los musulmanes, que tardarán más de medio siglo en tomarla entera para sí, cuando Córdoba sea ya la capital de un emirato alzado contra los designios remotos de los califas abbasíes. Hacia el 718, siete años después de que acamparan frente a la ciudad los jinetes bereberes de Mugit al-Rumí, el gobernador de esta provincia del Islam que ahora se llama al-Andalus ordena la reconstrucción de las viejas murallas y del puente sobre el Guadalquivir. Pero Córdoba es todavía una ciudad perdida en los límites occidentales del imperio, y ni siquiera ha nacido el hombre que peregrinará hacia ella desde las riberas de otro río sagrado, el Éufrates: un príncipe perseguido y proscrito que sobrevivirá al holocausto de su linaje y no se rendirá nunca al infortunio porque un astrólogo le vaticinó al nacer que sería el fundador de un reino.

III. EL PRÍNCIPE FUGITIVO

Un paradójico destino convierte en persecución y aventura la vida de Abd al-Rahman ibn Muawiya, hijo de un príncipe omeya y de una esclava bereber, nieto del califa Hisham II y criado en uno de aquellos palacios como oasis fortificados que su familia había erigido en el desierto de Siria. Hasta los diecinueve años fue uno más entre los príncipes de un populoso linaje que ostentaba la primacía del Islam. Poco después era casi el único superviviente de un riguroso exterminio, un fugitivo que se escondía de los hombres como un leproso o un apestado. En su infancia había sido el nieto preferido del califa Hisham, y vivió con él en el palacio de al-Rusafa, una especie de edén con jardines y caudalosas aguas y torreones militares que estaba cerca del Éufrates. Un tío suyo, que adivinaba el porvenir de los hombres estudiando los rasgos de sus caras, declaró al verlo por primera vez, cuando jugaba con su hermano Yahya a la entrada de al-Rusafa: «El gran acontecimiento se aproxima y este niño será el hombre que sabéis. He reconocido los signos en su rostro y en su cuello.»

Abd al-Rahman no supo entonces lo que querían decir esas palabras, pero sin duda las recordó muchos años después, al final de la huida y del infortunio, cuando su estandarte blanco ondeó sobre las torres de Córdoba y él se dio a sí mismo el título de emir y ordenó que su nombre fuera pronunciado en la oración de los viernes. En seis años lo perdió todo y lo ganó todo. Desconoció la piedad en la misma medida en que desconoció la sumisión. Tal vez en su primera juventud oyó muy pocas veces el nombre de Córdoba, y ni siquiera supo dónde estaba: en algún lugar hacia el oeste, al otro lado de los desiertos y del mar. Si el tiempo era más lento entonces, el espacio era mucho más dilatado. El viaje de Abd al-Rahman desde el Iraq hasta al-Andalus duró cinco años, y nunca estuvo seguro de continuar vivo cuando amaneciera. Por dondequiera que iba lo buscaban espías y ejecutores de sus enemigos abbasíes, que habían arrebatado el califato a su familia. Siendo ya rey de al-Andalus, se alzó contra él una sublevación alentada por el califa de Bagdad. Venció por las armas a los conspiradores y mandó cortar las cabezas de sus adalides. La del principal de ellos, que se llamaba al-Allah, hizo que la conservaran en salmuera y la envió a Oriente en el equipaje de un mercader que iba camino de Qayrawan, en Túnez. Cuando llegó a esa ciudad, el mercader, cumpliendo las órdenes exactas de Abd al-Rahman, abandonó la cabeza amojamada en una plaza del zoco, al amparo de la noche, dejando junto a ella la bandera negra que habían enarbolado los rebeldes y un pergamino en el que se contaba su derrota. A la primera luz del día alguien vio con espanto esa cara que parecía surgir de la tierra, esa bandera desgarrada y sucia de sangre. Desde Qayrawan la cabeza cortada llegó a Bagdad, y el califa, al mirar sus rasgos desfigurados por la muerte, los costurones abiertos de los párpados y de la boca, agradeció que Córdoba estuviera tan lejos y debió de entender que nunca doblegaría al último emir de los omeyas. «Loado sea Dios —cuentan que dijo—, porque ha puesto el mar entre ese demonio y yo.»

Pero esa venganza sólo fue un episodio tardío y menor en el gran espectáculo de sangre que había derribado quince años atrás el poder de los omeyas, cuando comenzó en las provincias de Oriente la rebelión abbasí y el último califa de la dinastía, Marwan II, huyó derrotado por Siria y por Palestina y murió combatiendo en un lugar del alto Egipto llamado Busir. Los abbasíes usaban estandartes negros, y sus ejércitos invocaban la venida de un imán oculto que restauraría la pureza del Islam, corrompido por la arbitrariedad y las viciosas costumbres de los omeyas. De uno de ellos, al-Walid (durante cuyo reinado sucedió la conquista de España), decían que se emborrachaba sin tasa y que cuando tiraba al arco usaba como blanco un ejemplar del Corán. El primer califa abbasida, Abul Abbas, eligió para sí el sobrenombre de al-Saffah, «el derramador de sangre», pero no se cebó únicamente con los omeyas vivos. Mandó abrir en Damasco las tumbas de los antiguos califas, y las cenizas de Muawiya fueron esparcidas y malditas y el cadáver de Hisham fue clavado en una cruz y luego quemado en una hoguera. A uno de sus nietos —primo, pues, de Abd al-Rahman— le cortaron una mano y un pie y lo pasearon por los caminos y las ciudades de Siria montado en un burro y precedido por un heraldo que repetía en voz alta su nombre y su dignidad y lo injuriaba burlándose de su mutilación. La princesa Abda, hija de Hisham, fue apuñalada por no confesar dónde escondía su tesoro.

De pronto la persecución se interrumpió. El califa Abul Abbas dictó una amnistía para los supervivientes, que por orden suya fueron convocados a un banquete de reconciliación que se celebraría en Abu-Futrus, en Palestina. Unos setenta omeyas abandonaron sus refugios para acudir a él. Entre ellos no estaban Abd al-Rahman ni su hermano Yahya, tal vez porque recelaban o porque la noticia no les llegó a tiempo. Comenzado el banquete, un poeta cortesano llamado Subl recitó unos versos en los que exaltaba a los abbasíes y los animaba a exterminar para siempre a los omeyas. Cuando el poema terminó, como si su último verso hubiera sido la señal que esperaban, hombres armados con palos de lanzas irrumpieron en el salón y se arrojaron sobre los vencidos, matándolos a golpes. Friedrich von Schack, que relata la historia como si describiera una matanza pintada por Delacroix, dice que sobre los muertos y los descalabrados moribundos se extendieron alfombras, y que el ruido de los platos y los vasos, de las carcajadas de los borrachos y de los instrumentos de los músicos, sonaba al mismo tiempo que los gemidos de las víctimas, porque la fiesta continuó en el salón lleno de sangre.

Ni Shakespeare en *Titus Andronicus* se atrevió a acumular tanto horror. La Historia se permite excesos que no toleraría la Literatura, pero en seguida la imita para contarnos la huida del príncipe que logró salvarse del lodazal de sangre de Abu-Futrus. Abd al-Rahman es el héroe al que rescata el destino para que pueda vengar a su familia asesinada y hacer que no sea borrado su nombre. Un mensajero fiel cabalga hacia el lugar donde Yahya y Abd al-Rahman están escondidos para contarles la matanza. Yahya está solo, porque su hermano mayor ha salido de caza. Pero unos jinetes a sueldo de los abbasíes han seguido al mensajero sin que él se diera cuenta, y rodean la casa en la que ha entrado y lo degüellan junto al príncipe. Otra vez el azar ha preservado la vida de Abd al-Rahman. Ahora huye hacia el Este, llevando consigo a dos de sus hermanas, a un hermano menor y a su propio hijo, Suleyman, que tiene cuatro años. De todos sus antiguos criados y esclavos sólo le queda uno, su liberto Badr, que no lo abandonará nunca. Cruza el Éufrates y se esconde en una pequeña aldea. Dozy supone que tenía el propósito de pasar a África: Lévi-Provençal, que quería seguir huyendo hacia las llanuras más lejanas de Asia. Pero tal vez en lo único que pensaba era en seguir eludiendo el acoso y la obstinación de sus verdugos. Tenía diecinueve o veinte años, y hasta unos meses atrás había vivido en una culta indolencia, dedicado a escribir versos y a frecuentar jardines y mujeres: ahora, cruelmente despojado de todo, erraba por los desiertos como una alimaña, sin esquivar nunca a sus perseguidores. Cuando la extenuación le cerrara los ojos soñaría que estaba en al-Rusafa y oiría en sueños los pasos de sus enemigos acercándose. Desde el umbral de la choza de barro donde estaba oculto miraría la línea del horizonte imaginando que brotaban de ella las altas lanzas y los estandartes negros de los abbasíes.

Era preciso esperar hasta que terminaran los peores días de la persecución. Por muchos espías que lo busquen un hombre puede volverse invisible en la anchura del mundo en sus multitudes o en sus espacios vacíos. En esa aldea sin nombre Abd al-Rahman espera y desconfía del silencio y de la quietud de las cosas. Puede que Abul Abbas, el usurpador fanático, el que se honra en llamarse Derramador de Sangre, se haya fatigado de su propia crueldad. Abd al-Rahman aguarda y vigila y de vez en cuando se retira a dormitar a oscuras, porque padece una enfermedad de los ojos y tolera mal la hiriente luz del desierto. Una mañana, su hijo Suleyman entra llorando en la alcoba y busca refugio junto a él: mientras jugaba en la puerta de la choza ha visto aparecer en el horizonte desnudo un grupo de jinetes con banderas negras.

Los enviados del califa empiezan a registrar una por una las casas de la aldea y luego las incendian. Sin tiempo para llevar consigo más que unas pocas monedas de oro, Abd al-Rahman huye con su hermano menor, y cuando los soldados entran en la casa sólo hay en ella dos muchachas silenciosas y un niño que no para de llorar. Los dos príncipes omeyas abandonan la aldea y alcanzan la orilla del Éufrates. El río baja crecido, Abd al-Rahman anima a su hermano a lanzarse al agua con él. Nada con vigor y desesperación, y al volver la cabeza ve que los jinetes se han detenido en la orilla y que su hermano está quedándose atrás. Es demasiado joven y no tiene fuerzas para seguir nadando: sin duda teme ahogarse. Abd al-Rahman le grita que no se detenga, pero lo ve quedarse cada vez más lejos y oye que los soldados le dicen que vuelva, que no hay nada que temer. ¿No han respetado las vidas de las muchachas y del niño? Abd al-Rahman llega a la otra orilla chorreando y exhausto y sigue llamando a su hermano, ve que le da la

63

espalda, que emerge lentamente del agua y camina sobre el cieno de la ribera para acercarse a los soldados y a sus estandartes negros. Desde la otra orilla del Éufrates, que nunca volverá a cruzar, Abd al-Rahman presencia la degollación de su hermano y escucha, como paralizado en un sueño, los gritos finales de su agonía y su terror.

Así empieza ese viaje a Occidente que terminará en Córdoba al cabo de cinco años. Abd al-Rahman es un Simbad clandestino, un Ulises que deberá inventarse una patria simétrica porque la suya le fue prohibida para siempre. Vive sin sosiego y peregrina escondiéndose por los territorios del Islam sin más compañía que la de su liberto Badr. En un poema escrito al final de su vida recordaba así aquellos años: «Vino acosado de hambre, ahuyentado por las armas, fugitivo de la muerte, cruzó el desierto, surcó el mar, superando olas y estériles campos.» Alentado por Badr, protegido por su lealtad y su astucia, en las que tal vez cimenta una parte de su coraje, Abd al-Rahman llega al norte de África, a la provincia de Ifriqiya, cuyo gobernador, Ibn Habib, no había reconocido aún la legitimidad del califato abbasí. Allí al menos podía sentirse temporalmente a salvo de los emisarios del Derramador de Sangre. Pero Ibn Habib, que lo acogió con hospitalidad, recelaba de él. Había en su corte un adivino judío que le había pronosticado que un hombre que se peinaba con dos rizos sobre la frente fundaría un gran reino. Ibn Habib adoptó ese peinado, pero en cuanto vio por primera vez a Abd al-Rahman se dio cuenta de que también el príncipe omeya se peinaba así. Decidió inmediatamente matarlo, y el adivino judío le dijo: «Si lo matas, ciertamente que no será él el predestinado; y si lo dejas, puede que sea...»

De nuevo tuvo que huir Abd al-Rahman para no ser ejecutado. En ninguna ciudad estaría seguro: se adentró en los desiertos, buscando refugio entre las tribus bereberes, que no rendían sumisión al poder de nadie. No poseía nada y no sabía resignarse a nada que fuera indigno de su vasta ambición. «Se hallaba solo —dice una crónica anónima—, sin más auxilio que su inteligencia, sin más compañero que su firme voluntad.» Tramaba intrigas inmediatamente fracasadas, huía de una tierra a otra cuando lo expulsaban y sin darse cuenta iba acercándose a las regiones occidentales de África. Muy pronto sólo tendría el mar frente a sí. Dozy nos lo retrata como un personaje de Stendhal: «Sueños ambiciosos cruzaban sin cesar por su cabeza de veinte años. Alto, vigoroso, valiente, habiendo recibido una esmerada educación y poseyendo talentos poco comunes, su instinto le decía que estaba llamado a brillantes destinos, y su espíritu aventurero y emprendedor se alimentaba con los recuerdos de su infancia, que, desde que llevaba una vida pobre y errante, se despertaron con mayor viveza.»

Abd al-Rahman viajaba de Oriente a Occidente, pero muchos años antes su madre había recorrido a la inversa aquellos mismos caminos, cuando fue hecha esclava por los árabes que guerreaban contra las tribus bereberes y llevada a un harén de Siria. Si una esclava, embarazada de su dueño, paría un hijo varón, ganaba automáticamente la libertad y recibía el título de *umm wallad*, «la madre del hijo», que le otorgaba una posición de privilegio en la casa. Sin ningún otro lugar donde seguir escondiéndose, Abd al-Rahman, el príncipe desterrado, encontró la hospitalidad de la tribu de donde fue arrancada su madre cuando la apresaron como botín de guerra. El azar, que tantas veces lo había salvado, lo llevaba a los mismos lugares que ella no volvió a ver. Llamaban Nafza a aquella tribu; su territorio estaba en las proximidades de Ceuta. Como Musa ibn Nusayr cuarenta años atrás, Abd al-Rahman vislumbraría al otro lado del mar las costas azuladas de España. Igual que a él le daría miedo navegar sobre los abismos del agua, pero aquella tierra cercana y al mismo tiempo casi invisible y desconocida ejercería una influencia hipnótica sobre su voluntad. Se le habían ido cerrando todos los caminos que dejaba tras él. Veteranos de la antigua invasión le contaban que había en aquel país valles tan fértiles y ciudades tan espléndidas como las de Siria. Él venía de Mesopotamia, donde las Escrituras situaban el Paraíso Terrenal: había llegado cerca de la tierra donde según los griegos estaba el Jardín de las Hespérides.

Pero sabía algo más, y era que desde hacía tiempo vivían afincados en al-Andalus muchos clientes árabes y sirios de la familia Omeya, a la que seguían debiéndole la inalterable fidelidad exigida por las leyes tribales. En el Islam de entonces el Estado era una ficción casi del todo abstracta, una insegura escenografía copiada de los rituales de Bizancio y de la Persia sasánida. Como en los primeros tiempos del desierto, los árabes difícilmente respetaban otra lealtad que la de los lazos de parentesco y clientela, en cuyo vigor habían fundamentado el triunfo de su religión y la conquista del mundo. Lo que une a los hombres no es la fidelidad a una dinastía de la que todos son súbditos, sino a los vínculos de su propia sangre y a los antepasados de los que heredan la memoria y el nombre. En su *al-Muqaddima* o «Introducción a la Historia Universal», Ibn Jaldún, en el siglo XIV, llamó *asabiya* a esta ciega solidaridad, y explicó que gracias a ella los árabes sojuzgaron a sus enemigos, y también que por culpa de ella nunca lograron establecer imperios duraderos. La fuerza unánime de una tribu y de sus aliados conquista el poder, y esa misma fuerza, incapaz de disolverse en una comunidad exterior a ella misma, se gasta irreparablemente en furiosas disputas con las otras tribus. La asabiya es al mismo tiempo la energía igualitaria y la ruina de los árabes y de todos los nómadas, y el empeño incesante y baldío de los emires omeyas de al-Andalus será durante casi tres siglos hacer que prevalezca la autoridad del Estado sobre la turbulenta confusión de los clanes.

Desde el final de la conquista, cuando el avance de los ejércitos musulmanes se hizo más lento y se detuvo del todo en la batalla de Poitiers, que señaló el punto más alto de su expansión hacia el Norte, al-Andalus había vivido una guerra perpetua entre árabes y bereberes e incluso entre las mismas tribus árabes que trasladaron intacto a la nueva provincia el odio que ya las dividía en Oriente. No había más tierras que ocupar ni más tesoros que repartirse como botín de guerra. Los bereberes, confinados en general a las regiones montañosas, se rebelaban contra los árabes, que habían acaparado el dominio sobre las ciudades y los valles. Los árabes qaisíes guerreaban contra los yemeníes, y un poco tiempo antes de que Abd al-Rahman desembarcara en Almuñécar los habían vencido en la batalla de la Saqunda, un descampado frente a las murallas de Córdoba donde años más tarde creció un famoso arrabal. Eran los qaisíes quienes sustentaban el poder del *wali* o gobernador de al-Andalus, Yusuf al-Fihrí. En cuanto a los clientes omeyas, unos quinientos guerreros de caballería que llegaron a la península hacía más de diez años para combatir una insurrección de bereberes, habitaban ahora extensas posesiones rurales en los distritos del sur, agrupados según sus tribus de origen y conservando su propia organización militar. Debían sus tierras a los gobernadores de al-Andalus, que se las habían confiado a cambio de su disposición para el combate, pero más poderosa y más sagrada que esa dependencia política era la asabiya que los mantenía unidos entre sí y el vínculo de lealtad que los aliaba a los omeyas, aunque el último califa de la dinastía hubiera muerto en una guerra perdida y su familia hubiera sido exterminada. Tal vez habían oído vagamente la historia del príncipe fugitivo que se salvó de la matanza: era posible que hubiera muerto, que siguiera oculto entre los nómadas, resignado para siempre al infortunio y a la oscuridad. Pero en junio del 754, el jefe de los clientes omeyas, Ubayd Allah ibn Utman, recibió la visita de un desconocido que había cruzado el mar para traerle una carta. Era Badr, el incansable emisario, el liberto de Abd al-Rahman, que seguía esperando en el norte de África, aunque ya había perdido, sin que sepamos por qué, la hospitalidad de la tribu de su madre, y vivía ahora con la de los Magila, preguntándose acaso, mientras esperaba, adónde podría ir si también se le cerraban los caminos de al-Andalus.

Aguardó más de un año. Se desesperaría mirando la extensión del mar por donde vio alejarse la nave de su mensajero, imaginando que si Badr tardaba tanto en volver era porque también él había acabado por abandonarlo. Para la tribu con la que vivía era más un rehén que un huésped. Desconfiaban de su soledad y de su orgullo y temían que su presencia fuera maléfica y les trajera el castigo de quienes llevaban persiguiéndolo tantos años. La fiebre perpetua de la ambición y la desgracia le brillaría en la mirada como una señal que apartara de él a los otros hombres. Era rubio y muy alto, pero le faltaba un ojo, por culpa de aquella enfermedad de la vista que le obligaba a permanecer en penumbra. La cuenca vacía, el ojo solitario y abierto, darían una expresión intranquilizadora a la juventud de su rostro. Aún no había cumplido veintiséis años.

Una tarde de principios de agosto, cuando habían pasado trece meses desde que Badr se marchó, Abd al-Rahman vio una nave que se acercaba a la costa. Incrédulo todavía, acostumbrado al desengaño, distinguió en la proa la cara de su liberto y oyó su voz que lo llamaba. Antes de que la quilla hendiera la arena, Badr se arrojó al agua y corrió a contarle las buenas nuevas que traía: los clientes omeyas estaban dispuestos a combatir en su favor, y también los árabes yemeníes, era preciso embarcarse de nuevo para llegar cuanto antes a la otra orilla del mar. Badr había venido con doce hombres y con una bolsa que contenía quinientas monedas de oro. Parte de ellas hubo que gastarlas en el rescate que exigían los rapaces Magila a cambio de la libertad del príncipe. Cuando la barca se hizo a la mar, un miembro de la tribu nadó hacia ella pidiendo a gritos más dinero, con desvergüenza de mendigo, porque había tocado a poco en el reparto. Queriendo izarse, puso las manos en la borda, y uno de los hombres de Badr se las cortó de un tajo. Era el 14 de agosto del año 755. Unas horas después, ya de noche, Abd al-Rahman ibn Muawiya al-Dajil —«El Servidor del Misericordioso, el hijo de Muawiya, el Inmigrado»— desembarcaba en la pedregosa playa de Almuñécar.

Pero Córdoba todavía estaba muy lejos y él no era más que el último nombre de una genealogía abolida, un extranjero sin raíces, un príncipe sin fortuna ni reino. El país al que llegó, asolado por cinco años de sequía y de hambre, era una tierra fronteriza en la que se sucedían sin tregua rebeliones de bereberes, de clanes árabes, de tribus vernáculas encastilladas en los desfiladeros del norte que luchaban contra los musulmanes igual que habían peleado durante siglos contra los romanos y los visigodos. Cuando Abd al-Rahman llegó a al-Andalus, el ejército del gobernador Yusuf al-Fihrí acababa de sufrir un gran descalabro en su lucha contra los vascones. Comparado con ellos, el príncipe omeya todavía no era un peligro, pero Yusuf, que se enteró de su aparición mientras viajaba hacia el norte con tropas de refresco, abandonó la ofensiva y volvió velozmente a Córdoba, procurando averiguar dónde estaba y a quiénes tenía a su lado. Abd al-Rahman, acogido por los sirios leales a su familia, se había establecido en el castillo de Torrox, cerca de Loja, en lo que era entonces la provincia de Ilbira. Aunque él no hiciera nada, aunque no se supiera aún por qué había venido a al-Andalus, su

71

sola presencia era una amenaza. Los soldados del gobernador desertaban para pasarse a sus filas. Las lluvias del otoño, que convertían el polvo de los caminos en un lodo intransitable, obligaban a Yusuf y al príncipe desterrado a una inmovilidad idéntica. En esos tiempos la guerra es una tarea estacional, como la siembra o la recolección. Las expediciones se preparan entre febrero y abril, y las batallas, como las cosechas, tienden a ocurrir en verano. Recluido en el alcázar de Córdoba, Yusuf dedica el invierno a tantear los propósitos de su indudable enemigo. Le envía mensajeros, le ofrece tierras y dignidades y hasta la mano de sus hijas, lo invita a viajar a la capital. Pero Abd al-Rahman había perdido demasiadas cosas para resignarse a no poseerlo todo. En marzo del 756 emprende su lenta marcha hacia Córdoba seguido por un ejército de sirios, yemeníes y bereberes. En la mezquita de Archidona los sirios del Jordán lo proclaman emir. Cuando entra en Sevilla lo reciben clamorosamente, como a un rey largo tiempo esperado, y la multitud le rinde homenaje en las calles. Abd al-Rahman ha cruzado el mundo y ha conocido el miedo, el hambre y la desesperación para repetir el destino de sus antepasados.

Años atrás vivía escondido y lo buscaban sicarios: ahora cabalga a la luz del día, a la cabeza de un ejército, y sabe que las tropas del gobernador han salido de Córdoba y vienen hacia él por la orilla derecha del Guadalquivir. Pero

Abd al-Rahman ya no seguirá huyendo. Su ejército avanza en dirección a Córdoba por la orilla izquierda del río. Al cabo de unos días, sus soldados y los del gobernador se encuentran frente a frente, separados por las aguas, hostigándose tal vez con bravatas inútiles, porque el río baja muy crecido y es imposible cruzarlo a caballo. Al mirar desde lejos las caras de sus enemigos, Abd al-Rahman se acordaría de cuando vio morir a su hermano en la ribera del Éufrates. Junto a un río miró de frente el horror: junto a otro, el Guadalquivir, iba a gustar la victoria y una postergada venganza, no contra Yusuf al-Fihrí, sino contra el pasado y la desgracia.

Los dos ejércitos que habían cabalgado en direcciones contrarias ahora marchan acompasadamente hacia Córdoba, el de Yusuf para defenderla, el de Abd al-Rahman para conquistarla. Las aguas pardas y rápidas del Guadalquivir corren entre ellos como una frontera que nadie puede todavía cruzar. De noche se encienden fogatas simultáneas y se oyen gritos y relinchos a cada lado del río. Algunas veces, Abd al-Rahman deja encendidas hogueras y ordena a los suyos que reanuden la cabalgata en silencio, amparados en la oscuridad. Desconoce el miedo, pero no desdeña ni la mentira ni la astucia, y nunca tendrá escrúpulos en manejar la traición. A principios de mayo mira por primera vez las murallas de Córdoba, pero un ejército enemigo y un río lo separan de la ciudad, tan cercana que puede oír en el aire perfumado y quieto de los atardeceres la llamada a la oración. El caudal del río ha bajado mucho, y descubre largas islas de arena rojiza donde crecen adelfas y cañaverales. Ya sería fácil vadearlo, pero ningún jinete se aventura todavía en su cauce. Abd al-Rahman envía un emisario al campamento de Yusuf con una carta en la que le promete que aceptará sus condiciones, renunciando a la soberanía de al-Andalus. Pero esa misma noche, sus soldados cruzan el río y sorprenden a traición a las tropas del gobernador. Enardecidos por el deseo de saquear la ciudad y de vengarse del desastre que sufrieron hacía diez años en la batalla de Saqunda, los yemeníes de Abd al-Rahman aniquilan al ejército de Yusuf, que pierde a un hijo en el combate. El quince de mayo, Abd al-Rahman entra en Córdoba, llevando atado a su lanza el turbante blanco que le ha servido de bandera. En la mezquita mayor, que todavía ocupa la mitad de una iglesia cristiana, recibe definitivamente su consagración como emir y las gentes de la ciudad le juran obediencia. Después de vivir tantos años en chozas de barro y en tiendas de nómadas, Abd al-Rahman ocupaba el palacio de los gobernadores de al-Andalus, el mismo del que salió el rey Rodrigo hacía casi medio siglo para perder su reino en la primera batalla contra los musulmanes.

Ya no permitiría que le arrebatara nadie lo que tanto tiempo y coraje le costó ganar. Lo defendió contra todos, contra sus enemigos y con-

cas.» No conoció el sosiego en los
años que le quedaban de vida, y s
migos no fueron los cristianos d
fronteras del norte, sino los m
tribus bereberes que de ve
ban animadas a la rebelió
náticos. Proscribió en s
de los abbasíes. Disp
yor se pronunciara
que en las oracion
mención canón
no podía con
un ejército
jeros. La
iguales

estrangula_ en secreto incluso a miembros de su
propia familia que _e parecían sospechosos de
traición. Únicamente el ejercicio metódico de la
crueldad y del recelo mantuvo firme su poder. El
Ajbar Machmua, una recopilación anónima de
tradiciones de donde procede casi todo lo que sabemos sobre él, lo retrata así: «Tenía la palabra
fácil y sabía hacer versos; suave, instruido, re-
suelto, pronto a perseguir a los rebeldes, no permaneció largo tiempo en reposo o entregado a la
holganza; no descansó en nadie el cuidado de los
negocios y no confió sino en su propia inteligencia. Unía la bravura temeraria a una grandísima
prudencia. Llevaba de ordinario vestiduras blan-

reinta y dos
us peores ene-
e más allá de las
ismos árabes y las
en cuando se alza-
n por predicadores fa-
reino la bandera negra
so que en la mezquita ma-
maldiciones contra ellos y
es del viernes se suprimiera la
ca al califa de Oriente. Porque
iar en la lealtad de nadie, reclutó
de cuarenta mil mercenarios extran-
poesía y la guerra eran en él vocaciones
Le pertenecen estos versos:

Cuando en mi camino el sol del mediodía
    lanza sus rayos abrasadores,
es mi dosel la sombra de la bandera
    tremolante.
Más grato que jardines y alcázares excelsos
es para mí el desierto y la morada en la
    tienda.

Con el tiempo dicen que se volvió más huraño y despótico y que apenas salía de sus palacios
por miedo a que lo asesinaran. El liberto Badr,
que no lo había abandonado desde las peregrinaciones de su adolescencia, cayó también en desgracia y fue despojado de sus bienes y expulsado
de Córdoba. El joven héroe de las fábulas se con-

vierte en un tirano amargado y solitario, y nos parece que se desdobla en varios personajes, sin que podamos saber cuál de ellos es más verídico, o si alguno lo es. Abd al-Rahman escribe delicados versos sobre su nostalgia de Siria y también persigue como un delincuente a su hijo Suleyman y ordena que a un rebelde cautivo le corten las manos y los pies y lo ejecuten a mazazos para que sea más larga su agonía. Construye en las afueras de Córdoba un palacio semejante a aquel donde pasó su infancia y le da el mismo nombre, al-Rusafa, para habitar así el espacio íntimo de la memoria, pero es capaz de matar con sus propias manos a un adversario al que ha recibido a solas mintiéndole hospitalidad y perdón. Es un monarca justo y valiente que cabalga siempre a la cabeza de sus tropas y también «un déspota pérfido, cruel, vengativo y despiadado» —según le acusa Dozy—, un rey protegido por el terror y aislado por el odio. El califa abbasí Abu Chafar al-Mansur, que tal vez, desde tan lejos, temía que la furia del Inmigrado se dilatara hasta Bagdad, lo comparó a un ave de presa.

Pero ya no es posible saber quién fue Abd al-Rahman. Puede que no llegara a escribir todos los versos que se le atribuyen, pero la belleza de esas palabras, transmitidas por manuscritos inseguros, vertidas a una lengua que no existía cuando él vivió, hace que casi lleguemos a sentir que en Abd al-Rahman hay algo semejante a nosotros. Como esos hombres que cierran los ojos al abrazar a una mujer para imaginarse que abrazan a otra, Abd al-Rahman viviría en Córdoba como en un premeditado espejismo de Damasco, pero no le bastaba el recuerdo y quería tocar la materia misma de las cosas que añoraba. Enviados suyos viajaron a Siria para traerle árboles que no crecían aquí, palmeras y granados que hizo plantar en al-Rusafa y en los jardines del nuevo alcázar construido en el solar del palacio de los gobernadores, a la orilla del Guadalquivir. Cuando miramos hoy, sobre el perfil de los tejados de Córdoba, la copa de una palmera con sus racimos amarillos, estamos viendo un paisaje inventado hace mil doscientos años por la voluntad y la nostalgia de un hombre. Le debemos las primeras naves de la mezquita, el verde umbroso de los granados y el rojo brillante y translúcido de su fruto. Erigió sobre la gallardía y el crimen un reino aniquilado luego hasta sus cimientos y algunos palacios de los que ni siquiera han perdurado las ruinas. Lo que queda en el mundo de Abd al-Rahman son unas pocas columnas, unas siluetas familiares de árboles y algunos versos que no importa si de verdad escribió:

Contemplé una palma en al-Rusafa,
en el Occidente lejano, de su patria apartada.
Le dije: ambos estamos en una tierra extraña.
¡Cuánto hace que vivo apartado de los míos!
Creciste en un país donde eres extranjera

y, como yo, en el más alejado rincón del
    mundo habitas.
Que las nubes del alba te concedan frescor en
    esta lejanía
y siempre te consuelen las abundantes lluvias.

IV. LA CIUDAD LABERINTO

La ciudad que había sido un solar de ruinas y la capital de una provincia lejana se convierte de pronto en el destino y en el sueño materializado de un hombre. Crece con la vigorosa lentitud de la vegetación sobre una tierra fértil, se hace al mismo tiempo más intrincada y más vasta, sus murallas vencidas por el abandono vuelven a levantarse, se dilatan y multiplican en torno a los nuevos arrabales como las ondulaciones circulares del agua. Desde los tiempos de la conquista, los musulmanes habían usado como mezquita mayor la mitad de la basílica de San Vicente, pero durante el reinado de Abd al-Rahman se les quedó pequeño aquel espacio de oración, y el emir compró a los cristianos la parte que les correspondía pagándoles cien mil dinares y autorizándoles, en compensación, a que construyeran nuevas iglesias extramuros de la medina. En el solar de la basílica se levantaron las primeras naves de aquel edificio que seguiría extendiéndose igual que la misma Córdoba hasta los días de al-Mansur: el número de las columnas crece como el de los habitantes de la ciudad, porque hombres venidos de los lugares más remotos encuentran en ella una patria, como el Inmigrado: parientes suyos que viajan desde Siria y a los que él ofrece su hospitalidad, ahora poderosa, comerciantes judíos del norte de África, soldados y pastores bereberes, esclavos negros y valiosos eunucos traídos por los mercaderes desde las tierras de los *rum*, esclavas rubias y de ojos azules que habitan en los harenes y poseen la misma sabiduría en las artes del amor que en las de la música y la literatura: algunas de ellas serán madres o concubinas predilectas de los emires, como una navarra de nombre Subh, Aurora, a la que amó hasta el final de su vida al-Hakam II.

La Córdoba de los omeyas es un laberinto de callejones y columnas y palacios cerrados y también de rostros y de idiomas, una ciudad mestiza donde los cristianos y los judíos hablan y escriben en árabe aunque sigan conservando su lengua y donde nadie, ni siquiera los más altivos aristócratas que remontan su linaje a las tribus primitivas, puede alardear de una improbable limpieza de sangre: el gran Abd al-Rahman III, descendiente de los primeros califas del Islam, también era nieto de una princesa cristiana, y a uno de los hijos del temible al-Mansur le llamaban familiarmente Sanchol, es decir, Sanchuelo, del mismo modo que hay nombres como Ibn Quzman, o Garciyya —García— o Lupp —Lope— o Ibn al-Qutiyya que significa «el hijo de la Goda», Ibn Antunyan, Serbandus, Ibn Albar.... Los cristianos mozárabes practican libremente sus cultos, aunque no pueden celebrar procesiones públicas ni tañer las campanas más que los domingos, y están sujetos, como los judíos, al pago de un tributo. Su comunidad sigue rigiéndose por las leyes visigodas, y conservan sus propios magistrados, sus clérigos y sus obispos, que se reúnen en concilios y ostentan algunas veces cargos políticos en la administración del Estado: un obispo de Córdoba fue embajador de Abd al-Rahman III. A los cristianos que eligieron convertirse al Islam los llamaban *muwaladum* o muladíes, y eran musulmanes de pleno derecho, si bien alentó muchas veces en ellos un sentimiento de inferioridad y de agravio hacia los árabes: con frecuencia, para igualarse a ellos, se inventaban antepasados orientales —Ibn Hazm, que era de Niebla, decía proceder de Persia—. De estirpe muladí fueron algunos de los más obstinados rebeldes de al-Andalus, como los habitantes del arrabal de la Saqunda, en Córdoba, que estuvieron a punto de tomar por asalto el palacio del emir, o como el turbulento bandido Ibn Hafsun, que abjuró doblemente del cristianismo y del Islam y mantuvo durante casi medio siglo una sublevación invencible en la serranía de Málaga.

Abd al-Rahman I hizo de Córdoba la sede de un reino precario y menor y no supo que había fundado la capital de Occidente, de un mundo áspero y rural en el que los caminos eran inseguros y las ciudades hoscas aldeas fortificadas contra las invasiones. En Córdoba, Abd al-Rahman se salva y se justifica, se hace rey y tal vez tirano y funda una dinastía rebelde que va a durar cerca de trescientos años: gracias a él y a su linaje, Córdoba, en correspondencia a lo que les entregó, recibe una gloria que será recordada y exaltada al cabo de un milenio. Su esplendor y su nombre se prolongan hasta este mismo momento en que yo escribo, y mis palabras, este libro, son consecuencia de actos no extinguidos aún, rescoldos de un fuego que el tiempo no ha podido apagar. El eco de aquellos días no se ha borrado. Queda en los libros, en la imaginación, en la memoria, en las ruinas. Viajeros muertos hace mil años siguen trayendo noticias de aquella ciudad que buscamos en la ciudad de ahora, viva moneda que nunca se volverá a repetir. En las vidas de las ciudades, como en las de los hombres, hay unas horas de plenitud enterradas luego bajo la ceniza. La Córdoba de los omeyas prosperó para después perecer, se hizo grande y poderosa para ser luego asolada. Pero ya escribió Ibn Jaldún que el porvenir de las ciudades y de las dinastías es la segura decadencia.

La Corduba latina es ahora Qurtuba. En Bizancio, en Bagdad, en lo más hondo de Germania, decir su nombre equivale a enunciar los atributos de la maravilla. «Joya brillante del mundo —declamó en latín la abadesa Hroswitha—, ciudad nueva y magnífica, orgullosa de su fuerza, celebrada por sus delicias, resplandeciente por la plena posesión de todos los bienes.» El mismo entusiasmo se repite en la Crónica del moro Rasis, que llama a Córdoba madre de ciudades y dice que fue siempre morada de los mayores príncipes y casa de los reyes, «e de todas partes vienen a ella, e ella a en sí muchas bondades, e siempre fue muy noble e fermosa, e hay en ella muy fermosas cosas e muy fermosas vistas».

El viajero Ibn Hawqal, que posiblemente era un espía de los califas de Oriente, escribió en el siglo X que ninguna ciudad del Magrib, de Egipto ni de Siria era tan grande como ella, y que los cordobeses preferían los placeres de la indolencia al ejercicio de la guerra. Ibn Hayyan dice que contenía mil seiscientas mezquitas: al-Bakrí reduce su número a cuatrocientas setenta y seis. En ambos casos las cifras no aluden tanto a la exactitud como a la sorpresa por lo ilimitado. Según un censo elaborado en tiempos de al-Mansur —el Almanzor de los romances cristianos— había en la ciudad 213.007 casas ocupadas por la plebe y la clase media, 60.300 por los altos empleados y la aristocracia, 600 baños públicos, 80.455 tiendas: si esos datos fueran ciertos arrojarían la cantidad imposible de un millón de habitantes. El severo arqueólogo don Leopoldo Torres Balbás reduce la cifra a cien mil. Lo que sabemos seguro es que el foso que se excavó en torno a la ciudad a principios del siglo XI tenía un perímetro de veintidós kilómetros y delimitaba un espacio de cinco mil hectáreas, que sigue siendo un tamaño mayor que el de la ciudad actual. Arrabales enteros de Córdoba fueron despoblándose y desaparecieron después de la conquista cristiana. Pero los mejores palacios y quintas de recreo y los jardines públicos ya habían sido destruidos mucho antes, cuando el Estado se hundió en la confusión y el desastre de la guerra civil, al principio del segundo milenio.

La ciudad guarda dentro de sus muros varias ciudades y su corazón es la medina, que tiene su propia muralla, levantada sobre las ruinas de la muralla romana, y en la que se abren siete puertas: la del Puente, también llamada de la estatua, porque dicen que sobre ella había una imagen de la Virgen María o de una deidad pagana, posiblemente una figura alegórica de la constelación de Virgo, la puerta Nueva construida en tiempos de al-Hakam II, la puerta de Toledo o de Roma, que desembocaba en la antigua Vía Augusta; la puerta del Osario, o del León, o de los Judíos, por la que se iba a la quinta de al-Rusafa; la puerta de los Nogales, la de los Gallegos, la de Sevilla o de los Especieros, cerca de la cual hubo un bazar de especias y perfumes, y en la que nos cuenta Ibn Hazm que un amigo suyo vio por primera vez a una esclava literata y cantora de la que se enamoró instantáneamente. Una calle principal cruzaba de norte a sur la medina desde la puerta del Osario a la del Puente, pasando entre la mezquita mayor y los edificios del alcázar. Sobre esa calle, y para que nadie lo viera cuando acudía a orar, hizo construir Abd Allah un pasadizo elevado. De ella partían calles más estrechas que se ramificaban como venas cada vez más delgadas y en las que se abrían callejones ciegos y oscuros, los adarves, que daban acceso a las viviendas particulares y tenían verjas o puertas que se cerraban por la noche.

En el Islam la ciudad no posee entidad jurídica, no hay un poder municipal que la rija y menos aún que dictamine las normas de su crecimiento. La única autoridad, nombrada por el cadí o directamente por el soberano, es el *saib al-suq*, el señor del zoco, que se llamó luego *muhtasib*, de donde viene la hermosa palabra castellana almotacén. «Debía vigilar y hacer cumplir los preceptos y los deberes religiosos —dice Torres Balbás—, velaba al mismo tiempo por las costumbres públicas, el mantenimiento de la probidad en las transacciones de comerciantes y artesanos; la comprobación de sus pesos y medidas y el castigo de sus fraudes; la calidad de los productos industriales y de las mercancías puestas a la venta; el cumplimiento de las obligaciones de los funcionarios, el mantenimiento del orden y la limpieza en los mercados y lugares públicos...» Pero el muhtasib no intervenía en nada referente a la anchura o al trazado de las calles ni a la altura de los edificios, así que la ciudad proliferaba como un extraño organismo vivo que se configuraba en laberinto, ocupando todo espacio vacío, ascendiendo para buscar el aire libre y la luz como los árboles en una selva, extendiéndose más allá de las fortificaciones cuando éstas no bastaban para contenerla.

En torno a la medina de Córdoba surgieron hasta veintiún arrabales, y cada uno tenía sus propios muros, sus casas de baño, su mezquita y su zoco. El más nombrado fue el de la Saqunda, en la orilla izquierda del Guadalquivir, frente a la puerta de la Estatua. Lo habitaban comerciantes y artesanos muladíes que en tiempos de al-Hakam I, nieto de Abd al-Rahman el Inmigrado, se rebelaron contra una subida de los impuestos, animados por los alfaquíes o teólogos, que reprobaban el hecho de que fuera un cristiano quien los recaudara. Una encrespada multitud cruzó el puente y rodeó el alcázar queriendo derribar sus puertas. Pero los soldados del emir —los llamaban los mudos o los silenciosos, porque eran esclavos extranjeros y no entendían el árabe— los sorprendieron por la espalda y se entregaron a una matanza que duró tres días. El arrabal entero fue saqueado como una ciudad recién conquistada al enemigo. A trescientos supervivientes los ejecutaron y crucificaron luego sus cadáveres y a los demás se les perdonó la vida a condición de que abandonaran al-Andalus para no volver nunca. Algunos de ellos se establecieron en Fez, en un barrio que todavía se llama de los andaluces. Otros viajaron mucho más allá y emprendieron guerras insensatas y coronadas por el éxito, como la conquista de Alejandría y la de Creta, donde, aunque parezca mentira, el cordobés Umar al-Ballutí fundó un reino independiente que perduró más de un siglo y medio. En cuanto al arrabal de donde fueron expulsados aquellos hombres tan indomables y audaces como los extremeños de Pizarro, el emir al-Hakam dispuso que fuera arrasado hasta los cimientos y que sembraran sobre las ruinas para que no quedase traza de él y que nunca más se construyera allí ningún edificio. Asolado por la muerte, aquel lugar se convirtió luego en un cementerio. Lo primero que veían los viajeros al llegar a Córdoba por el camino del sur eran las pequeñas lápidas blancas con inscripciones funerales: para llegar a la ciudad de los vivos, escribe Torres Balbás, tenían que cruzar primero la ciudad de los muertos.

Fundar un cementerio era un acto piadoso: el que lo hiciera gozaría en la otra vida de beneficios semejantes a los que merecían quienes edificaban una mezquita, abrían un pozo o reparaban un puente. Aparte de los cementerios judío y cristiano, había doce para los musulmanes en los alrededores de Córdoba, y los viernes por la tarde las mujeres salían de sus casas para visitarlo, gozando así de una valiosa oportunidad de caminar al aire libre y de cruzar rápidas miradas con los desconocidos. Vestidos de blanco, que era el color del luto, los amigos de un muerto se reunían alrededor de su tumba. Pululaban entre ellas músicos y narradores de historias, y jóvenes que espiaban los rostros sin velo de las enlutadas. Fuera de las casas cerradas y del recinto asfixiante de la ciudad, a la orilla del río, el cementerio era un lugar de paseo y de gozo, y, para irritación de los hirsutos teólogos, algunas veces los deudos de los muertos bebían vino sobre las sepulturas, y los amantes que en la ciudad no podían ni mirarse se encontraban abiertamente caminando entre ellas. El poeta muladí Ibn Quzmán, que frecuentaba los prostíbulos y las tabernas y escribía en el dialecto entre árabe y romance que se hablaba en los zocos, pidió que lo enterraran envuelto en pámpanos y que derramaran vino sobre su cadáver. Ocultas en el interior de tiendas de seda, las mujeres de la aristocracia oraban por sus difuntos y tal vez aguardaban a un amante. El territorio de los muertos no era, como entre nosotros, un espacio clausurado y prohibido. Los vivos permanecían aliados a ellos y pisaban sin miedo la misma tierra que los acogía.

Pero no sólo los cementerios circundaban la ciudad: antes de llegar a ella, en las dos riberas del Guadalquivir, había casas de campo, grandes palacios o pequeñas quintas medio escondidas entre los árboles frutales y los canteros de las huertas. Dice el poeta Ibn Hammara que aquellas fincas, las almunias, aparecían entre el verdor de la vegetación como perlas blancas engastadas en medio de esmeraldas. Cuando se hacía más intenso el calor, sus dueños abandonaban la ciudad para retirarse a ellas, y sólo volvían cuando se terminaba la vendimia. Alrededor de Córdoba las almunias trazaban una umbría de oasis. El nombre de cada una de ellas es una invocación, porque sólo en las palabras queda algo de aquellos lugares desaparecidos: Palacio del Jardín, de las Flores, del Enamorado, de Damasco, Pradera de Oro, Campo del Azud, Pradera de Aguas Rumorosas. Si faltaban pozos o arroyos, altas norias elevaban hacia sus estanques el agua del río, que se derramaba luego en las fuentes y en la geometría recóndita de las acequias. «Córdoba es cercada de muy fermosas huertas —leemos en la Crónica del moro Rasis—, e los árboles dan muy fermoso fruto de comer, e son árboles muy altos, e son árboles de muchas naturas, e a par de la puente hay muy buen llano plantado de muchos y buenos árboles. E contra septentrión yace la sierra muy bien plantada de viñas e de árboles, e de la sierra traen al alcázar el agua por caños de plomo, e de todas partes vienen en Córdoba a maravilla por la ver.»

Henri Pères ha establecido el delicado catálogo de las flores y de las plantas preferidas por los poetas de al-Andalus: el arrayán, la margarita, la violeta, el narciso, el lirio azul, el alhelí amarillo, la azucena blanca, el nenúfar, la rosa roja, el jazmín, la amapola, la flor del lino, la del almendro, la del granado, la del haba, la de la enredadera, la del manzano, la del peral, la del limonero, la del naranjo, la del membrillo, y también de los frutos que degustaban más asiduamente, los higos, las habas, las alcachofas, las granadas, los dátiles, las cerezas. Ibn Sad al-Jayr dice de una granada madura que abre la boca como un león para dejar ver los dientes tintos en sangre; Abul Hasan ibn Hayy, que las manzanas encarnadas son las que han sentido turbación en el momento del encuentro, y las amarillas las que han sufrido el dolor de la separación. Los musulmanes andalusíes, que no encontraban hermosura, sino terror, en la naturaleza salvaje y en el mar, veían en cada huerto una prefiguración del Paraíso, y el cuidado de la tierra y de los árboles no era menos minucioso que el de los versos que los describían. Ibn Jafaya, al que llamaban al-Yannan —el jardinero—, dejó escrito: «El Paraíso, en al-Andalus, tiene una belleza que se muestra como la de una desposada, y el soplo de la brisa está deliciosamente perfumado.»

Pero igual que la ciudad, a pesar de las murallas, se disolvía sin ruptura en las casas blancas que punteaban el verdor de los alrededores, también los árboles y los jardines ingresaban en ella, ahora escondidos al otro lado de las tapias de los palacios, como en los cármenes de la Granada nazarí. En los jardines del alcázar eran enterrados los emires, y hubo un poderoso aristócrata que dejó dispuesto antes de morir que el jardín de su casa, que estaba cerca de la puerta de los Judíos, se convirtiera en paseo público.

«Era el más hermoso y admirable de los lugares y el más completo por su belleza —escribe Al-Fath ibn Jayan—: su patio era de mármol de un blanco muy puro. Un arroyuelo lo atravesaba como una serpiente de vivos movimientos, y un aljibe acumulaba límpidas aguas. El cielo de este pabellón era de estalactitas teñidas de oro y lapislázuli. El jardín tenía avenidas de árboles armoniosamente trazadas y sus flores sonreían dulcemente en los capullos. El sol, tan espesa era la enramada, no podía ver la tierra, y la brisa se cargaba de perfumes al soplar desde el jardín.» Allí estaban juntas las tumbas de dos amigos que no quisieron separarse ni después de la muerte, y cerca de ellos fue enterrado el poeta Ibn Suhayd, que vivió para contar el recuerdo de los mejores días de Córdoba y murió en 1035, cuatro años después de que se extinguiera el califato omeya.

Antes de pasar el puente y de entrar en la ciudad por la puerta de la Estatua, el viajero que hubiera cruzado los caminos sombreados de árboles y el cementerio de la Saqunda vería un gran espacio abierto, la *musalla*, un oratorio al aire libre que tenía un pequeño mihrab para señalar la dirección en la que debían inclinarse los fieles. En la *musalla* terminaban las procesiones de rogativas que se celebraban en los años de sequía, y cerca de ella, en otra explanada abierta la *musara*, se reunía la multitud en los días de las grandes fiestas —la del final del Ayuno y la de los

93

Sacrificios— y había carreras de caballos, desfiles militares y partidos de polo, juego éste que según cierta tradición musulmana es uno de los tres que gustan de presenciar los ángeles: los otros son el tiro con arco y el acto del amor. Y justo al pie de la muralla, bordeando la ribera derecha del río, se prolongaba un paseo empedrado, el *rasif*, en el que había una hilera de álamos y algunas veces también una hilera de cruces, porque era allí donde se exhibían públicamente los cuerpos de los ajusticiados: a los olores de Córdoba que nos ha transmitido la literatura hay que sumar el hedor de la carne humana corrompida. No en vano asegura Ibn Jaldún, que lo sabía todo, que en las ciudades la atmósfera está viciada por la mezcla de exhalaciones pútridas que provienen de la gran cantidad de inmundicias, y que sólo gracias al movimiento continuo de una numerosa población se producen ondulaciones del aire que dispersan los vapores inmóviles.

Pero cuando de verdad comenzaba el reino de los olores era al traspasar las grandes puertas herradas, cuando el viajero entraba en la calle principal que dividía en dos la medina, dejando a un lado, a la izquierda, el alcázar del emir, del que cuenta hiperbólicamente al-Maqqari que era el palacio más grandioso que había existido desde los tiempos del profeta Moisés, y a la derecha el muro largo y terroso de la mezquita mayor. Como Marrakesh o Xauen para el viajero de nuestros días que llega de Europa, la Córdoba de entonces provocaría una gozosa excitación de todos los sentidos, que se confundirían en una embriaguez simultánea al mismo tiempo que se afilaban en la pureza química de sus percepciones singulares. Tetuán significa *la ciudad de los ojos*. Córdoba sería una ciudad de pupilas, de incesantes miradas, de roces de cuerpos en la angostura de los callejones, de perfumes densos y de aguas fecales que corrían libremente en arroyos bajo los pies de los caminantes, de sonidos fatigados de pasos, de voces que gritaban en tres idiomas y se borraban entre sí y se quedaban en silencio cuando venía sobre los tejados la solitaria voz de un almuédano. En Córdoba se escucharía siempre ese rumor de la vida que ya no existe en nuestras ciudades y no sabemos recordar: un rumor monótono como el de un río, como la voz de muchas aguas de la que se habla en el Génesis: Buhoneros, músicos, narradores de cuentos, mendigos tirados en el suelo, domadores de monos, adivinos, aguadores, sahumadores que por una moneda humedecían las manos con perfume o salpicaban el cabello, o acercaban un pañuelo empapado a la nariz de quien no quisiera notar los turbios olores de la calle, novias hieráticas y adornadas como ídolos a las que llevaban en procesión hacia el lugar de su boda, ladrones, locos sueltos, porque sólo a los furiosos los encerraban, monjes huraños, rabinos que movían rítmicamente la cabeza y oraban en silencio separando apenas los labios, guardianes negros o rubios, arrieros guiando recuas de asnos inverosímiles que podían adentrarse en los callejones más estrechos, epilépticos verdaderos o fingidos que se arrojaban al suelo y se revolcaban para incitar la piedad o el miedo de quienes pasaban junto a ellos. Había artífices de sombras chinas y vendedores de amuletos que agitaban cabezas disecadas de pájaros. Olía a pan, a guiso de cordero, a especias, a cuero macerado, a rincones y portales húmedos donde la luz del día no entraba nunca. En cada barrio había una calle reservada a las tiendas de comidas: carnicerías que mostraban corderos y cabras despellejados y grandes trozos de vaca, verdulerías con hortalizas frescas del valle del Guadalquivir, fruterías, tiendas de especieros en las que también se vendía aceite, manteca salada, huevos, azúcar, miel, obradores de reposteros que ofrecían a gritos sus dulces, a los que eran muy aficionados los andalusíes, zaguanes donde los cocineros guisaban a la vista de la gente y donde podían comprarse cabezas de cordero asadas, pescado frito, salchichas picantes, mientras un humo espeso de olores invadía el aire y desconsolaba el estómago de los hambrientos.

La muchedumbre plebeya, la *amma*, que merecía el desprecio de los poderosos y los literatos, anegaba calles y zocos con un desasosiego como de colonia de insectos y en los tiempos de escasez se arremolinaba a las puertas de los depósitos de grano del emir. Los muros del alcázar no existían sólo para prevenir ataques de los enemigos exteriores: como la Alhambra, el alcázar de Córdoba era una recelosa fortificación construida para defender al rey de los motines de sus súbditos, y por eso tenía puertas que permitían salir de la ciudad sin pasar por sus calles. Cuando la sublevación del arrabal de la Saqunda, al-Hakam I, que veía desde una terraza el alud furioso de la muchedumbre y no estaba seguro de que sus mercenarios la pudieran contener, volvió serenamente a su tocador y se perfumó la cabeza con almizcle y algalía. Alguien, extrañándose de que actuara así en un trance tan desesperado, le preguntó por qué lo hacía, y el emir le contestó: «Éste es el día en que debo prepararme para la muerte o para la victoria, y quiero que la cabeza de al-Hakam se distinga de las de los otros que perezcan conmigo.»

La ciudad es una yuxtaposición de rostros, de palabras y olores, de jirones de otras ciudades posibles: hay un arrabal para los judíos y otro para los tejedores muladíes y mozárabes, y los alfareros y los curtidores tienen los suyos en el exterior de las murallas. Hay un barrio donde se congregan los leprosos, y cada oficio tiene una calle o un zoco al que le da su nombre: los pergamineros, los vendedores de libros, los silleros, los cedaceros, los sastres, los buhoneros de ropas usadas, las mujeres de las mancebías... El artesano trabaja a la vista de todos en un pequeño portal y vende allí mismo su mercadería. El zoco puede ocupar una sola calle en un distante arrabal o extenderse a lo largo de barrios enteros al oriente de la gran mezquita, en la Axarquía, donde están los almacenes de los mercaderes opulentos y los depósitos de seda de la alcaicería, amplios edificios con varios pisos rodeados de galerías que dan a un patio central y cuyas habitaciones superiores sirven de hospedaje para los viajeros y algunas veces también ocultan lupanares.

A la caída de la noche las calles del laberinto se despueblan. Ahora, en la completa oscuridad, es mucho más fácil perderse, y el que camina solo puede quedar atrapado tras una puerta que se cierra a su espalda al final de un callejón o morir degollado por los ladrones nocturnos: en tiempos de al-Mansur, cuando había tantos y tan fieros que nadie se atrevía a salir de noche, patrullas militares que se alumbraban con antorchas rondaban las calles para prenderlos. Al anochecer se extenderían poderosamente la soledad y el silencio y se oirían en él los pasos de los guardianes y el chirrido de los cerrojos que clausuraban las puertas de las casas y de los callejones de los zocos. La noche convertía a la ciudad en una región desconocida: puertas cerradas, calles quebradas por esquinas y pasadizos que no conducían a ninguna parte, casas sin ventanas de las que no podía venir ninguna luz, ni la de los candiles de aceite. Córdoba, que durante el día muestra públicamente el flujo de la vida con obscenidad de vísceras derramadas sobre el mostrador de una carnicería, tiene también, sobre todo de noche, un reverso de secreto y de escondida quietud. Hay una cara de la ciudad que permanece siempre en sombra, un espacio interior concebido para ofrecer a quien lo habita un refugio invisible. La casa es el centro del laberinto de Córdoba, y el desorden de las calles, su juego de trampas sucesivas, parece trazado para que ningún extraño pueda vulnerarlo.

A los viajeros que visitaban Granada en el siglo XIX nada los sorprendía más que el contraste entre los paredones desnudos de la Alhambra y el esplendor que se guardaba tras ellos. Nuestras calles son mucho más pudorosas que las musulmanas, pero nuestras casas, en comparación con las suyas, son impúdicas: tienen portales abiertos y grandes ventanas, tienen fachadas que declaran a quien se detenga a mirarlas el poderío o la penuria de quienes viven en ellas. Por eso nada es más ajeno a la Córdoba islámica que los patios actuales de la ciudad, que se exhiben sin recelo a cualquiera que pase, como mujeres demasiado seguras de su belleza. El interior de la casa musulmana era un lugar inaccesible para la mirada de un extraño, que sólo podía ver, escribe Lévi-Provençal, «un muro de varios metros de alto, sin ventanas, y con un simple enlucido de argamasa». Muchas veces, ni la puerta podía verse, porque estaba al fondo de un adarve, un callejón sin salida que se cerraba de noche y por el que sólo pasaban los que vivían en su vecindad inmediata, interponiendo así una frontera de vacío y silencio entre el tumulto de la calle y el ámbito seguro de la intimidad. Los adarves, los zaguanes y los patios culminan una orfebrería de penumbra en esta ciudad donde el calor del verano es tan inmisericorde como un castigo bíblico y donde con frecuencia la vida, en ese tiempo, es para los débiles y los desposeídos, que viven hacinados en ínfimos patios de vecindad y zahúrdas oscuras, una suma de avatares atroces.

La casa es inviolable: toda visita que no sea de amigas de la dueña o de vendedores de perfumes o telas está prohibida. Algunas veces, como en la España católica de la Celestina, los amantes se sirven de tales mujeres para sus conspiraciones. Dice Ibn Hazm en *El collar de la paloma*: «Las personas más empleadas por los amantes para comunicarse con los que aman son, o bien criados, o bien, por el contrario, personas respetables y fuera de toda sospecha, por la piedad que aparentan o por la avanzada edad a que han llegado. ¡Cuántas hay así entre las mujeres! Sobre todo las que llevan báculo, rosarios y los dos vestidos encarnados... También suelen ser empleadas las personas que tienen oficio que suponen trato con las gentes, como son, entre mujeres, las curanderas, las aplicadoras de ventosas, las vendedoras ambulantes, peinadoras, plañideras, cantoras, echadoras de cartas, maestras de canto, mandaderas, hilanderas, tejedoras...» Si vienen los amigos del hombre, éste no les permitirá llegar al patio: los recibe en una habitación que da al zaguán, y cuando se marchan los despide allí mismo. Del patio, a donde se abren sus puertas, llega la luz a las habitaciones. Si la casa es próspera, habrá una fuente o un pozo en el centro. Quien vive allí, a un paso de las calles de Córdoba, sólo oye el agua y tal vez el zureo de las palomas en el terrado. El mobiliario es muy escaso y muy fácil de transportar, como el de una tienda de nómadas: en las casas de los ricos, tapices de lana o de seda para cubrir las paredes y alfombras de colores vivos en el suelo, y esteras de junco o de esparto en las de los pobres; divanes a lo largo de la pared y mesas bajas y redondas para la comida. No hay armarios, sino alacenas y baúles de madera de pino donde se guarda la ropa y la vajilla. En la despensa, en tinajas de barro, se almacenan las provisiones, la harina, el aceite de oliva, el vinagre, la carne salada o conservada en manteca, las uvas pasas, los higos secos y dulces. Hasta hace muy poco, los olores de aquellas despensas y alacenas de los musulmanes andaluces todavía nos eran familiares: ahora sólo permanecen en la memoria de algunos.

Con las primeras luces, después de la ablución matinal, el dueño de la casa, que posee la única llave de la despensa y administra severamente los alimentos del día, sale a sus asuntos y las mujeres se quedan solas con los hijos, y con las esclavas y los eunucos, si él es un poderoso. El matrimonio es un rígido contrato estipulado notarialmente por los padres de los novios, y la poligamia un lujo que casi nadie puede permitirse. Si un hombre logra el dinero preciso para comprar una esclava, la preferirá rubia y de pelo corto, o negra traída de África por los mercaderes. Cuando la esclava le da un hijo, adquiere en la casa una posición de privilegio, especialmente si sabe tocar el laúd y recitar versos y es más joven que la esposa, y participa libremente en los banquetes de los hombres.

La primera tarea de las mujeres que no tienen quien les sirva es amasar el pan, que se lleva a cocer a un horno público. Un mozo de la tahona reparte luego por las casas los panes recién hechos, grandes hogazas olorosas dispuestas en una tabla que sostiene sobre su cabeza, y que dejarán por donde pase el rastro de su aroma caliente. A media mañana el hombre regresa del zoco con la compra, o se la hace traer a un esportillero a cambio de unas monedas. La comida de mediodía es muy frugal, sobre todo en verano: pan, ensalada de lechuga, aceitunas, queso. Desde abril hasta octubre se prodigan en la mesa los frutos de las huertas de al-Andalus, cuya sabrosa variedad admiran los viajeros de Oriente, las alcachofas, las berenjenas, el melón, las ciruelas, los melocotones, las sandías, las granadas, los membrillos, las manzanas y las cerezas de Granada, las naranjas, los limones y los plátanos de Almuñécar, las uvas y los higos de Málaga. En casa de los pobres, la carne sólo se comía en las grandes fiestas, como la de los Sacrificios, cuando cada padre de familia adquiría un cordero, aunque le costase quebrantos y deudas: el resto del año, como en la Europa cristiana, la alimentación común era el pan y las sopas de harina, la *harisa*, una papilla de trigo cocido con grasa a la que a veces se añadía un poco de carne picada, y también los purés de lentejas, de habas y de garbanzos, las sopas de levadura y de hierbas, hinojo, ajo, alcarabea. El vino, prohibido por el Corán, no faltaba en las mesas de Córdoba. En el arrabal de la Saqunda, junto al puente, hubo una famosa bodega regentada por taberneros mozárabes, pero no eran sólo cristianos los que acudían a ella, para escándalo de los severos alfaquíes. De al-Hakam I dicen que era tan dado a la bebida como poco adicto a las costumbres piadosas, y en la mezquita mayor, durante la oración de los viernes, se levantaban voces anónimas que le gritaban: «¡Borracho, ven a rezar!»

La casa era el reino secreto de las mujeres, de las voces que hablaban en voz baja, una claustrofobia de paredes cerradas y de gestos y pasos amortiguados por el silencio, el centro mismo del mundo y el retiro absoluto. Sólo en ella se hacía visible la palidez de los rostros sin velo, lo que nadie podía mirar, lo que ni siquiera nos está permitido que adivinemos. Mujeres que hilan o amasan el pan, que suben a las azoteas para contemplar un largo paisaje de alminares y tejados, de palmeras solas y montañas azules. Mujeres sentadas al fondo de habitaciones umbrías, escuchando una ciudad tan lejana como el ruido del mar. Algunas veces sus amantes, para enviarles una carta —dice Ibn Hazm—, usan palomas mensajeras. El corazón de Córdoba es una cámara sellada: el vaticinio de las estancias umbrosas que según el Corán gozan en la otra vida los creyentes. Con orgullo, con una irreverencia que afirma el gusto soberano de vivir en el mundo, Ibn Jafaya escribió:

No existe el jardín del Paraíso
sino en vuestras moradas.
Si yo tuviera que elegir, con éste me quedaría.
No penséis que mañana entraréis en el fuego
*   eterno:*
no se entra en el Infierno tras vivir en el
*   Paraíso.*

V. EL MÚSICO DE BAGDAD
Y EL TEÓLOGO FURIOSO

Es muy probable que Ziryab el bagdadí y Eulogio de Córdoba no llegaran a encontrarse nunca, aunque sin duda oirían hablar el uno del otro, y tal vez Eulogio, que era más joven que Ziryab, vio a éste por las calles de la medina, montado en un caballo con gualdrapas lujosas y precedido por un séquito de esclavos. Los dos vivieron en Córdoba durante el largo reinado de Abd al-Rahman II, que duró treinta años. Los dos sobrevivieron al emir. Ziryab, viejo y cargado de celebridad y riqueza, murió en el 857, en su casa de campo del arrabal de al-Rusafa. Eulogio, dos años después, decapitado públicamente y exaltado en seguida a la santidad por sus correligionarios mozárabes. Ziryab era un hijo de libertos, un desterrado sin patria que vino a encontrarla en Córdoba y que ya nunca quiso abandonar la ciudad. Eulogio, un descendiente de patricios hispanogodos cuyo linaje era muy anterior a la llegada de los musulmanes y que mantuvieron siempre orgullosamente su condición de cristianos. Ziryab, cuando nació, estaba destinado a ser un comerciante menesteroso en los zocos de Bagdad, igual que sus padres, esclavos liberados por el califa abbasí al-Mahdi. A Eulogio lo educaron para vivir entre los señores del mundo: un hermano suyo, sin abjurar del cristianismo, había alcanzado una alta posición en el palacio del emir, y otros tres se dedicaban provechosamente al comercio de bienes lujosos. Su abuelo, un rígido aristócrata, maldecía por lo bajo y se santiguaba cuando oía la invocación de los almuédanos, esa doble injuria a su fe cristiana y a su estirpe visigoda. Eulogio quiso vivir como un asceta y se obstinó con furia en morir como un mártir. A lo largo de los setenta años de su vida, Ziryab se consagró a gustar los placeres de la música, del amor, de la comida, del vino, de la inteligencia. A Eulogio lo torturaba la vejación de su ciudad invadida, de sus palacios usurpados por advenedizos, de su lengua y su religión suplantadas por las de un falso profeta, encarnación del anticristo del Apocalipsis. Ziryab practicaba muy tibia y respetuosamente las normas del Islam, y agradecía al azar que lo hubiera traído a esta tierra conquistada hacía más de un siglo por los musulmanes. Es probable que los dos amaran a Córdoba con una pasión semejante, y que murieran felices, gozando cada uno la plenitud de sus vocaciones adversas: la música que Ziryab trajo a al-Andalus sigue viviendo en las *nubas* de los cantores marroquíes y en algunas modulaciones y desgarros del flamenco español; Eulogio es un santo de la Iglesia católica, y sus reliquias tuvieron fama durante siglos de extremadamente milagrosas.

El verdadero nombre de Ziryab era Abul-Hasan Alí ibn Nafi, y había nacido en Mesopotamia el año 789. Parece que le llamaron Ziryab porque su tez oscura y su hermosa voz recordaban a un pájaro cantor de plumaje negro que tenía ese nombre: el mirlo. En Bagdad, la ciudad circular fundada en el desierto por los abbasíes, cerca de las ruinas de Babilonia, fue discípulo del músico Ishaq al-Mawsulí, predilecto del califa Harun al-Rashid, cuyo nombre ha perdurado en Occidente gracias a los cuentos de *Las mil y una noches*. Como Giotto en el taller de Cimabue y Leonardo en el de Verrocchio, Ziryab es ese discípulo joven y poseído por una gracia innata que deja muy pronto atrás la voluntariosa técnica de su maestro. Para Ishaq al-Mawsulí, en el genio de Ziryab había algo de ingratitud e insolencia: él mismo, más que nadie, estaba dotado para admirar a su alumno, pero no lo podía admirar sin rencor, sin ese odio oculto de hombre viejo y experto hacia el adolescente que alguna vez lo desalojará de la vida. Que esta historia sea verdad o mentira tiene una importancia secundaria: lo que importa es su fidelidad a un exacto arquetipo. En cierta ocasión, el califa Harun al-Rashid, devoto de la música, que es un arte sagrado, aunque algunas veces los teólogos lo reputen de impío, pide a

Ishaq al-Mawsulí que lleve a su presencia a su mejor discípulo. Al-Mawsulí elige a Ziryab, imaginando que repetirá dócilmente las canciones que él le ha enseñado. Pero el muchacho, cuando se encuentra ante el califa, adquiere una inusitada arrogancia. «Sé cantar lo que otros saben —le dice— pero además sé lo que otros no saben. Si tú quieres, cantaré lo que jamás ha escuchado nadie.»

Harun al-Rashid quiso oír esa música que nadie había conocido. Ziryab cantó, pero renunció a usar el laúd de su maestro, y tocó el que él mismo había inventado, que no tenía cuatro cuerdas, como era usual, sino cinco, la segunda y la cuarta de seda roja, la primera, la tercera y la quinta, de color amarillo, hechas con tripas de cachorro de león. El plectro con que las pulsó era una garra de águila, y no una púa de madera, como las conocidas hasta entonces. No sabemos imaginar cómo sonaría aquella música ni qué sintió Harun al-Rashid al oírla, tal vez asombro y fervor y una gratitud ilimitada. Cuando se hizo el silencio, pidió apasionadamente a Ziryab que cantara de nuevo, y que volviera al otro día a palacio. Pero Ziryab nunca volvió, y el califa no llegó a conocer la razón de su ausencia. El único que la sabía era el vengativo maestro Ishaq al-Mawsulí. «Me has engañado indignamente —cuenta Dozy que le había dicho a su discípulo— ocultándome toda la extensión de tu talento. Estoy celoso de ti, como lo están siempre los artistas iguales que cultivan el mismo arte. Además, has agradado al califa y sé que pronto vas a suplantarme en su favor. Si no fuera porque te conservo un resto de cariño de maestro, no tendría el menor escrúpulo en matarte. Elige, pues, entre estos dos partidos: o ve a establecerte lejos, jurándome que nunca volveré a oír hablar de ti, o quédate contra mi voluntad, y entonces todo lo arriesgaré para perderte.»

Ziryab optó por el destierro. Su instinto de músico y la perfección de su voz, que lo habían alzado desde los arrabales de Bagdad hasta la presencia del rey más poderoso del mundo, lo condenaban ahora a una vida de apátrida. Fugitivo de Oriente, como Abd al-Rahman el Inmigrado, deambuló durante años por las ciudades de Siria y del norte de África sin saber que el destino último de su viaje era Córdoba. Vivió en El Cairo, cruzó los desiertos de Egipto y de Libia para establecerse en la ruda Qayrawan, capital del reino de los aglabíes. Llevaba la vida errante de los músicos sin fortuna y de los poetas mercenarios, pero a donde quiera que iba lo precedía la gloria creciente de su nombre, y quienes lo escuchaban ya no podían olvidar nunca el metal de su voz. Aseguraba que sus canciones se las dictaban en sueños los ángeles: se despertaba de pronto en la oscuridad, encendía una luz, llamaba a su concubina y discípula Ghazlan, que imitaba con el laúd la melodía que él le iba enseñando mientras inventaba o recordaba las palabras del sueño. En Qayrawan tuvo noticia del esplendor de Córdoba, donde reinaba el emir al-Hakam I. Ziryab le escribió solicitándole que lo acogiera en su corte, y confió la carta a un mercader que se disponía a viajar a al-Andalus. Al cabo de unos meses, cuando tal vez ya suponía que la carta estaba perdida o había sido desdeñada, le llegó la respuesta del viejo emir, que lo invitaba a emprender inmediatamente el viaje hacia Córdoba, porque había oído hablar de él y quería conocer aquella voz que no se parecía a la de nadie y aquellas canciones dictadas por los ángeles.

Apresuradamente, Ziryab abandonó el tedio de Qayrawan y cruzó el mar en una nave que lo llevaría a Algeciras. Ciento once años atrás allí mismo habían desembarcado los primeros musulmanes que invadieron la península. Pero en cuanto llegó al puerto, en mayo del 822, supo con estupor y desengaño que al-Hakam acababa de morir. Cuando más cerca se había sentido de encontrar una vida apacible, su mala suerte parecía empujarlo de nuevo a la incertidumbre de los músicos nómadas. Tenía treinta y tres años y era más consciente que nunca de la madurez de su talento y de la singularidad de su arte, pero estaba cansado de gastarlo en ínfimas cortes de príncipes iletrados y de andar siempre errante de una ciudad a otra. Muerto el emir que tantas cosas le había prometido, debió de sentirse atrapado en el puerto de Algeciras como en una tierra de nadie, buscando un barco que lo devolviera al norte de África, preguntándose con desgana hacia dónde se encaminaría cuando llegara otra vez allí. Entonces supo que alguien andaba preguntando por él. Era el músico judío Abu Nasr Mansur, que había venido a recibirlo en nombre del nuevo emir, Abd al-Rahman ibn al-Hakam, cuarto de su dinastía y biznieto del primer omeya que reinó en al-Andalus. Abd al-Rahman II, le dijo Abu Nasr a Ziryab, se complacía en renovar la invitación de su padre, y le enviaba una carta y el cuantioso viático de una bolsa de monedas de oro. Los años de peregrinación de Ziryab el bagdadí habían terminado.

Tenía aproximadamente la misma edad que el emir y compartía su devoción por los libros, la música y el amor de las mujeres. Salvo en el aspecto físico —los ojos claros, las piernas un poco cortas, el pelo entre rubio y rojizo y tintado de alheña—, Abd al-Rahman no se parecía mucho a sus predecesores, y probablemente vivió más feliz que cualquiera de ellos. Su bisabuelo, el Inmigrado, había ganado el reino por las armas y guerreó e intrigó toda su vida para conservarlo. Hishan, el segundo emir de la dinastía, fue un hombre más bien apocado y sumamente piadoso, virtud ésta muy rara entre los omeyas, y reinó sólo durante siete años, tal como le había vaticinado un astrólogo. Dicen que en las noches lluviosas y frías del invierno hacía repartir dinero en las mezquitas, para animar a los fieles a que las visitaran. En cuanto a al-Hakam I, su padre, había sido un déspota de carácter iracundo, aunque muy dado a la poesía, que no tuvo el menor escrúpulo en ordenar el exterminio de los sublevados en el arrabal de Córdoba y urdió el asesinato de cinco mil rebeldes toledanos en la que llamaron la Jornada del Foso, por un precipicio sobre el Tajo al que fueron arrojados los cadáveres de los decapitados. Un cronista musulmán dice lacónicamente de él que «apagó el fuego de la discordia en al-Andalus, concluyó con las turbas de rebeldes y humilló a los infieles por doquiera». Pero fue el mismo al-Hakam quien mejor resumió la crueldad y la bravura de su propia vida en un poema que legó a modo de testamento a su hijo:

Uní las divisiones del país con mi espada como quien une con la aguja los bordados y congregué las diversas tribus desde mi primera juventud.

Pregunta si en mis fronteras hay algún lugar abierto al enemigo, y correré a cerrarlo, desnudando la espada y cubierto con la coraza.

Acércate a los cráneos que yacen sobre la tierra como copas de coloquíntida: te dirán que en su acometida no fui de los que cobardemente huyeron.

Mira ahora el país, que he dejado libre de disensiones, llano como un lecho.

Abd al-Rahman II heredó un reino próspero y temporalmente pacífico, pero no el temperamento militar de su padre. Cada verano emprendía la preceptiva guerra santa contra los cristianos del norte o contra los súbditos casi nunca sumisos que renegaban de su autoridad, pero es sabido que prefería las batallas de amor y los campos de pluma, y que le gustaba tanto la poesía que más de una vez recitó, como propios, versos de algún poeta complaciente y venal a quien le había pagado para que se los cediera. Tuvo cuarenta y cinco hijos y cuarenta y dos hijas de treinta y seis mujeres diferentes, pero se sabía de memoria el Corán y en su vejez sucumbió con frecuencia al arrepentimiento, inducido por torvos teólogos que le auguraban castigos infernales si no se corregía a tiempo de morir santamente. «Dedicábase exclusivamente a sus diversiones y placeres —escribe un cronista anónimo—, viviendo como uno de los habitantes del Paraíso, donde se encuentra reunido todo lo que puede desear el alma y halagar los sentidos.» Agentes suyos recorrían el mundo buscando a cualquier precio libros para su biblioteca y muchachas vírgenes para su harén. Dozy y Sánchez Albornoz reprueban agriamente su sensualidad, que atribuyen a una blandura de carácter. Si lo incitaba el deseo, lo abandonaba todo para satisfacerlo, ya fuera una fiesta nocturna en la que se bebía vino y se recitaban versos o una campaña militar. Una noche, durante una expedición hacia el norte, tuvo un sueño erótico que le deparó una gustosa eyaculación. Ante el ayuda de cámara que le trajo la jofaina para que se purificase con el agua fría, improvisó la primera línea de un poema: «Prolífico derrame se ha deslizado de noche sin que me diera cuenta.» Y el otro le contestó, también en verso: «¿Se ha presentado viniendo en las tinieblas? ¡Bien venida sea aquella que viene en la oscuridad a visitarte!» En cuanto amaneció, Abd al-Rahman delegó en uno de sus generales el mando del ejército y cabalgó de regreso a Córdoba, acuciado por el deseo de abrazar cuanto antes a la muchacha que había poseído en sueños.

Amaba con fervor simultáneo a tres esclavas cantoras y literatas que sus emisarios habían adquirido para él en Arabia, en el mercado de la ciudad santa de Medina. Una de ellas, Fadl, se había criado en el palacio de una hija del califa Harun al-Rashid, y era una virtuosa del laúd y una erudita en poesía árabe clásica y en geometría y aritmética; la más hermosa de las tres, Qalam, tenía el pelo rubio y los ojos azules y no era árabe, sino vascona, hija de un hidalgo guerrero de cuya casa fuera raptada de niña durante una incursión de castigo de los musulmanes: vendida al otro extremo del Islam y dotada de una educación impecable para convertirla en esclava de lujo, había vuelto al mismo país de donde la arrancaron, pero ya no recordaba los primeros años de su vida ni hablaba otro idioma que el

árabe. Ocultas al otro lado de una cortina translúcida, las tres tocaban el laúd y cantaban cada
noche en las largas fiestas del emir: cada una de
ellas le dio un hijo.

Pero al mismo tiempo que se extenuaba repar-
tiendo sus horas de delicia con las tres medinesas,
Abd al-Rahman amaba a la arisca concubina Tarub. De ella escribió —o hizo escribir—: «Siempre
que veo subir al sol que alumbra el día me recuerda
a Tarub, muchacha adornada con las galas de la
belleza: el ojo cree ver una hermosa gacela.» El in-
signe Dozy, que tras su calma de sabio retiene un
brío romántico de narrador de folletines, dice literalmente de ella que era un alma egoísta y seca,
hecha para la intriga y devorada por la sed del oro.
Pero si es verdad que la padecía, Abd al-Rahman
se la sació: una noche fue a buscarla a su alcoba y
encontró cerrada la puerta. Llamó varias veces,
pero Tarub guardaba silencio y se negaba a abrir-
le, tal vez porque la infatigable promiscuidad del
emir la enojaba o porque prefería eludirlo para que
la deseara más. «Abre, gacela solitaria —recitó Abd
al-Rahman—, que la noche es mala consejera para
los corazones débiles. No te obstines con quien
más te ama, ni devuelvas indiferencia a la solici-
tud de un corazón rendido.» Pero Tarub no abrió
la puerta. Sin decir nada, Abd al-Rahman se reti-
ró. Volvió sigilosamente al cabo de un rato, seguido por una cuadrilla de eunucos que cargaban bol-
sas de monedas. Les ordenó en voz baja que las
apilaran contra la puerta de Tarub: cuando ella

abrió por fin, la muralla de oro se derrumbó lentamente en el interior de su habitación, descubriendo al otro lado la presencia inmóvil de Abd al-Rahman, que estaba solo en el umbral, esperando. Las horas que pasó con Tarub aquella noche le costaron veinte mil dinares.

El oro y la plata fluían continuamente de sus manos como si nunca pudieran acabarse: un millón de dinares ingresaban cada año en tesoro del Estado. Fue el primer omeya andaluz que estableció en Córdoba una casa de moneda, la ceca, porque antes de él todo el dinero que circulaba en al-Andalus había sido acuñado en Oriente o en África. Inventó un Estado omnipotente y lujoso, como el de los califas de Bagdad, a los que tanto habían odiado sus predecesores, creó solemnes jerarquías y ceremoniales y minuciosas oficinas donde los escribanos registraban el número exacto de sus soldados y sus servidores y la paga que correspondía a cada uno, así como los tributos de las provincias y de las comunidades sometidas y el valor de impuestos tan peregrinos como el que gravaba la caza con halcón. Fundó ciudades, erigió murallas y mezquitas, construyó para sí mismo un nuevo palacio con dilatados jardines y miradores de cristal en el recinto del alcázar, pues un emir recién coronado sólo llegaba a serlo plenamente cuando abandonaba el palacio de su antecesor para habitar el suyo propio, envió embajadas a Bizancio y al reino de Thule, inauguró en Córdoba una factoría de tejidos preciosos para que abasteciera a la corte de tapices, colgaduras, vestidos de seda para sus mujeres y trajes de ceremonia para sus dignatarios, ordenó la construcción de una armada que defendiera las costas de al-Andalus de las invasiones feroces de los normandos, a los que llamaban *Machus* o Magos y Adoradores del Fuego, abrió sus graneros a los hambrientos en los años de sequía, se reservó el privilegio de examinar antes que nadie las maravillas que traían de China y de la India los mercaderes judíos: brocados, pieles de castor y de malta, hojas de espada, almizcle, alcanfor, canela, tratados de astrología y de interpretación de los sueños. Su familia había sido derribada del trono y diezmada y expoliada por los abbasíes: él, Abd al-Rahman II, conoció una tardía venganza que seguramente ya no le importaba. En Bagdad, durante una revuelta, el palacio de los califas había sido saqueado, y los tesoros que escondía fueron vendidos por los mercados del Islam como un botín de guerra. La pieza más valiosa y más célebre, *el dragón*, un collar de diamantes rojos que había pertenecido a la esposa preferida de Harun al-Rashid, llegó a Córdoba, y Abd al-Rahman pagó por él diez mil dinares y lo puso delicadamente en el cuello de su concubina Shifa. Pobló los jardines de su palacio con animales exóticos —jirafas, rinocerontes, avestruces, pájaros habladores— y se hizo traer de Bizancio autómatas con figuras de aves y de ángeles que batían las

117

alas entre las ramas de los árboles y hacían sonar trompetas cuando se les pulsaba un resorte.
Ningún monarca andalusí fue tan amado como
él, aunque casi nadie vio su rostro, porque se escondía de las miradas públicas como los reyes de
Oriente. El teólogo cristiano Eulogio, que fue
uno de los pocos hombres de su tiempo que lo
odiaron, no pudo escribir sobre él sin contaminarse de entusiasmo: «Córdoba, en otro tiempo
patricia, es hoy bajo las riendas de Abd al-Rahman la floreciente capital del reino árabe, exaltada hasta la cumbre misma de la gloria. La ha
sublimado con honores y ha extendido su fama
por doquier, la ha enriquecido sobremanera y la
ha convertido en un paraíso terrenal.»

Ésa fue la Córdoba que Ziryab conoció, y
nunca quiso marcharse de ella. Había experimentado el peligroso favor y la arbitrariedad de
los príncipes, que fulminaban sin motivo ni remordimiento al mismo hombre al que exaltaron
unos días atrás, pero Abd al-Rahman II no renegó ni un solo día de él en los treinta años que
duró su amistad En cuanto llegó a Córdoba, el
emir le ofreció casa y servidumbre y le concedió
tres días para que descansara del viaje antes de
presentarse a él. Al cuarto día, sin haberlo oído
todavía cantar, le ofreció un palacio y un sueldo
mensual de doscientas monedas de oro, y mil
más en cada una de las fiestas canónicas, y quinientas en San Juan, y otras quinientas en año
nuevo, y doscientos sextarios de cebada y cien de

trigo, y el usufructo de varias alquerías de la campiña de Córdoba. Ni en Bagdad ni en Bizancio había sido pagado nunca tan generosamente el arte de un músico. Pero Abd al-Rahman, que sabía adivinar sus placeres futuros con la misma precisión con que guardaba en la memoria los que ya había conocido, estaba seguro de que en ningún lugar del mundo existía una voz como la de Ziryab.

Sus antepasados habían sido imperiosos guerreros: él aspiraba a ser un monarca sedentario y un hombre estudiosamente feliz. Ziryab le enseñó lo que no conocía, los saberes inmemoriales que había traído del Oriente abbasí, las inútiles y necesarias normas de una elegancia más antigua que el Islam, porque procedía de un sedimento atesorado por los babilonios y los persas, por los griegos que en su camino hacia la India cruzaron los desiertos de Irán y los grandes ríos originarios de los hombres. Ziryab no sólo trajo a Córdoba las melodías aritméticas que había escuchado en sus sueños: con él vino el ajedrez, que era una arcaica alegoría del destino de los emperadores y sus reinos, él enseñó a los señores de Córdoba que los vasos de cristal transparente eran más apropiados para degustar el vino que las pesadas copas de oro, y que los platos de un banquete no debían probarse en un grosero desorden, sino obedeciendo a una gradación ritual que comenzaba con las sopas y los entremeses, seguía con los pescados y luego con

119

las carnes y concluía con los golosos postres de los obradores del palacio y las diminutas copas de licor. Ziryab les enseñó a deleitarse con el sabor de los espárragos trigueros, que ellos ignoraban, aunque sus tallos crecían espontáneamente en al-Andalus, y con los guisos de habas tiernas y las ensaladas de alcauciles. Dictaminó que desde mayo a septiembre convenía vestirse de blanco, y que los tejidos oscuros y las capas de pieles debían reservarse para los meses de invierno. Reprobó el peinado bárbaro de los andaluces, y los indujo a dejarse el pelo tan corto que descubriera los pómulos y la frente, y a pulirse las uñas y usar cremas que limpiaran y suavizaran la piel. Fundó una escuela de música y un instituto de belleza. Como al emperador Adriano, cualquier placer regido por el gusto le parecía casto. Nunca lo tentó el poder ni quiso participar en las borrosas intrigas de los cortesanos. En Córdoba se le fue desdibujando el recuerdo de Bagdad, y agradeció siempre haber servido a Abd al-Rahman II y no a Harun al-Rashid. Algunas costumbres y supersticiones persas que vinieron con él todavía perduran: el juego del polo, el temor a los antojos de las embarazadas, la certidumbre de que los niños que juegan con fuego se orinan en la cama y de que ingerir rabos de pasa es bueno para la memoria, el miedo a los espejos rotos y al número trece. También en vida de Ziryab se conocieron en al-Andalus los gusanos de seda y el papel, y el inventor Abbas ibn

Firnas descubrió la fórmula para la fabricación del cristal, el arte del vuelo y el de la construcción de planetarios, en los que se simulaba la rotación de las esferas, el ruido de los truenos y el resplandor de los relámpagos. Este Abbas ibn Firnas, a quien por su fortaleza física llamaron el hijo del león, era prestidigitador, adivino y geómetra, y se lanzó desde un risco de la serranía de Córdoba vestido con un traje de seda al que había pegado con betún plumas de águila, pero entre tanto cálculo y preparativo se olvidó de tejerse una cola, y cuando apenas había aleteado durante unos segundos cayó en picado y por milagro no se partió el cuello. Siglos después aún quedaban recuerdos de aquella temeridad en los romances viejos de Castilla, y es probable que Leonardo tuviera en cuenta los dibujos de Abbas ibn Firnas cuando inventó su máquina de volar.

La Historia, como la vida de cualquiera, es una monótona galería de horrores. Lévi-Strauss dice que los hombres fueron felices en el Paleolítico superior: es posible que también lo fueran en Córdoba, en la dorada edad de Abd al-Rahman II. Pero sabemos de alguien que en ese tiempo fue violentamente desgraciado, el sacerdote Eulogio, que alcanzó notoriedad pública cuando las vidas del emir y de su amigo Ziryab declinaban. Eulogio, discípulo del virtuoso abad Speraindeo, que había desbaratado con un solo opúsculo en latín las convicciones del hereje Elipando sobre la naturaleza humana de Cristo, no

121

hijo directo, según él, de Dios, sino simple hombre adoptado por la divinidad, detestaba no sólo a los árabes y a su profeta, Mahoma o Muhammad, sino también y sobre todo a los muladíes aclimatados al Islam y a los cristianos que no tenían reparo en hablar la lengua de los invasores y en vestirse como ellos y copiar sus costumbres. Eulogio tenía una hermana monja —en la Córdoba musulmana abundaban los conventos católicos— y un amigo fanático muy dado a la oratoria latina y a la teología de los santos padres, el judío Álvaro, converso reciente al cristianismo y perseguidor sin descanso de la tibieza y la heterodoxia. A Ziryab y Abd al-Rahman los unía la vocación por cualquier clase de placer: a Eulogio y Álvaro, el gusto de sufrir. Nada los escandalizaba más que no ser perseguidos, porque hubieran querido morir como las víctimas de Diocleciano. Pero ser cristiano en Córdoba, como ser judío, era un hábito inocuo que en el peor de los casos sólo traía consigo algunos inconvenientes fiscales. La ley prohibía el ejercicio público de todo culto ajeno al Islam: pero los cristianos celebraban con libertad sus procesiones y entierros y hacían sonar las campanas de sus iglesias, que eran seis, según la enumeración de don Marcelino Menéndez y Pelayo: San Acisclo, San Zoilo, los tres Santos, San Cipriano, San Ginés Mártir y Santa Eulalia, que acogían —sigo citando a don Marcelino— «a invencibles campeones de la fe, señalados a la par como ardientes cultivadores de las humanas y divinas letras», y también añade, aunque un poco a pesar suyo, que «podían los fieles ser convocados a los divinos oficios a toque de campana y conducir a los muertos a la sepultura con cirios encendidos, piadosos cantos y cruz levantada».

Un cristiano, el *comes* o conde Rabi, había alcanzado una dignidad casi de primer ministro en tiempos de al-Hakam I, aunque también es verdad que puso tanto empeño en cobrar los tributos a los muladíes y a los mozárabes que la primera medida que adoptó Abd al-Rahman II cuando subió al trono fue ordenar su ejecución, para congraciarse con sus súbditos. Eran frecuentes las conversiones al Islam, y los matrimonios de cristianas con musulmanes. A Eulogio y a su amigo Álvaro —a éste más aún, por su ira de converso—, los enojaba que su religión, que había sido todopoderosa durante los reinos visigodos, no fuera ahora más que un credo del todo particular y semejante a otros, al de los judíos, al de los árabes. El Islam incluía a Cristo —*Isa*, Jesús— en el número de los profetas que precedieron a Mahoma, junto a Moisés y Abraham, y como tal le reservaba un estricto respeto. Pero, según los cristianos fanáticos, Mahoma era la bestia seiscientos sesenta y seis del Apocalipsis, anunciadora del fin del mundo, y cuando murió, su cadáver no fue levantado al cielo por los ángeles, como decían los musulmanes, sino que se pudrió y fue lamido y devorado por los perros. El abad Speraindeo lo llamó dogmatizador impuro, seductor de naciones, asesino de almas, cabeza vacía, órgano de los demonios, cloaca de inmundicias, lazo de perdición, golfo de iniquidades y sentina de todos los vicios. En privado tales opiniones eran legítimas: afirmarlas en público traía consigo automáticamente la pena capital, fuese cristiano o musulmán quien las propagara. Para estupor de los jueces de Córdoba, que no entendían que nadie apeteciera la muerte, hombres de razonable apariencia empezaron a blasfemar del Dios único y de su profeta en los zocos de Córdoba, incluso en la mezquita mayor, durante la oración de los viernes.

Eulogio y Álvaro los alentaban. Desesperadamente, entendían que el sacrificio voluntario era la única confirmación posible de su fe desdeñada. «Mis correligionarios gustan leer los poemas y las obras de imaginación de los árabes —había escrito Álvaro— y estudian los escritos de sus teólogos, no para refutarlos, sino para adquirir una dicción árabe correcta y elegante... Todos los jóvenes cristianos que se distinguen por su talento no conocen y estudian más que la lengua y la literatura árabes; leen y estudian con el mayor ardor los libros árabes: forman, con grandes dispendios, inmensas bibliotecas y proclaman por todas partes que esa literatura es admirable... ¡Qué dolor! Los cristianos han olvidado hablar su lengua religiosa, y entre mil de nosotros difícilmente encontraréis uno solo que sepa escribir medianamente una epístola en latín a un amigo. Pero si se tratase de escribir en árabe, encontraréis gran cantidad de personas que se expresan fácilmente en esta lengua con gran elegancia, y los veréis componer poemas preferibles a los de los mismos árabes...»

Había cristianos que sin renegar de su credo mantenían un amplio harén, y no era raro que practicaran sin remordimiento lo que Dozy llama con pudor «un vicio abominable, por desgracia frecuente en los países orientales». Para Eulogio y Álvaro, tales costumbres eran una contaminación del Islam: ¿No prometía Mahoma a los suyos un grosero paraíso de placeres carnales, no había sido él mismo, mientras vivía, un ejemplo infame de sensualidad? En aquella Córdoba donde nada era más accesible que el gusto de vivir, Eulogio, desde muy joven, se maceró con penitencias y ayunos y deseó morir como los primeros mártires de la Iglesia. Pudo haberse dedicado, como sus hermanos varones, al comercio con Oriente, a la lujosa indolencia: prefirió la disciplina de los monjes y el arduo aprendizaje de la retórica y la teología. Contra su voluntad, conoció a una mujer y es posible que secretamente enloqueciera por ella. Su nombre era Flora, y había nacido de padre árabe y de madre cristiana, de modo que según la ley su religión era obligatoriamente la islámica. Pero ella eligió el cristianismo y el martirio: llevada ante el cadí, renegó del Corán, y por su extrema belleza fue disculpada de la pena de muerte, aunque le desgarraron a latigazos la nuca. Así la vio Eulogio, y la siguió recordando hasta el final de su vida, acusándose turbiamente de haberla deseado. En una carta le decía: «Tú te has dignado, santa mujer, hace mucho tiempo, enseñarme tu nuca desgarrada por las varas y privada de la bella y abundante cabellera que la cubría. Es que tú me considerabas tu padre espiritual y me creías puro y casto como tú misma. Suavemente puse mis manos sobre tus llagas: hubiera querido curarlas oprimiéndolas con mis labios, pero no me atreví...»

En abril del año 850 —a Abd al-Rahman sólo le quedaban dos de vida, y siete a Ziryab— fue ejecutado por blasfemar públicamente de Mahoma un sacerdote que se llamaba Perfecto. En el cadalso, antes de que lo decapitaran, gritó, tal vez para asegurarse de que se cumpliría la sentencia: «Sí, yo he maldecido a vuestro profeta y yo lo maldigo, maldigo a ese impostor, a ese adúltero, a ese endemoniado. Vuestra religión es la de Satanás, y a todos vosotros os espera el infierno.» La misma tarde de su ejecución, dos musulmanes se ahogaron en una barca que naufragó en el Guadalquivir. «Dios —escribió Eulogio— ha vengado la muerte de uno de sus soldados. Nuestros crueles perseguidores han enviado a Perfecto al cielo. ¡El río se ha tragado a dos de ellos para enviarlos al infierno!» Poco después, un comerciante mozárabe fue condenado a cuatrocientos azotes por maldecir a quien pronunciara el nombre de Mahoma, y un monje exclaustrado se presentó al cadí gritando: «Vuestro profeta ha mentido y os ha engañado a todos. ¡Maldito sea ese infame, manchado con todos los crímenes, que ha arrastrado consigo a tantos infelices a lo profundo del infierno!» El cadí lo tomó por loco y solicitó a Abd al-Rahman que aquel monje, Isaac, no fuera ejecutado. El emir no accedió a la piedad, porque le daba miedo y lo desconcertaba aquella ciega voluntad de morir, y ordenó que decapitaran a Isaac y colgaran su cadáver boca abajo y lo quemaran luego y dispersaran las cenizas para que los otros cristianos no pudieran saquear sus despojos y convertirlos en reliquias. Pero lo hicieron santo y dijeron que no sólo hacía milagros después de muerto, sino que ya los hizo en el mismo vientre de su madre.

Tras el martirio de Isaac ya no hubo manera de interrumpir la locura, que se propagó por los arrabales mozárabes de la ciudad como un fuego de desastre. Por cada cristiano que era ejecutado se presentaba otro a blasfemar ante el cadí. Así murieron, en días sucesivos, un soldado de la guardia del emir que se llamaba Sancho, seis eremitas que pidieron ser tratados con la mayor crueldad, el clérigo Sisenando, que dijo haberlos visto bajar del cielo para invitarle a compartir su martirio, el diácono Pablo, el joven fraile Teodomiro, que vino expresamente de Carmona para que le cortaran la cabeza. Pero la mayor parte de los mozárabes veían con desagrado y algo de pavor este gradual suicidio colectivo, que haría caer sobre la comunidad entera las consecuencias de los actos de una minoría fanática. Inducidos por el emir, que buscaba un modo de detener la lógica brutal de la blasfemia y la muerte, los clérigos más tibios acordaron celebrar un concilio donde se dilucidara la legitimidad de los martirios voluntarios. No se condenó a quienes ya habían muerto proclamando su fe, pero les fue severamente prohibido a los cristianos que eligieran morir.

Eulogio y Álvaro entendieron el dictamen del concilio como una traicionera capitulación. «¿Puede abrigarse duda racional acerca del motivo que arrastró al suplicio a estos soldados de Jesús? —escribió Eulogio en su apasionado *Memoriale Sanctorum*—. ¿Quién los impulsó a perder la vida sino un vivo y ardentísimo deseo de dar su sangre por el Redentor y ganar así la querida patria eterna?» Lo declararon fuera de ley, se escondió algún tiempo y en su refugio siguió escribiendo apologías de los mártires y fogosas incitaciones a repetir su ejemplo. Lo apresaron, pero en la cárcel no paró de escribir. En una celda encontró a Flora: «Creía ver a un ángel, una claridad celestial la rodeaba, su rostro resplandecía de gozo y parecía gustar ya las alegrías de la celeste patria. Yo la adoré, yo me prosterné ante ese ángel, y me encomendé a sus oraciones, y reanimado por las palabras que brotaban de su boca más dulce que la miel, volví menos triste a mi oscuro calabozo.» Cuando supo luego que ella había sido degollada celebró su muerte con una enfebrecida pasión. Pero él, que tanto deseaba morir, fue puesto en libertad y arreció en sus llamamientos al martirio. Sacerdotes, monjas, mujeres, hasta mendigos y epilépticos injuriaban públicamente a Mahoma y abastecían el cadalso. Dos frailes se presentaron en la mezquita mayor durante la oración del viernes y gritaron entre los musulmanes que se arrodillaban a rezar: «¡Ha llegado para los fieles el reino de los cielos, y a vosotros, infieles, el infierno va a tragaros!» El cadí logró impedir que la multitud los linchara y les hizo cortar primero las manos y los pies y luego la cabeza.

Nueve años tardó todavía Eulogio en lograr que lo mataran. En cuanto a su amigo Álvaro, no consta que fuera a la cárcel ni que sufriera el martirio. Sin duda poseía esa extendida habilidad de algunos doctrinarios para animar a otros a un sacrificio del que ellos se mantienen escrupulosamente a salvo. Cuando lo detuvieron por segunda vez, Eulogio debió de sentir el alivio de quien al fin cumple su destino, pero como el cadí, para extrañeza suya, se limitó a condenarlo a unos pocos azotes, él optó por injuriar tumultuosamente a Mahoma. Ni aun entonces se apresuraron a matarlo: desde hacía tiempo había alcanzado la dignidad de arzobispo, y el cadí consideró más prudente inhibirse para que lo juzgaran en palacio. Encadenado, impaciente, temiendo acaso que tampoco esta vez lo mataran, Eulogio fue conducido ante un visir que lo conocía desde su juventud y que intentó salvarlo. «¿Qué demencia te arrastra? —le preguntó el visir—, ¿qué es lo que te lleva a odiar la vida hasta ese punto? Pronuncia una sola palabra y te prometo que no tendrás nada que temer.»

Pero lo único que temía Eulogio era que lo siguiesen obligando a vivir. Con monotonía, como si repitiera por última vez una tarea necesaria y tediosa, volvió a gritar las injurias de siempre. Aquel mismo día lo decapitaron: subió serenamente al cadalso, murmurando oraciones, y puso la cabeza en el tajo como si la descansara en una almohada. Siete años antes había muerto el emir Abd al-Rahman II. Salió una tarde a la galería encristalada de su palacio para mirar la llanura y el río y el corazón se le paró. Los cristianos dijeron que lo último que vio antes de morir fueron los cadáveres de unos mártires colgados de horcas junto a la muralla, y que lo había fulminado la venganza de Dios.

VI. EL BOSQUE DE LOS SÍMBOLOS

Sobre el paisaje que mira desde la otra orilla del Guadalquivir ese viajero inventado y futuro en que uno mismo se convierte al buscar por los libros la memoria antigua de Córdoba, sobre los torreones de la muralla y las azoteas del alcázar, donde tal vez el sol hiere las cristaleras del mirador de Abd al-Rahman II, el recién llegado que se acerca al puente por el camino que atraviesa el cementerio de la Saqunda distingue a lo lejos una torre más alta que ninguna otra, con hileras de ventanas de triples arcos y una cúpula calada y reluciente de policromías, coronada no por un campanario ni por la estatua de un ángel que sostiene una espada, sino por una forma imprecisa que brilla en la lejanía con fulgores metálicos. Pero el viajero, que tal vez es uno de esos sabios errantes del Islam que ha peregrinado a La Meca para descubrir libros y maestros y vuelve a al-Andalus vencido por la fatiga del viaje y serenado por el conocimiento, ya sabe que lo que está viendo es el alminar de la mezquita mayor de Córdoba, reconstruido por orden del califa Abd al-Rahman III y culminado por varias esferas de metal, que son cinco según algunos autores y tres según otros, y sobre las cuales se eleva una azucena hexagonal esculpida en hierro o en plata maciza. El viajero, familiarizado con las traducciones árabes de Platón, que ha leído en Oriente, sabe que la forma esférica constituye la máxima belleza que es dado conocer a la mirada de los hombres, superior incluso a la del cubo y a la del hexaedro, y que el oro y la plata en la que han sido fundidas las de la mezquita de Córdoba no son los metales de la vanidad, sino los símbolos de la más perfecta materia, pues el plomo más bajo puede volverse oro mediante la ascesis de la alquimia, igual que el alma del creyente, depurada por la fe, asciende del barro de la condición humana hasta el deslumbramiento de Dios.

Para el musulmán de ese tiempo, todas las cosas son *vestigia Dei*, símbolos de la presencia y de la voluntad divinas: la luz metálica que brilla sobre el alminar le recuerda que Dios, según el Corán, es la luz del cielo y de la tierra. Alminar —*al manara*— significa literalmente en árabe «el lugar de la luz»: también es el lugar desde el que se extiende la Palabra, que ilumina el alma igual que la luz desvanece la sombra. Pero el viajero todavía está lejos y no acaba de distinguir si son granadas o manzanas las esferas bruñidas por la claridad del sol. Son manzanas —fruta del Paraíso—, según al-Himyari, que contó cinco, tres de oro y dos de plata. Al-Idrisi dice que eran tres las esferas, y que tenían forma de granadas, y que la azucena final era de oro puro. Cada una de ellas pesaba un quintal, y su circunferencia era de tres codos y medio. Treinta y cuatro metros es la altura del alminar. Dos escaleras simétricas de ciento siete peldaños cada una caben dentro de él: por una suben los muecines que llaman a la oración, y bajan por la otra. Son dieciséis los que se turnan en la cámara más alta, y dos los que velan durante toda la noche esperando la hora exacta de convocar a los fieles: oyen los cangilones de las norias que giran perpetuamente en las orillas del Guadalquivir, ven debajo de ellos la negrura indistinta de las calles de Córdoba y de la llanura y el brillo inquieto y silencioso del agua y la curva del río, las antorchas de los guardianes sobre la muralla, las luces de las almunias donde la música y las carcajadas duran hasta el amanecer.

Si una cúpula es el símbolo de la belleza divina, el alminar lo es de la divina majestad: su alto perfil contrasta con la línea de los tejados igual que en la escritura cúfica las letras verticales se elevan en ángulo recto sobre las horizontales. Cuarenta y tres días estuvieron cavando los albañiles antes de establecer los cimientos del alminar de Córdoba: sólo dejaron de ahondar cuando en la oscuridad del pozo rezumó el agua del Guadalquivir. Abd al-Rahman III lo ha erigido no para que su nombre sea recordado por las generaciones futuras, sino para esgrimir un mérito que después de la muerte le asegure el derecho al Paraíso. Al obrar así imita a casi todos sus antecesores, al primero de todos, el Inmigrado, de quien viene su nombre, que mandó construir las primeras once naves de la mezquita, y al ascético Hisham, que edificó el primer alminar, y a Abd al-Rahman II, que agregó ochenta columnas a las ciento diez del santuario primitivo, permitiendo así que cupieran en él diecisiete mil fieles, porque Córdoba crecía tan velozmente que siempre faltaba espacio para reunir a los musulmanes a la hora sagrada del mediodía del viernes: su número es tan incalculable como el de las columnas y los arcos bajo los que se humillan al rezar, como el de la descendencia que Dios prometió a Abraham, constructor de la primera mezquita y santuario del mundo, la Kaaba.

«Una alta muralla la rodeaba, como fortaleza de la fe —contaría nuestro viajero—: veinte puertas daban paso al amurallado recinto.» Por cualquiera de ellas entraría al patio donde los fieles conversaban bajo los soportales o se aliviaban del calor y del agobio de los callejones de Córdoba a la sombra de los árboles, y en cuya fuente de agua fría se lavaban las manos y los pies para purificarse. Al-Hakam II, el califa que se permitió el deleite de poseer todos los libros que un hombre culto de su tiempo pudiera desear, hizo conducir hasta el patio de la mezquita las cañerías de plomo que llevaban el agua a las estancias del alcázar desde la sierra próxima, gesto que le ganó la gratitud de los musulmanes y el elogio entusiasmado y probablemente venal de un literato cortesano: «Has roto los flancos de la tierra para encontrar raudales de agua, la más pura, que llevas al templo, tanto para purificar los cuerpos cuando están sucios como para dar de beber a los hombres cuando están sedientos.» Pero también mandó construir al-Hakam II una casa de reposo junto a la mezquita para que los viajeros y los mendigos descansaran en ella, y escuelas donde aprendiesen a leer los hijos de los pobres que no podían permitirse pagar ni el mísero sueldo de un maestro: «El atrio del gran templo tiene una corona de escuelas destinadas a los huérfanos y a los menesterosos de Córdoba», escribía un cronista, que también dio noticia de los trescientos veinte quintales de teselas vidriadas que el emperador Nicéforo Focas envió desde Bizancio al califa de Córdoba para cubrir de mosaicos con vegetaciones geométricas el muro del mihrab. A la sombra del patio, o junto a cualquier columna de las naves, el cadí administra justicia sentado en el suelo como un beduino y los maestros viajeros asombran a sus discípulos recitando en voz alta los libros que han aprendido de memoria. Salvo a mediodía del viernes, cuando la oración es obligatoria y unánime, la mezquita suele ser una encrucijada tan azarosa y abierta como una plaza pública. Uno puede caminar sin propósito y perderse voluntariamente entre las arcadas o arrodillarse descalzo sobre las esteras que protegen el suelo sagrado, que no es de mármol, como ahora, sino de tierra apisonada y desnuda. La luz del patio gradualmente se desvanece en penumbra, igual que el sonido de las voces murmurando oraciones se amortigua en la distancia, y el efecto óptico de las columnas es el mismo que el de las palmeras y los naranjos.

Mil años después, el recién llegado que viene de otro mundo, de otro idioma y de otra memoria, conserva intacto el sentimiento del prodigio. La mezquita mayor de Córdoba, única superviviente no sólo de las más de seiscientas que tuvo la ciudad, sino también de todas las maravillas de la arquitectura que celebraron los viajeros en el siglo x, y de las que ya no queda nada, es el reino de la pura extensión vacía, de ese misterio que Lezama Lima llamó la cantidad hechizada. La mezquita de Córdoba es un lugar abstracto, un ámbito despojado de todo lo que no sea número y desnuda horizontalidad, un itinerario de penumbra y columnas de una selva durante más de doscientos años para sufrir luego la tala violenta de los conquistadores y sobrevivir por casualidad o milagro hasta el final de otro milenio.

El enigma de la mezquita es el del vacío transmutado en imperiosa presencia, el de la singularidad absoluta y la repetición inflexible. La mirada percibe en ella una serena iluminación que al cabo de una hora de caminar por los túneles de columnas y arcos se contamina de un poderoso sentimiento de vértigo, y entonces uno se acuerda de los laberintos numerales y de los juegos de pasos y círculos de la infancia, y también, de pronto, de esa tumba china en la que encontraron las seis mil estatuas de un ejército de piedra, que parecen exactamente iguales pero cuyos rostros no se repiten nunca: tampoco se repiten las nervaduras en apariencias idénticas de las hojas de un árbol, ni los dibujos de los cristales de hielo y cada columna de la mezquita de Córdoba es tan igual a las otras y tan distinta de cualquiera de ellas como lo son las caras singulares de una multitud. El arte del Islam, que condena con horror la imitación de la naturaleza, desvela aquí su más valioso secreto: cada cosa común al mismo tiempo es irrepetible, y el azar está regido por leyes matemáticas, del mismo modo que el desorden de la vida esconde los designios inmutables de Dios. «La mezquita, en sí misma —escribe Seyyed Hossain Nasr—, es la recreación y capitulación del orden, la armonía y la paz de la naturaleza, elegida por Dios como lugar de culto para los musulmanes: la quietud del espacio refleja la presencia pacificadora de la palabra divina que resuena en él, mientras que su división rítmica mediante los arcos y las columnas es la correspondencia con los ritmos que puntúan las fases de la vida del hombre y del Universo, pues ambas provienen de Dios y regresan a él.»

Pero ya no es posible deleitarse con plenitud y perderse sin remedio en la mezquita de Córdoba: la delictiva catedral incrustada en ella desfigura y oscurece irreparablemente su espacio y abunda en la peor escoria de las imaginerías barrocas, como si el único propósito de quienes la construyeron hubiera sido escarnecer la convicción islámica de que la divinidad no puede ser representada sin sacrilegio. Se atribuye al Profeta la afirmación de que los ángeles no entrarán en una casa en la que haya ídolos, campanas o perros. El día del Juicio Final, Dios convocará ante él a los que las esculpieron o pintaron imágenes y los desafiará a que les infundan vida: no podrán, y el Infierno será el castigo de su atrevimiento y su impotencia. El pensamiento islámico no consiente la reducción de lo más alto a lo más bajo, de lo intelectual a lo material o de lo sagrado a lo profano, y por eso a los hombres no les está permitido degradar la creación divina imitando en pintura o en piedra a sus criaturas, y menos aún favorecer la idolatría con estatuas de los profetas y los santos, como hacen los cristianos. Si la mirada humana no puede percibir a Dios, si el mundo visible no es más que simulacro y apariencia, hace falta despojarse de todo vínculo con el universo material para descubrir el orden secreto que alienta bajo su confusión, cifrado en la palabra y en el número, en la escritura y la geometría: la palabra de Dios escrita en el Corán y en los muros de la mezquita, los números que determinan y explican no sólo la forma de los edificios, sino también los sonidos de la música y la arquitectura del cielo y de las constelaciones.

Sobre el espacio en blanco se proyectan las figuras geométricas —la mezquita de Córdoba es tan abstracta como una pintura de Piet Mondrian— y en él resalta la soberanía de la palabra escrita, sombra de la palabra de Dios. Sólo el vacío y el silencio permiten sugerir la presencia de lo que no puede ser representado: para los judíos, ni siquiera el nombre de Dios se debe pronunciar; en el budismo primitivo, un trono vacío y una sombrilla bajo la que no hay nadie aluden y designan invisiblemente a Buda; el lugar más sagrado de la mezquita de Córdoba es el mihrab, pero en su interior no hay absolutamente nada. Las capillas de la catedral almacenan una polvorienta aglomeración de cristos y santos gesticuladores y angelotes obesos: la sensación de lo sagrado se afirma en el mihrab mediante la pura forma del espacio desierto, recordándonos aquel dictamen taoísta según el cual en una jarra importa el vacío interior más que la arcilla modelada y una rueda no es tanto sus radios como el aire que circula entre ellos.

Al ingresar en la mezquita pisamos de pronto otros mundos y miramos con nostalgia y temor los últimos signos tangibles de un gran naufragio olvidado, el de Córdoba, el de sus calles y sus alcázares y sus bibliotecas, una escoria de citas perdidas en la literatura y de columnas y piedras trabajosamente catalogadas para nadie por los arqueólogos. La mezquita, como la Alhambra, nos parece al mismo tiempo inmutable y precaria, edificada para siempre pero también muy frágil, como si quienes la construyeron hubieran tenido en cuenta la fugacidad de todo propósito de perduración. «Ves los montes y crees que son inamovibles, y sin embargo pasarán como las nubes», dice el Corán. Incluso reducidos a escombros, un palacio o un templo romano nos sugieren una voluntad de permanecer durante siglos: en el panteón de Agripa, en las termas de Caracalla, en cualquier acueducto o puente levantados por Roma, advertimos una intención de eternidad, la certidumbre de que algunas cosas merecen durar más que las generaciones humanas. En cambio, la mezquita o la Alhambra nos parecen lugares provisionales, construidos en poco tiempo y con una cierta negligencia, con materiales falsos o prestados, como de derribo: adobe, yeso pintado, muros translúcidos de celosías, columnas demasiado gráciles para sostener peso y arcos que parecen abrirse ingrávidamente en el aire, arquitecturas disimuladas en la oscuridad o repetidas en la lejanía y en el temblor del agua. Un edificio romano desafía al tiempo y mide con él su fortaleza, y también con la desidia de los hombres y con su gusto por la destrucción. La mezquita y la Alhambra parecen solicitar indulgencia por mantenerse en pie y agradecer a la casualidad que no hayan sido derribadas, igual que un enfermo de salud quebradiza agradece cada nuevo día de su vida.

Dice don Emilio García Gómez que la veneración de las ruinas es un sentimiento desconocido en el Islam, pero ninguna otra civilización ha sido más fértil en ellas ni ha levantado edificios y ciudades enteras más velozmente destinadas a la destrucción. La primera Bagdad, la ciudad platónica de murallas circulares y calles que confluían en su centro exacto como los radios de una circunferencia, fue levantada en el desierto con la misma perfección y casi tan rápidamente como un compás dibuja un círculo sobre el papel en blanco, pero duró menos de un siglo, y hoy no es nada más que una llanura de escombros desfigurados por la arena. Madinat al-Zahra, la ciudad blanca de Abd al-Rahman III, fue construida en diez años y asolada para siempre al cabo de cincuenta. Pero ya escribió Ibn Jaldún en el siglo XIV, cuando la gloria de Córdoba había perecido y Granada era la capital de un reino débil y asediado, que los árabes no saben culminar obras duraderas, tal vez por delicadeza o por humildad, porque los primeros musulmanes, nómadas del desierto de Arabia, habían dictaminado que la construcción de altivos edificios era un acto de soberbia desagradable a Dios.

En rigor, la palabra *masyid*, de donde viene la española mezquita, no designa un templo, sino el abstracto lugar donde uno se prosterna, o donde

141

los profetas conocieron la revelación. Para Ibn Jaldún, sólo tres santuarios del Islam merecen el nombre de *masyid*: el de La Meca, que fundó Adán y fue arrasado por el diluvio y reconstruido luego por Abraham, padre de los árabes, el de Jerusalén, erigido sobre el templo de Salomón, y en el que se venera la roca donde estuvo a punto de ser sacrificado Isaac, la misma desde la que fue levantado Mahoma al emprender su viaje nocturno por las esferas del cielo, que le llevó ante la presencia de Dios; y el de Medina, el último, pero no el menos sagrado, porque fue allí donde se refugió el Profeta y donde tuvo su comienzo la nueva era de los musulmanes. Pero, a diferencia de la iglesia cristiana y del tabernáculo judío, la mezquita no es la casa de Dios, la arquitectura necesaria donde se manifiesta su presencia. Cualquier lugar en cualquier parte puede ser una mezquita: «Allí donde te sorprenda la hora de la plegaria debes pronunciar la oración y aquello se convertirá en una mezquita.» En mitad del desierto, el musulmán hinca una lanza o una estaca en el suelo para averiguar la dirección de La Meca, se purifica con agua o con arena, se arrodilla sobre una estera, para aislarse de la tierra, y el breve espacio que ocupa es el templo de Dios y el centro del Universo.

La indeterminada llanura no difiere de la horizontalidad interior de la mezquita. Dice Hossain Nasr que al entrar en ella el musulmán vuelve al seno de la naturaleza, «no externamente, sino a través del nexo interior que vincula la mezquita con los principios y ritmos de la naturaleza e integra su espacio en el espacio sagrado de la creación primordial». El suelo que pisa con sus pies descalzos y toca con su frente y con las palmas de sus manos es la tierra inviolada de los días inaugurales del mundo. Lo que importa no es la rígida arquitectura ni el lujo de los mosaicos y de las lámparas de plata y de bronce, sino la amplitud vacía del suelo purificado y la palabra, que es tan invisible y tan tenue como el aliento de la vida, y que también es eterna, porque antes de crear el mundo Dios creó la escritura y los versículos del Corán, uno de los cuales declara que las estatuas, el vino y los juegos de adivinación son abominables.

El Islam es una religión de nómadas que vivían en tiendas de pieles y no poseían más tesoros que los de una arcaica literatura oral: no es extraño que venerasen las palabras y que cultivaran sobre todas las artes la escritura y la memoria. «La caligrafía es la geometría del espíritu», dice un místico sufí. Quien cuenta una tradición sobre la vida del Profeta se remonta uno por uno a todos los que la escucharon y la repitieron hasta llegar a aquel que la conoció de labios de Mahoma. Los historiadores procuran siempre restablecer la cadena de testigos que garantizan la fidelidad de un relato: hay una incesante multiplicación de voces que recuerdan a otras, que repiten palabras dichas o escritas hace siglos, gastadas de tanto repetirse y al mismo tiempo indelebles como el perfil de una moneda. Los libros son raros objetos muy difíciles de conseguir, y copiarlos es una tarea lentísima, pero es frecuente que un sabio haya aprendido de memoria los libros que más le importan, y que sólo mediante su voz los pueda transmitir a sus discípulos. Ziryab el bagdadí sabía de memoria más de diez mil canciones, y Abd al-Rahman II podía repetir sin omisión ni error cada uno de los versículos del Corán. Los hombres libro de Ray Bradbury no son una invención futurista, sino una cofradía dispersa por el Islam medieval. Más que al exótico papel y al pergamino y al papiro, los hombres confiaban a la memoria la perduración de la escritura y de los hechos del pasado. El mundo era una torpe alegoría de la eternidad, y la vida y los actos visibles se parecían a aquella simulación oscura de la caverna platónica: si cualquier hombre que mereciera salvarse imitaba la vida del Profeta, si la guerra santa era una repetición de las guerras que él debió librar para imponer las palabras de Dios, cualquier mezquita había de ser la sombra de un primer arquetipo, el de la casa de Medina donde se reunían con él sus primeros fieles.

Se dice que las columnas y los arcos de la mezquita de Córdoba recuerdan un bosque de palmeras: las voces sucesivas de la tradición contaban que la casa del Profeta en Medina tenía una gran sala de oración sostenida por troncos de palmera y techada con barro y palmas; junto a ella había un patio rectangular, y el edificio entero estaba rodeado por una cerca defensiva de tres metros y medio de alto y tenía la forma exacta de un cuadrado, figura que según los teólogos adeptos al pitagorismo es una de las más bellas de la geometría, porque está hecha con dos triángulos iguales y constituye el elemento generador del cubo, que es uno de los cinco cuerpos cuya perfección expresa la inteligencia divina, de modo que no es casual que la Kaaba, el monolito sagrado de los musulmanes, sea una piedra cúbica. Pero la mezquita, como la casa del Profeta, no es sólo un lugar de oración, sino también el espacio donde la comunidad guarda su tesoro y se encuentra para reconocerse y afirmarse contra los infieles y los enemigos. Tiene sólidos muros exteriores porque es la fortaleza del Islam, y su gran patio equivale a las plazas públicas de las ciudades mediterráneas. La oración, que se repite cinco veces al día, es un acto íntimo que vincula al creyente con Dios sin mediación de nadie, pero el viernes a mediodía se celebra obligatoriamente en común y en la mezquita mayor, y la dirige el imán, que al principio fue el mismo Mahoma y luego el califa o su delegado. En la mezquita se guarda el ejemplar del Libro Santo, que es leído durante la oración. El que había en la de Córdoba era tan pesado que hacían falta dos hombres para levantarlo, y tenía cuatro páginas escritas por el califa Otmán, que fue el tercero de los sucesores de Mahoma, y que se pinchó ligeramente un dedo mientras escribía: las manchas de unas gotas de su sangre eran todavía visibles en el manuscrito, que se guardaba, dice una crónica, «en un estuche enriquecido con los adornos más delicados y extraordinarios; lo sacaban del tesoro los viernes, y se colocaba en el pupitre que le estaba reservado en el oratorio, y después que el imán lo había leído se restituía al tesoro». Para orar, el creyente ha de inclinarse en dirección a La Meca: el nómada del desierto, que carece de puntos de referencia permanentes, gracias a la orientación deduce el orden del mundo y sus caminos invisibles. Las naves entrecruzadas de la mezquita de Córdoba se despliegan radialmente hacia cualquier punto cardinal, pero la posición en que se arrodillaban los fieles hacía que las miradas y las hileras iguales de columnas confluyeran en el muro sur, el de la qibla, que designaba entre el dédalo de todos los caminos posibles el único que conducía a La Meca. Es allí, en la pared de la qibla, donde se abre el nicho vacío de mihrab, su oquedad sagrada como la de una cueva primitiva en la que resuena la voz del imán igual que la palabra divina encuentra su resonancia más íntima en el corazón de cada hombre, y junto a él hay un púlpito de maderas labradas, el *mimbar*, al que sube el imán para dirigir los rezos, leer el Corán y pronunciar la *jutba*, un sermón que no es únicamente religioso: puede ser un discurso político o una arenga en favor de la guerra santa, o la proclamación de un nuevo emir, porque el Islam es una teocracia en la que no existen diferencias entre la vida civil y la religión. Desde el mimbar de la mezquita de Córdoba fue anunciado el emirato de Abd al-Rahman I, y cuando uno de sus descendientes, el tercero de su nombre, decidió reclamar para sí el título de califa, eligió los mimbares de todas las mezquitas de al-Andalus para anunciarlo públicamente. En la de Córdoba se bendecían las banderas de los ejércitos que iban a partir hacia la guerra, y en sus muros se colgaban como trofeos las de los cristianos derrotados.

Al principio, en los tiempos del Profeta y de los primeros califas, el mimbar era un simple estrado con unos pocos escalones, y el imán no estaba separado de los fieles. Dice Ibn Jaldún que el primer mimbar lo mandó construir, en la mezquita de El Cairo, el gobernador de Egipto Amr ibn al-Ass, y que el califa Omar, al tener noticia de esa ostentación, que consideraba una herejía, le ordenó derribarlo: «He sabido que te sirves de un púlpito mediante el cual te elevas sobre las cabezas de los verdaderos creyentes. ¿No te basta permanecer de pie, en el suelo, y tenerlos detrás de tus talones? ¡Rómpelo, te lo mando!» Pero a medida que crecía el poder del Islam y la arrogancia de sus príncipes, los mimbares fueron haciéndose más lujosos y más altos, y los cubrieron con cúpulas, como los tronos de los monarcas orientales, y los labraron en maderas preciosas con incrustaciones de marfil y de oro: el de al-Hakam II estaba hecho de ébano, de sándalo rojo y de áloe, costó treinta mil setecientos cinco dinares y se tardaron cinco años en terminarlo.

En torno al mimbar y al mihrab se levantaba la *maqsura*, una especie de verja de madera o de hierro que separaba al emir del común de los fieles y en ocasiones lo defendía de su ira en tiempos de rebelión: el califa Omar había sido asesinado mientras oraba en la mezquita de Medina —igual que Abd al-Aziz, hijo de Musa, en la de Sevilla— y a Otmán lo lapidaron sin miramiento en un mimbar. «La creación de la maqsura —escribe Ibn Jaldún con su desconfiada lucidez para juzgar la soberbia de los poderosos y vaticinar su castigo— data de la época en que el imperio cobra todo su vigor y el lujo alcanza desarrollo, igual que las demás manifestaciones que contribuyen a la ostentación de la soberanía.» En Córdoba fue el emir Muhammad, hijo de Abd al-Rahman II, quien ordenó erigir la primera maqsura, y su descendiente Abd Allah llevó al límite el creciente recelo de los emires hacia sus súbditos al hacerse construir un pasadizo secreto que le permitía cruzar desde el alcázar hasta la mezquita sin que lo viera nadie. Aparecería sobre la multitud como venido de ninguna parte, inaccesible, sentado bajo la cúpula de mimbar junto a un Corán abierto y una espada, aislado de la penumbra por las llamas innumerables de una lámpara de plata cuyos brazos se abrían tan poderosamente hacia lo alto como las ramas de un gran árbol.

Pero ya no podemos saber cómo brillaba la luz en la mezquita de Córdoba. Igual que esos cuadros del Renacimiento que nos parecen tenebristas porque el humo de las velas y el lento óxido del tiempo han ensombrecido su primitiva diafanidad, las naves de la mezquita son ahora mucho más oscuras que hace nueve o diez siglos: el bloque obtuso de la catedral interrumpe las perspectivas cambiantes y el tránsito de la luz, y las arcadas que dan al patio, abiertas en el tiempo de los musulmanes, están ahora tapiadas. Nuestro viajero inventado se adentraría entonces en una claridad y en un espacio que nosotros no vemos. La luz del sol fluía sin obstáculo y traspasaba los muros abiertos y las celosías porque era el símbolo de la luz divina, que penetra en lo más oculto, en la inteligencia y en el corazón de los hombres. La celosía es un muro que se vuelve transparente para rendirse a la luz: la mezquita se abre a ella, y su arquitectura parece construida no con materiales firmes, sino con modulaciones de la luz y la sombra, que exaltan o entibian el color de las dovelas rojas de los arcos, que multiplican la hondura de las naves y el número de las columnas y hacen que nos ciegue el oro de los mosaicos o que se vaya enfriando al atardecer con la lentitud de un ascua que se apaga. «Las obras maestras de la arquitectura islámica son como cristalizaciones de la luz —dice Hossain Nasr—: límpidas y lúcidas, iluminadas e iluminadoras.»

Ni siquiera cuando llega la noche decrece la claridad en la mezquita. Ibn Adhari contó 280 lámparas en ella, hechas en vidrio, de plata, de cobre, de bronce. Algunas eran campanas traídas como botín de los reinos del norte. La noche del 27 del mes de Ramadán se encendían sus siete mil cuatrocientas veinticinco candilejas de aceite. Al-Idrisi cuenta que en las lámparas más grandes ardían mil llamas, y trece en las más pequeñas. Sobre la multitud ondulante de los hombres y el bosque geométrico de las columnas, el brillo de cada lengua de fuego se confundiría en un resplandor movedizo y unánime: quien miraba hacia el interior desde la oscuridad del patio veía como un gran horno de luz desde el que le llegaba el rumor de la muchedumbre de los cuerpos y de las voces simultáneas que oraban. Las espaldas de los hombres alzándose del suelo e inclinándose de nuevo hacia él en un solo movimiento se alejaban hacia el fondo ordenadas en la misma dirección que las columnas, mirando al sur, al muro de la qibla, guiándose por él como los peregrinos que emprendían el viaje ritual a La Meca.

Hacia el sur avanza instintivamente quien entra en la mezquita de Córdoba, aunque ignore la razón de sus pasos y no perciba el camino que la arquitectura le señala, que es el de la peregrinación hacia la médula de lo sagrado, pero también el de la gradual dilatación del espacio construido durante casi tres siglos por los monarcas omeyas: varias mezquitas sucesivas se confunden en una sola sin que lleguemos a advertir dónde acaba la obra de una generación y dónde empieza la de otra, como si este edificio en el que trabajaron tantos hombres de tantas épocas diversas hubiera poseído desde su origen una secreta identidad, del mismo modo que en el interior de la semilla de donde nacerá el primer árbol de un bosque están contenidas las formas de todos sus árboles futuros. Cada uno de los pormenores singulares del espacio guarda en sí mismo el impulso de su multiplicación aritmética. La columna engendra el ritmo de los arcos que ascienden y cada uno de ellos parece tensarse para generar el arco que se abrirá sobre él y los que se prolongan simétricamente a sus costados. Los pilares afirman su verticalidad sobre los capiteles como ramas que suben más alto para buscar la luz. Las dovelas blancas y rojas acentúan la sensación de que el espacio se repite y se expande hacia el límite siempre inalcanzable de la lejanía horizontal. La arquitectura se disuelve en perspectivas y visiones fugaces que cristaliza la luz y que inventa la mirada. Donde quiera que se sitúe, el viajero modifica el espacio al mirarlo y se convierte en eje y centro de las hileras de columnas que vienen siempre a confluir

151

en su presencia, igual que los radios de todas las direcciones del Universo confluyen en el monolito negro de La Meca y en el creyente solitario que se prosterna ante Dios: el Universo, dice Borges, citando a Pascal, es un círculo cuyo centro está en todas partes y su circunferencia en ninguna. El centro de la mezquita de Córdoba es cada columna y cada hombre que deambula por ella y que se detiene a veces y se sienta en el suelo para evitar que el espacio siga fluyendo hacia el vértigo y para ver con exactitud lo que veían los musulmanes cuando se arrodillaban. Entonces, desde el suelo, todo se vuelve todavía más horizontal y más sólidamente enraizado en él, y al mismo tiempo es más honda la distancia de las perspectivas y más vigorosa la expansión vertical de los pilares y los arcos.

Tan dócil a la mirada y a la penumbra y a la luz, la materia adquiere una cualidad de espejismo y se vuelve tan inasible y a la vez tan precisa como las líneas abstractas de la geometría. La arquitectura no es sólo la cifra del espacio: también lo es de la sucesión del tiempo y de la serena quietud de la eternidad, fraccionada en las visiones instantáneas de las pupilas de los hombres, en los latidos del pulso y en la monotonía de las gotas de agua que caen en la clepsidra. La materia es una figuración enaltecida por la luz, pero también una presencia densa y desnuda, emergida del vacío, que se nos muestra para desafiarnos a comprender el misterio de su propia creación. Igual que el creyente pisa el suelo descalzo y lo toca con las palmas de las manos, nosotros tocamos en la mezquita el mármol liso y frío, el granito, el ladrillo, la piedra, la superficie vidriada de los mosaicos, y al hacerlo sentimos en las yemas de los dedos la médula intensa de su materialidad y las leyes que designan su forma. Del mismo modo que las líneas de la escritura resaltan la extensión blanca que hay entre ellas, y que la música, cuando se termina, nos impone la percepción del silencio, la materia enuncia en torno suyo el vacío, lo modela y circunda y nos lo hace presente. Caminando hacia el sur por la nave central que lleva directamente al mihrab de al-Hakam II nos adentramos en la espesura del bosque de los símbolos, y el techo plano se alza de pronto para convertirse en una cúpula octogonal de nervios entrelazados. Los arcos crecen y se ondulan en lóbulos cruzándose entre sí, sugiriendo otros arcos posibles que se devanan y se pierden como círculos dibujados en el agua, sin principio ni fin, como un vértigo incesante y a la vez congelado. El espacio cuadrado que dibujan las columnas se convierte en octógono en la base de la cúpula y luego en un hemisferio cubierto de mosaicos dorados, señalando las fases de la ascensión simbólica, «el viaje del alma desde lo visible y lo audible hacia lo invisible y hacia el silencio que trasciende todo sonido»: el cuadrado es el mundo material, y por eso su forma se dibuja en el suelo, el octógono

153

es el trono de Dios sostenido por las jerarquías de los ángeles, la cúpula es la concavidad del cielo y la presencia divina. Dice la tradición hermética que lo más bajo simboliza lo más alto: dos cuadrados que se cruzan forman el octógono: un octógono que gira velozmente ante nuestra mirada se convierte en un círculo. En La Meca, los peregrinos se mueven circularmente en torno a la Kaaba. Al alminar de la mezquita de Samarra se asciende por una escalera helicoidal. Quien alza los ojos para mirar las cúpulas de Córdoba tiene al cabo de unos instantes la sensación de girar sobre sí mismo. Si el arco de entrada del mihrab prolongara sus líneas sería un círculo inscrito en un cuadrado.

En esta pared, la de la qibla, termina el itinerario material del viajero, pero no la extensión de su viaje simbólico, porque el muro que interrumpe el espacio es también la señal que indica la dirección de la ciudad sagrada. Al otro lado, hacia el sur, está el río, y más allá los campos y los caminos de al-Andalus, el mar, las ciudades del Magrib y de Ifriqiya, el desierto de Arabia, la silueta negra de la Kaaba. El mihrab es la zona más lujosamente decorada de la mezquita porque tiene que imantar a los ojos para orientarlos en esa lejanía. George Popadopoulo, que es uno de los hombres que más saben en este mundo sobre la estética del Islam —y que mejor lo cuentan—, sostiene una estimulante teoría sobre el origen del mihrab: su forma se parece notoriamente a los nichos cubiertos con media cúpula donde se ponían en los templos romanos las estatuas de los dioses y de los emperadores divinizados, y donde los cristianos levantaron más tarde las imágenes de Cristo. Tal vez el Islam, que no consentía imágenes de Mahoma, recobró la forma del nicho para señalar el espacio de la presencia del Profeta sin incurrir en el sacrilegio de alzarle una estatua, pero haciendo evidente el lugar vacío donde podría haber estado, sugiriendo su ausencia.

La pared del mihrab se unta con perfumes en las purificaciones rituales. Un maestro griego vino de Constantinopla para decorarla y enseñó a sus discípulos cordobeses el arte del mosaico, al que llamaban en árabe *fusaifisa*. Durante varios años aquel hombre trabajó en el mihrab de la mezquita, y cuando se marchó de regreso a Bizancio los artesanos de Córdoba adiestrados por él concluyeron su obra, dibujando laberintos de vegetaciones abstractas y versículos del Corán con los infinitesimales cubos de pasta vidriada que había enviado al califa al-Hakam el basileus Nicéforo Focas: trescientos veinte quintales de piezas de vidrio azul, blanco, negro, amarillo, verde, púrpura, cubiertas a veces de una delgadísima lámina de oro. Con teselas doradas sobre un fondo azul están hechas las palabras de la escritura coránica que rodean la entrada del mihrab. Las que hay en el interior, a lo largo de la base de la cúpula, están labradas en el mármol, pero su color, ya casi perdido, era también dorado, más brillante aún sobre el rojo del fondo. La luz de las lámparas heriría cegadoramente la superficie calada del mármol y el vidrio y el oro de los mosaicos, húmedos por los perfumes derramados sobre ellos. La luz y la geometría de los arabescos desintegran la impenetrabilidad del muro: «El arabesco permite al vacío entrar en el corazón de la materia, deshacer su opacidad y hacerla transparente a la luz de Dios», escribe Hossain Nasr.

Solo, de espaldas a los otros fieles, el imán está frente al mihrab cuando dirige la oración, y el interior vacío agranda el eco de su voz, que suena en toda la mezquita como si procediera de ese umbral tras el que no hay nada y donde arde una lámpara: de nuevo, como en el alminar, la palabra y la luz se identifican. El Corán dice que la luz de Dios es como un nicho en cuyo interior hay una lámpara, y que la lámpara es un cristal, y el cristal es como una estrella reluciente. La lámpara del mihrab de Córdoba colgaba de una cúpula en forma de concha labrada en un solo bloque de mármol y sustentada sobre un espacio octogonal. Su ámbito desnudo, donde no hay más que luz y palabras pronunciadas o escritas, sugiere la unidad y la invisibilidad de la presencia divina, tan ajena a toda materia o representación que no puede ser simbolizada sino por el absoluto vacío. El mihrab es un santuario desierto, una capilla sin imágenes, una puerta que conduce a un lugar que no es de este mundo, la gruta de las religiones más antiguas y el sancta-sanctórum del templo de Salomón, donde dice el Corán que amamantaron los ángeles a la Virgen María. Arrodillado y solo frente a la entrada del mihrab, el imán sentía tal vez que la proximidad de Dios era semejante a la atracción del abismo. Lo deslumbraba la luz y el dédalo de los mosaicos y de las floraciones, y palabras de mármol hipnotizaban su mirada, y cuando alzaba la cabeza del suelo el gran arco de entrada parecía irradiar y elevarse como el disco rojo del sol sobre el horizonte del amanecer. Pero cualquier hombre en cualquier parte puede ser un imán. No hay objetos de culto, y toda la liturgia de la oración se reduce a unos pocos gestos sumarios. La tierra entera es una sola mezquita, y no hay lugar de la naturaleza que no sea sagrado: «Hacia dondequiera que te vuelvas, allí está la cara de Dios.»

Dos siglos después de la caída del califato de Córdoba, cuando los cristianos tomaron la ciudad, la mezquita fue convertida en catedral y consagrada a la Virgen, pero sólo se le agregaron unas pocas capillas que apenas modificaban su espacio interior. En el siglo XVI, el cabildo solicitó permiso al emperador Carlos I para derribar las naves centrales y elevar sobre ellas el nuevo edificio de la catedral. El emperador, que no había estado nunca en Córdoba, lo concedió, imaginando vagamente que sólo se destruiría una ruina musulmana semejante a tantas otras que aún quedaban en su reino. Sólo cuando viajó a la ciudad y vio con sus propios ojos la mezquita se arrepintió de su error, pero ya era demasiado tarde. Cuentan que dijo a los canónigos, aterrado por la destrucción de la que también él era cómplice: «Yo no sabía qué era esto, pues de haberlo sabido no habría permitido que se tocase lo antiguo, porque hacéis lo que se puede hacer y lo que hay en cualquier parte, y habéis deshecho lo que era singular en el mundo.»

VII. EL MÉDICO DEL CALIFA

Tal vez sea cierto, como creían los árabes, que los nombres auguran el destino, y que el número tres expresa ciclos cerrados en el tiempo y en las generaciones. En cada uno de los tres siglos que reinó sobre al-Andalus la dinastía omeya hubo un emir que se llamó Abd al-Rahman. En el siglo VIII, segundo de la hégira, Abd al-Rahman el Inmigrado, el fundador, el proscrito; en el IX, Abd al-Rahman ibn al-Hakam, que edificó un estado tan cuidadosamente como coleccionaba sus placeres y sus libros; en el siglo X, el último y el más resplandeciente de la gloria de Córdoba, Abd al-Rahman al-Nasir lidin-Allah, *el siervo del Misericordioso, el que combate victoriosamente por la religión de Dios*. Más lacónicos, los cronistas cristianos le llaman Abd al-Rahman III. Para los musulmanes es, por antonomasia, *al-Nasir*, el vencedor. Cada uno de estos tres hombres que se llamaron igual y que compartieron a lo largo de doscientos años las mismas lealtades de la sangre restableció el poderío de al-Andalus en el filo mismo de su destrucción. El primero encontró una provincia deshecha por la guerra civil. El segundo, un reino aterrorizado por la crueldad de su padre al-Hakam, aquel que ordenó el exterminio de los rabadíes de Córdoba. El tercer Abd al-Rahman, que subió al trono el año 912, había heredado el poder vacilante de su abuelo Abd Allah, a quien también le debía la circunstancia de haber nacido huérfano, pues el viejo emir no tuvo escrúpulo en ordenar el asesinato de uno de sus propios hijos, Muhammad, padre de su nieto y sucesor. Con el tiempo, tampoco al-Nasir rehusó el parricidio: un hijo suyo, por conspirar contra él, fue decapitado en su presencia. Pero eso ocurrió cuando ya era no emir, sino califa de Occidente y vivía como un minotauro viejo y huraño en el centro del laberinto que construyó para sí y tal vez para la memoria de su concubina que se llamaba Azahar: la ciudad palacio de Madinat al-Zahra, que tenía quince mil puertas y cuatro mil trescientas trece columnas y sobre cuyo arco de entrada dicen que había una estatua de mujer.

Tenía el pelo rubio, pero se lo tintaba de negro, y los ojos de un azul oscuro. Su piel era muy blanca, y su rostro atractivo, pero sentado o a caballo parecía más gallardo que cuando estaba de pie, porque su torso era muy fornido y sus piernas muy cortas, como las de casi todos los omeyas andaluces, de manera que los estribos de oro apenas sobresalían un palmo del vientre de su cabalgadura. Su madre era una esclava franca o

vascona; su abuela paterna, una princesa navarra, doña Tota. Tuvo once hijos y dieciséis hijas.
Doblegó con la misma inapelable fiereza a los
cristianos de los reinos del norte y a los rebeldes
árabes o muladíes de al-Andalus, y no permitió
que nadie hiciera sombra a su poder, pero también fue el más tolerante de los monarcas omeyas, y estuvo a punto de nombrar gran cadí de
Córdoba a un mozárabe, propósito del que se
desdijo para no irritar a los alfaquíes rigoristas,
guardianes de una ortodoxia que a él le era casi
del todo indiferente. Se trató de igual a igual con
los emperadores de Bizancio y de Germania y
extendió su autoridad hacia el norte de África.
Una crónica anónima cuenta sus hazañas con la
austeridad de las inscripciones funerales romanas: «Conquistó España ciudad por ciudad, ex-
terminó a sus defensores y los humilló, destruyó
sus castillos, impuso pesados tributos a los que
dejó con vida y los abatió terriblemente por medio de crueles gobernadores hasta que todas las
comarcas entraron en su obediencia y se le sometieron todos los rebeldes.» Reinó durante cincuenta años, seis meses y dos días sobre un país
que nunca volvería a ser tan poderoso y tan fértil, y vivió obsesionado por la voluntad de dejar
tras de sí un estado invencible y un palacio que
mantuviera en las generaciones futuras la memoria de su nombre: «Cuando los reyes quieren
que se hable en la posteridad de sus altos designios —escribió—, ha de ser con la lengua de las

edificaciones. ¿No ves cómo han permanecido las pirámides y a cuántos reyes los borraron las vicisitudes de los tiempos?»

Nunca pudo imaginar que esas vicisitudes a las que tanto temía iban a arrasar su obra entera, su palacio y su estado, en menos de medio siglo. Murió a los setenta y tres años: no había cumplido veintitrés cuando sucedió a su abuelo, Nos dicen que tuvo una adolescencia silenciosa y más bien gris, dedicada al estudio, y que el emir Abd Allah lo había preferido siempre a sus propios hijos. En el emirato ómeya la primogenitura no implicaba el derecho a la sucesión, y la abundancia de esposas y concubinas —cuyos hijos, al serlo del cabeza de familia, eran todos igualmente legítimos— volvía particularmente confusa la elección de un heredero y fomentaba los rencores y las conspiraciones, de modo que los emires, para curarse en salud, tendían a mantener apartados del palacio a sus hijos. Los de Abd Allah vivían en lujosas almunias de las afueras de Córdoba, y sólo Abd al-Rahman compartía la difícil intimidad del emir, aunque seguramente no ignoraba que aquel anciano afectuoso que le había regalado su anillo al nombrarlo sucesor era el mismo que ordenó veinte años atrás el asesinato de su padre. Los imaginamos a los dos sordamente unidos por el recelo y la culpa: Abd Allah espiando en su nieto los rasgos sobrevividos del hijo al que mató; Abd al-Rahman, temiendo siempre sucumbir al mismo destino que su padre, desconfiando de la predilección del emir, que fácilmente habría podido convertirse en odio.

Su incontenible arrojo y su ambición, que lo impulsaron a guerrear sin tregua durante diecinueve años para restaurar la unidad del reino y la soberanía de la corona y a desafiar al sacro imperio romano y al califato de Oriente, tal vez no fueron sino la laboriosa máscara del miedo. Tenía miedo de morir, de ser traicionado o vencido, de que la posteridad lo olvidase. Sus antepasados, que habían gobernado en rebeldía contra los califas de Bagdad, no se atrevieron sin embargo a darse a sí mismos otro título que el de emires. Sólo él, al-Nasir, en un gesto de meditada soberbia, se proclamó califa y príncipe de los creyentes —*Amir al-Muminin*, de donde viene la estupenda palabra española *miramamolín*—, consumando así la sedición de su lejano antecesor Abd al-Rahman I y restableciendo, tantos años después de la matanza de Abu Futrus y de la usurpación de los abbasíes, la legitimidad de la familia omeya.

Construyó un alminar para la mezquita de Córdoba y una ciudad más hermosa que ninguna otra en el mundo. Quería que su ciudad surgiera de la nada, como Bagdad, crecida en el desierto, y que existiera sólo gracias a su propio designio. Quería que se pareciera a las ciudades imaginarias de los árabes, a Iram, la ciudad de las columnas, de la que dice el Corán que fue creada como ninguna otra en el mundo, y en la que habitó el pueblo primitivo y tal vez mitológico de Ad, de cuyo linaje provenía la reina de Saba. Nadie vio nunca esa ciudad, pero la descripción que hace de ella el geógrafo Abu Hamid al-Garnatí nos recuerda poderosamente el empeño descomunal de al-Nasir en levantar Madinat al-Zahra: mil príncipes de los gigantes buscaron en el Yemen una tierra amplia, de muchas fuentes y buen clima, y construyeron con ladrillos de color rojo un muro de quinientos codos de alto, para lo cual agotaron las minas de toda la tierra y los tesoros más escondidos. Luego hicieron en su interior trescientos mil palacios y en cada uno de ellos había mil columnas de esmeraldas y jacintos, «y sobre cada columna se extendieron losas de oro y plata sobre las que levantaron alcázares de oro con habitaciones de oro y con incrustaciones de jacintos y aljófares, y en el camino de la ciudad pusieron ríos de oro cuyos guijarros eran jacintos y esmeraldas, y a las orillas de los ríos pusieron árboles cuyas ramas eran de oro y sus hojas y frutos eran diversas clases de esmeraldas, jacintos y perlas». Los príncipes de los gigantes tardaron quinientos años en terminar la ciudad, y luego «marcharon hacia todos los confines del mundo en busca de tapices, alfombras, colchas de seda, vasijas, fuentes, lámparas, marmitas, mesas, jarras, cántaros y toda clase de utensilios de oro, y luego llevaron comidas, bebidas, dulces, perfumes, velas, incienso, áloe, ámbar y alcanfor...». Abu Hamid, que seguramente visitó Madinat al-Zahra, escribió su *Libro de las maravillas* a finales del siglo XI. En el XVI, los moriscos españoles seguían recordando imaginariamente la ciudad de Ad, ahora con el dolor de ser extranjeros en la misma tierra en la que habían nacido: «Fabricóse muy altos sus muros que resplandiaban y cercábanla ríos muy deleitosos y vergeles y arboledas, la cual alcázar está edificado encrucijado de muchos caminos y carreras, dellas que van la vía del Yemen y otras dellas la vía de Siria...»

Ad, rey de los gigantes, había dicho: «Yo haré en la tierra una ciudad semejante a la del Paraíso.» Probablemente Abd al-Rahman sintió el mismo deseo temerario y blasfemo, y ya no nos importa que su ciudad haya existido y la otra no, porque las dos se han vuelto tan ilusorias como los reyes que las fundaron, y no hay diferencias notables entre las crónicas de los geógrafos que conocieron Madinat al-Zahra y las lujosas mentiras de los que nos describen los palacios de Ad. Ambos gastaron tesoros inconcebibles en la construcción de sus ciudades. Ad tardó quinientos años en terminar la suya: Abd al-Rahman, su vida entera. Diariamente se empleaban en la obra seis mil sillares de piedra labrada, transportados por mil cuatrocientos mulos y cuatrocientos camellos. Mil cien cargas de limo y yeso se gastaban cada tres días en las obras. De las cuatro mil trescientas dieciséis columnas que hubo en la ciudad, algunas vinieron de Roma, dice Ibn Hayyan, diecinueve del país de los francos, ciento cuarenta fueron ofrecidas por el emperador de Constantinopla, ciento trece, la mayor parte de mármol rosa o verde, llegaron de Cartago, de Túnez, de Sfax y de otras antiguas ciudades devastadas de África. Pero el mayor número de ellas provenían de las canteras de al-Andalus: las de mármol blanco de Tarragona y Almería, las de mármol rayado de Málaga: por cada bloque que llegaba a Córdoba pagaba el califa diez dinares de oro, y trescientos mil gastó durante cada uno de los veinticinco años que vivió desde la fundación de la ciudad. Tenía prisa por verla terminada, lo desesperaban la impaciencia y el miedo de morir sin ver su obra concluida, porque hubiera querido que el trabajo de los arquitectos y los albañiles avanzara tan velozmente como los espejismos de su imaginación. El año 936, cuando los astrólogos hubieron determinado el día y la hora exacta que serían propicios, se enterró la primera piedra en la primera zanja de la nueva ciudad. Apenas seis años más tarde la corte ya se había trasladado a ella. La mezquita de Madinat al-Zahra se concluyó en cuarenta y ocho días, «porque al-Nasir tuvo continuamente empleados en ella a mil hombres hábiles, de los que trescientos eran albañiles, doscientos carpinteros y los demás enladrilladores y mecánicos de varias clases». Tenía cinco naves y un soberbio alminar, y un patio pavimentado de mármol de color de vino en cuyo centro había un manantial de agua helada.

A una legua de Córdoba, en las estribaciones de la sierra que llamaron los árabes monte de la Desposada, se extendieron en pocos años las edificaciones en terrazas de la ciudad del azahar, pero era tan intenso el contraste entre el blanco de los palacios y la vegetación oscura que los rodeaba, que el califa ordenó talar todos los árboles y los ásperos matorrales silvestres y plantar en su lugar higueras y almendros que tintaran de un verde más suave el paisaje. No le bastaba regir ciudades y hombres: quería modificar también los colores y los ritmos de la naturaleza que miraban sus ojos, y cuenta al-Maqqari que cuando ordenó cortar los bosques próximos a Madinat al-Zahra hubo quienes se escandalizaron, porque entendían que estaba desafiando a Dios: «Lo que pretende el califa repugna a la razón, pues aunque se reunieran todas las criaturas del mundo a cavar y a cortar, no lo lograría sino el propio Creador.» Pero al-Nasir, como un pintor que diluye en agua los colores, logró difuminar el verde oscuro de la serranía de Córdoba y añadirle cada primavera las manchas blancas de los almendros florecidos.

Cuentan que era cortés, benévolo, generoso, perspicaz: también que podía ser sanguinario más allá de todo límite. Quiso ver con sus propios ojos la muerte de su hijo sublevado Abd

167

Allah, y lo mandó ejecutar en el salón del trono y en presencia de todos los dignatarios de la corte. A unos esclavos negros que lo habían enojado los hizo maniatar vivos a los cangilones de una noria que no paró de dar vueltas hasta que se ahogaron. Con los años se fue volviendo cada vez más dócil a la bebida y la lujuria: una noche, en un jardín de Madinat al-Zahra, una esclava puso un leve gesto de contrariedad cuando al-Nasir, que estaba muy excitado y muy borracho, la empezó a acariciar y a morderle los labios. La muchacha volvió la cara hacia otro lado, tal vez para eludir su aliento alcohólico. Poseído por la cólera, el califa ordenó a sus eunucos que la sujetaran mientras uno de ellos le acercaba una antorcha a la cara y se la iba quemando para que su belleza no sobreviviera a su desdén.

Siempre había junto a él un verdugo de guardia, con una espada recién afilada y un tapete de cuero para recoger la cabeza y la sangre de algún posible condenado. Ibn Hayyan cuenta una historia que le dijeron que contaba uno de aquellos verdugos, llamado Abu Imran: «...Entró con su espada al aposento donde bebía el califa, y lo halló sentado en cuclillas, como un león sobre sus zarpas, en compañía de una muchacha hermosa como un orix, sujeta en manos de los eunucos en un rincón, pidiéndole misericordia mientras él le respondía de la forma más grosera. Díjole entonces: "Llévate a esta ramera, Abu Imran, y córtale el cuello." Cuenta éste. "Yo remoloneé, consultándole como de costumbre, mas me dijo: 'Córtaselo, así te corte Dios la mano, o si no, pon el tuyo.' Y el servidor me la acercó, recogiéndole las trenzas y descubriéndole el cuello, de manera que de un solo golpe le hice volar la cabeza..."»

Al-Nasir no confiaba en nadie, ni siquiera en la aristocracia árabe cuyos jefes tribales habían regentado hasta entonces la administración y el ejército. Antes que a los soldados andaluces, que no eran por lo común muy eficaces en la guerra, prefería a los violentos mercenarios bereberes. Como los déspotas de Oriente, se rodeaba de una cohorte populosa de eunucos y esclavos, los *saqaliba* de ojos azules, comprados o raptados de niños en los países de la Europa oriental, algunos de los cuales desempeñaban los oficios más altos de la jerarquía cortesana —gran repostero, caballerizo de las yeguadas reales, superintendente de correos, supremo orfebre, halconero mayor— y lograban atesorar, gracias a la predilección del califa, ingentes fortunas que les permitían adquirir a su vez tierras, palacios y esclavos, ganándoles con frecuencia el odio y el resentimiento de los árabes, que no eran ya, como hasta entonces, miembros de una comunidad de tribus dominadora y elegida, sino súbditos de un Estado omnipotente que se encarnaba en el califa. La antigua lealtad tribal, la *asabiya* igualitaria de los guerreros nómadas que habían salido de los desiertos de Arabia para conquistar el mundo, quedaba ahora aplastada bajo la maquinaria de un poder absoluto que dictaba sus normas, tan inapelables como las de la divinidad, desde los salones con paredes laminadas de oro y las oficinas áulicas de Madinat al-Zahra. «Su orgullo le extravió —dice de al-Nasir un cronista anónimo— cuando el estado de su reino era tal que si hubiera perseverado en su antigua energía, con la ayuda de Dios, habría conquistado el Oriente no menos que el Occidente. Pero se inclinó, Dios lo haya perdonado, por los placeres mundanos; apoderóse de él la soberbia, comenzó a nombrar gobernadores más por favor que por mérito, tomó por ministros a personas incapaces, e irritó a los nobles con los favores que otorgaba a los villanos...»

Cuando ya no le quedaba nadie a quien vencer, debió de sentir como una injuria el miedo a la enfermedad y a la muerte: temía ser envenenado. Una vez alguien le habló de un médico de la Judería de Córdoba que hablaba todos los idiomas conocidos y había inventado una sustancia que curaba todas las enfermedades. Lo hizo llamar a su palacio. Lo nombró médico de cabecera y también inspector de las aduanas del reino, y con el tiempo se acostumbró a encargarle altas misiones diplomáticas. No le importaba que fuera judío: de un hombre le interesaban más su sagacidad o su coraje que el credo al que obedeciera.

El nombre del médico era Hasday ibn Shaprut. Había nacido dos años antes de que al-Nasir subiera al trono. Comparado con el califa, era joven, y probablemente descreía de todo lo que más le importaba a Abd al-Rahman: el *fajr* o magnificencia y la *hayba*, que era el respeto temeroso o el puro terror de los hombres que no se atrevían a levantar los ojos hacia su cara. A Hasday ibn Shaprut lo que lo apasionaba era saber: había aprendido árabe, romance y latín, hablaba fluidamente el griego y leía sin contratiempo los pasajes más difíciles del Talmud. El latín se lo enseñaron los sacerdotes mozárabes: aprendió medicina de los físicos musulmanes y judíos, y cuando sus padres le sugirieron que buscara una esposa les respondió que estaba demasiado absorto en sus estudios para desear a una mujer. Quería descubrir de nuevo la medicina mitológica que curaba todas las dolencias. Quería comprender y hablar todos los idiomas y descifrar todos los enigmas de los humores y de las constelaciones, porque en el mapa nocturno del universo estaba la clave cifrada del cuerpo humano, y los mismos cuatro elementos que componían el mundo material —el agua, el fuego, el aire, la tierra— se combinaban en el organismo de los hombres según un misterioso equilibrio que el médico tenía que restablecer, si se quebraba, imitando con su sabiduría las leyes de la naturaleza.

Excepcionalmente, ser judío en Córdoba no era una amenaza ni una desgracia. El circunspecto erudito y desatado sionista Eliyahu Ashtor, de quien he aprendido casi todo lo que estoy contando sobre Hasday ibn Shaprut, dice que nunca en la historia de la diáspora, salvo en los tiempos de los omeyas andaluces, hubo ocho generaciones seguidas de judíos que no conocieran el chantaje de la dudosa tolerancia o el terror indudable de la persecución. Los cristianos, los descendientes de los conquistadores árabes, los españoles conversos al Islam, tendían incorregiblemente a la discordia y a la sublevación. A diferencia de todos ellos, los judíos nunca levantaron motines ni fueron desleales al poder: durante tres siglos, en Córdoba, las sinagogas no conocieron la profanación. Mercaderes judíos traían sedas y especias de los confines de la India y de China, doctores expertos en las sutilezas de la Torá profesaban en las academias judías de Granada y Lucena; cirujanos judíos, precisos como relojeros, capaban a esclavos cristianos en las factorías de eunucos que hicieron celebradas y prósperas a las ciudades de Almería y Verdún. De cada diez esclavos sometidos a la castración, había seis que sucumbían: el precio de los supervivientes era tan alto que sólo un príncipe lo podía pagar. Al-Andalus exportaba eunucos a todos los harenes de Oriente: tres mil trescientos ochenta y siete —«algunos dicen que tres mil trescientos cincuenta», asegura al-Maqqari— pululaban al servicio de Abd al-Rahman III por las estancias de Madinat al-Zahra, y más de seis mil mujeres cuyos rostros y cuerpos se sucedían cada noche ante la mirada del califa para que eligiera a una sola, perdido en la locura y en el tedio de una ilimitada disponibilidad: construía palacios y compraba hombres y mujeres para que lo aturdiera el espectáculo de su omnipotencia y a lo único a lo que tal vez aspiraba era a perderse y a volverse invisible en medio de tanta multitud, en el centro de su palacio amurallado y geométrico.

Pero a Hasday ibn Shaprut le era indiferente aquella obscena profusión de delicias. Aunque gozaba del favor del califa, se sabía íntimamente extranjero: había llegado a ser un médico muy rico y un cortesano de temida y deseada influencia, pero no olvidaba que pertenecía a un pueblo desterrado, y que una arbitrariedad del soberano o el éxito de una cualquiera de las conspiraciones de la envidia podrían arrojarlo para siempre de la corte. Su padre era un comerciante rico y piadoso de Jaén que a principios de siglo se había establecido en Córdoba, donde fundó una sinagoga y protegió muy generosamente a poetas que escribían en hebreo y a estudiosos de la Torá. Habría querido que su primogénito, Hasday, se consagrara a la teología, pero éste prefirió la medicina desde su adolescencia, y como había leído en la traducción árabe de un libro de Galeno —*De antidotis*— que los médicos de la antigüedad curaban los dolores más graves con una pócima llamada triaca, cuya composición ya no recordaba nadie, se obsesionó con el propósito de inventarla de nuevo, y al cabo de varios años de indagar en tratados fragmentarios y oscuros, y con frecuencia mal traducidos del griego, del latín o el siríaco, y de probar mixturas de hierbas con la perseverancia de un alquimista, averiguó otra vez la fórmula perdida durante setecientos años, y del mismo modo que su primer descubridor, Andrómaco de Creta, había llegado a médico de Nerón, él, Hasday, logró serlo del califa Abd al-Rahman III: siendo un poderoso contraveneno, la triaca convenía particularmente a los reyes, y aún en el siglo XVIII los boticarios que la preparaban no podían hacerlo sino en presencia de las autoridades.

Una norma hipocrática dictaminaba que los medicamentos simples eran preferibles a los compuestos, pero la triaca de Hasday ibn Shaprut contenía sesenta y una sustancias, entre las cuales la casi omnisciente enciclopedia Espasa enumera las que siguen: polvos de valeriana, contrahierba, genciana, escordio, manzanilla, canela y pimienta de Ceilán, carne de culebra hervida, anís, fruto de enebro, corteza de naranja, mirra, azafrán, sulfato ferroso desecado, opio, quina de Loja, miel de saúco, vino de Cariñena y miel superior. Hasday mezclaba esta última con la de saúco y con cuatrocientos gramos de vino, colaba la mezcla por un tamiz de cerdas y, calentando el líquido nuevamente, le añadía el azafrán y el sulfato ferroso. Agitando siempre la mezcla, le agregaba el opio desleído en un poco más de vino y luego las demás sustancias. Dejaba fermentar la masa, removiéndola cada cierto tiempo, y cuando la fermentación había cesado trasegaba el producto final en vasijas de porcelana o de loza. Los tratadistas de farmacopea aseveraban que la triaca tenía un efecto antiespasmódico, tónico y calmante, y que también curaba las mordeduras de los animales venenosos, pero a uno le hace acordarse de aquel bálsamo de Fierabrás cuya fórmula juraba conocer don Quijote y que tantos vómitos y sudores les hizo padecer a él y a su escudero Sancho Panza.

No sabemos si Hasday administró alguna vez su medicina al califa, pero hay noticias de que lograba con frecuencia curaciones reputadas como milagrosas, y de que gracias a su sabiduría un rey destronado recuperó no sólo su salud, sino también su reino. Era Sancho I de Castilla, a quien llamaban el Gordo o el Craso, porque padecía una obesidad tan monstruosa que le resultaba imposible montar a caballo y hasta caminar sin que el sudor y el ahogo lo desfallecieran. Su cómica gordura y su falta de carácter le habían enajenado el respeto de sus súbditos, y una intriga cortesana, urdida por el conde Fernán González, lo arrojó del trono sin que nadie, ni él mismo, hiciera nada por defender su corona, que cayó en manos, por cierto, de un primo suyo jorobado y canalla llamado Ordoño el Malo. Al huir de Castilla, Sancho buscó refugio en la corte de Pamplona, pues era nieto de la enérgica Tota, reina de Navarra, y por lo tanto primo de

175

su teórico enemigo el califa de Córdoba. La reina Tota, una anciana invencible que poseía hasta el exceso el coraje que le faltaba a Sancho, aquel gordo sin consuelo, decidió que para que recuperase el trono de Castilla le hacía falta primero adelgazar y luego conseguir un aliado más poderoso que sus adversarios castellanos. La gordura de Sancho, infatigable comilón, era una enfermedad, y los mejores médicos estaban en Córdoba, al otro lado de la frontera de los reinos cristianos: el único aliado posible era el califa de al-Andalus. Más de una vez los ejércitos del Abd al-Rahman habían asolado Navarra en sus expediciones de verano, y no sólo era un monarca enemigo, sino también un infiel, pero la reina Tota, que al fin y al cabo podía considerarlo miembro de su familia, le escribió una carta solicitando su ayuda y la de alguno de sus médicos.

El califa le envió a Hasday ibn Shaprut. Hablaba la lengua romance y poseía una paciente astucia y una ilimitada capacidad de convicción. Curaría a Sancho, explicó, cumpliendo las instrucciones de Abd al-Rahman, pero no en Pamplona, sino en Córdoba, y los ejércitos andalusíes combatirían de su lado, pero era preciso que él y su abuela viajaran a la capital de al-Andalus para rendir homenaje al califa. Cualquiera habría jurado que aquellas condiciones nunca las aceptaría la iracunda reina Tota, que tantas veces se batió cuerpo a cuerpo contra los soldados musulmanes: sonriendo ante ella, con la cabeza baja, hablando suavemente, Hasday ibn Shaprut logró —«por el encanto de sus palabras, por la fuerza de su sabiduría, por el poder de sus astucias y de sus numerosos artificios»— lo que de antemano parecía imposible. El año 958, una lenta caravana de clérigos y caballeros navarros encabezada por la reina y su nieto cruzó las despobladas fronteras del norte y se encaminó hacia Córdoba siguiendo las antiguas calzadas romanas. Cuando entraron en la ciudad, Sancho I de Castilla caminaba apoyándose en Hasday ibn Shaprut. Para Abd al-Rahman, que dos reyes cristianos vinieran hasta su mismo palacio y se humillaran solicitando su ayuda constituía la cima de su orgullo y tal vez el cumplimiento de una venganza íntima, de una voluntad de poseer y doblegar que nunca fue saciada: a los judíos de Córdoba les importaba más que el mediador de aquella sumisión hubiera sido uno de los suyos, y cuando vieron a Hasday en el desfile que avanzaba por un camino alfombrado hasta Madinat al-Zahra, sintieron gozosamente que el mérito y el triunfo de su compatriota los enaltecían a todos y mitigaban las vejaciones inmemoriales de la diáspora. «¡Saludad, montañas, al jefe de Judá! —escribió un poeta hebreo en aquella ocasión—. ¡Que la risa aparezca en todos los labios, que las áridas tierras y las florestas canten y que se regocije el desierto! Mientras él no estaba aquí, los soberbios dominaban sobre nosotros, nos vendían y nos compraban como esclavos, sacaban sus lenguas para engullir nuestras riquezas, rugían como leones, y todos nosotros estábamos espantados, pues nos faltaba nuestro defensor... Dios nos lo ha dado por jefe; Él le ha dado el favor con el rey, que lo ha nombrado príncipe y exaltado a la cima. Sin flechas y sin espadas, con su sola elocuencia, ha quitado fortalezas y ciudades a los abominables comedores de puercos...»

Aunque un poco paranoico, el poeta judío contaba la verdad: a cambio del severo y fulminante régimen de adelgazamiento que le impuso Hasday ibn Shaprut y que incluía carreras matinales en torno al perímetro de Madinat al-Zahra—, Sancho I de Castilla, libre ya de su apodo infamante y restablecido en el trono gracias a los ejércitos andalusíes, entregó al califa diez plazas fuertes, y siguió recordando hasta el final de su vida la amistad de aquel médico judío que parecía saberlo todo sobre todas las cosas y que lo había guiado dejándole que se apoyara en su hombro cuando la fatiga lo asfixiaba, hasta el centro mismo de un palacio cuyas estancias le parecieron tan infinitas como el número de los soldados que montaban guardia en el camino de Córdoba a Madinat al-Zahra y en los umbrales sucesivos de cada una de sus quince mil puertas. Sancho venía de un país pobre y bárbaro donde los reyes habitaban castillos de piedra lóbrega y desnuda que olían a estiércol, a la paja húmeda que se esparcía en el suelo como remedio contra el frío, al humo de sebo de las lámparas. Durante los días que permaneció en Madinat al-Zahra anduvo como perdido en el deslumbramiento y la extrañeza de un sueño. Vio jardines de árboles traídos en caravanas y en naves desde todos los confines del mundo, y estanques donde se agitaban los colores relucientes de los peces del Índico. Vio especies de fieras más amenazadoras que las que inventaban los miniaturistas en los códices del Apocalipsis, y autómatas de ojos de vidrio que se inclinaban mecánicamente ante él y que le daban miedo, porque por unos segundos los confundía con criaturas humanas, y pájaros de plumas verdes y rojas que hablaban imitando voces de mujeres. Al-Nasir era muy aficionado a ellos, y prefería entre todos a un docto estornino al que habían adiestrado para que recitara un poema cada vez que Hasday ibn Shaprut practicaba una sangría al califa: «Oh, sangrador —cantaba el pájaro, posándose en el hombro del médico— trata con cuidado al Príncipe de los Creyentes, pues estás sangrando una vena por la que corre la vida del Universo.»

Vio dos fuentes por las que manaba de día y de noche el agua llegada desde los veneros de la sierra por los canales de los acueductos. Una de ellas tenía forma de elefante, y la otra de león con las fauces abiertas. Vio en el salón del trono, cuya traza imitaba la del palacio de Salomón, una gran taza de mármol en la que había esculpidas doce figuras de oro rojo —un león, un antílope, un co-

codrilo, un águila, un dragón, una paloma, un halcón, un pato, una gallina, un gallo, un milano y un buitre— y que tenía en su centro un surtidor no de agua, sino de mercurio, sobre el que pendía del techo una perla mayor y más pura que cualquier otra de la que se tuviera noticia.

«Daban entrada al salón ocho puertas de cada lado, adornadas con oro y ébano, que descansaban sobre pilares de mármol y de cristal transparente», dice al-Maqqari. La perla y la taza de mármol las había traído de Constantinopla el obispo cristiano y embajador del califa Recemundo de Córdoba, que se llamaba en árabe Rabí y era un experto en la composición de calendarios y horóscopos. Planchas de oro brillaban en las paredes y en los techos: en los capiteles de las columnas y en los calados arabescos que repetían con precisión abstracta los ramajes de los árboles del Paraíso había piedras preciosas incrustadas. Algunas veces, sobre todo cuando entraba en el salón la luz del mediodía o cuando de noche se hallaban encendidas todas las lámparas, el califa ordenaba a un esclavo que removiera el estanque de mercurio: entonces al forastero le parecía que se quebraba la luz y el orden del espacio, y que las columnas y la gran perla al-Jatima y el salón entero giraban y se deshacían en prismas de instantáneos reflejos. Sólo cesaba el vértigo cuando el califa hacía una señal y la superficie del mercurio quedaba otra vez tan inmóvil como la de un lago helado: al visitante, sobrecogido por la solemnidad, por el terror y el asombro, le parecía que un simple gesto de Abd al-Rahman podía dislocar o restablecer la rotación del Universo.

A aquel salón fue adonde condujo Hasday ibn Shaprut a Sancho el Gordo y a su abuela Tota, y les sirvió de intérprete con el califa, pues éste, protocolariamente, fingía no hablar romance. Allí llegaron también, acompañados por Hasday, los embajadores del emperador Otón I de Alemania, que se habían pasado en Córdoba casi tres años esperando una audiencia, y los del basileus Constantino VII Porfirogéneta, que traían en el catálogo de sus regalos el libro más valioso que Hasday era capaz de imaginar: un manuscrito en griego de la *Materia médica* de Dioscórides, que contenía la descripción de todas las plantas conocidas y desconocidas y de sus propiedades curativas y mágicas. A los embajadores de Bizancio, al-Nasir los recibió sentado en un trono de oro, flanqueado a derecha e izquierda por sus hijos, sus visires, sus chambelanes, sus libertos y los oficiales de su casa, desplegando en torno suyo una abrumadora escenografía de figuras inmóviles contra muros de oro que sin duda habría merecido la aprobación del emperador Constantino Porfirogéneta, del que se sabe que era más dado al ejercicio de las letras que al del poder, y que había escrito un tratado exhaustivo sobre la etiqueta de la corte de Constantinopla.

Como los monarcas orientales, al-Nasir quería que el espectáculo de su omnipotencia cegara y sometiera a los hombres. El viaje de un embajador desde Córdoba a Madinat al-Zahra se parecía calculadamente al de un insecto hacia el centro de la tela donde aguarda la araña. Es fácil imaginar el asombro y el miedo de Sancho de Castilla, el espanto que atribuye Ibn al-Arabí a unos mensajeros del rey de los francos: desde que salieron de Córdoba avanzaron entre una doble fila de soldados, bajo un dosel de espadas anchas y desnudas que se cruzaban amenazadoramente sobre sus cabezas, como nervios de bóvedas. «Sólo Dios sabe el miedo que les entró», dice complacidamente Ibn al-Arabí. Desde la puerta de Madinat al-Zahra hasta el salón del trono se extendía una alfombra de brocado rojo. En la primera estancia donde entraron había un hombre con vestiduras de seda sentado en un sillón de maderas preciosas, y su mirada y su presencia les infundieron tal pavor que cayeron de rodillas. «Alzad vuestras cabezas —les dijo el chambelán que los acompañaba— porque éste no es el califa. Sólo es uno de sus esclavos.» Cruzaron jardines cada vez más dilatados y espesos y llegaron a otras salas cuya magnificencia era semejante a la de las vestiduras de los hombres ante los que volvían a prosternarse, convencidos de que ahora sí se encontraban en presencia del califa: «Es otro esclavo, levantaos», repetía el chambelán, sonriendo.

Salieron por fin a un patio no muy grande, con el suelo de arena, donde había un hombre sentado sobre una estera, con las piernas cruzadas. Tenía la cabeza baja y parecía absorto. Vestía una ropa gastada y vulgar, y cuando alzó los ojos hacia ellos, los embajadores advirtieron que eran de un extraño color azul oscuro. Se quedaron en pie, sin avanzar, imaginando tal vez que aquel hombre era una especie de eremita. Frente a él ardía una hoguera. A su derecha había un libro, y a su izquierda una espada. «He aquí al califa», les dijo el chambelán, y entonces se arrodillaron apresurada y torpemente y no se atrevieron a levantar las cabezas de la arena hasta que Abd al-Rahman les habló. «Dios nos ha ordenado que os invitemos a esto —señaló el libro, que era un Corán— y si rehusáis, a esto —y señaló la espada—. Y vuestro destino, cuando os quitemos la vida, es esto —concluyó, indicándoles la hoguera que ardía ante él.» «Se llenaron de terror —dice al-Arabí—, les ordenó salir sin que hubieran dicho una sola palabra y acordaron con él la paz en las condiciones que quiso imponerles.»

Ese hombre solo, sentado sobre una estera, con las piernas cruzadas, es todavía más desconocido y más temible que el otro, el que se yergue en un trono de oro macizo ante un estanque de mercurio sobre el que pende una perla. La estancia mejor guardada y más secreta de Madinat al-Zahra es un patio con el suelo de arena donde no hay nada más que una hoguera, una espada y un libro. Puede que Hasday ibn Shaprut fuera uno de los pocos hombres de su tiempo que tuvo acceso a ese lugar, a ese recinto escondido donde el monarca más poderoso y más rico de Occidente reposaba en el suelo como un beduino, como si su ciudad y su reino fueran espejismos y no poseyera nada más que lo que habían poseído sus antepasados del desierto: la arena, las palabras, la espada, el fuego que iluminaba la noche. Tal vez, de todos los hombres que conocieron a al-Nasir, Hasday fue el único que no le temió. Su mirada de médico averiguaba en él lo que otros no veían, los primeros signos de la vejez y de la decadencia, el lento progreso infalible de la muerte. En marzo del año 961, el califa se expuso al viento frío de la sierra, que batía crudamente las explanadas de Madinat al-Zahra. Se temió que hubiera contraído una pulmonía, y su final pareció irremediable, pero Hasday, una vez más, logró una curación sorprendente, y a principios de verano, el califa, que ya había cumplido setenta años, volvió a conceder audiencias y a interesarse con el desasosiego de siempre por las obras de su ciudad, que no parecía que fueran a acabar nunca. Pero el médico estaba seguro de que el restablecimiento de al-Nasir era ilusorio. A principios de otoño, cuando volvieron los fríos del norte, el califa empeoró y Hasday supo que esta vez ni siquiera la pócima que había inventado veinte años antes lo podría salvar. Murió el 16 de octubre. Faltaban quince años para que su hijo, al-Hakam, diera por terminada la construcción de Madinat al-Zahra, y algo más de cuarenta para que todos sus palacios y sus jardines con lagos y animales salvajes fueran arrasados. Poco después de su muerte, alguien encontró entre sus papeles uno en el que había recordado y enumerado los días felices de su vida. Así pudo saberse que Abd al-Rahman al-Nasir, a lo largo de su reinado de medio siglo, había conocido exactamente catorce días de felicidad.

VIII. LOS LIBROS Y LOS DÍAS

Córdoba no es sólo la ciudad de las columnas, del laberinto de los callejones y los rostros innumerables, de las voces que murmuran o gritan en varias lenguas simultáneas, de las campanas cristianas y los cuernos judíos confundiendo su llamada·litúrgica con la del muecín: también es la capital de los libros, cuyo número es tan incalculable como el de las gentes que viven en ella o el de las columnas y arcos que se despliegan en las mezquitas y en los palacios. Sesenta mil libros se publicaban anualmente en Córdoba. En un solo arrabal había a finales del siglo X ciento setenta mujeres consagradas a copiar manuscritos: las más veloces calígrafas podían terminar en dos semanas la copia de un Corán. En la mezquita mayor, los discípulos de cada maestro preparan el papel y el cálamo para guardar detallada memoria de sus explicaciones.

En Córdoba, bajo el rumor de las voces, escuchamos el más amortiguado de las palabras escritas, el de las pesadas hojas de los libros que pasan los eruditos humedeciéndose el pulgar y el de los cálamos de los copistas que rozan el pergamino o el papel para que perduren las sagradas palabras escritas por otros, las del Corán, dictadas por el mismo Dios a los ángeles, mágicas, increadas, anteriores a la escritura y a la voz humana, y también las otras, las de las obras de los griegos, los tratados de astrología y de medicina, los venerados libros de Aristóteles, a quien llaman en árabe *Aristú*, los manuales de gramática, de teología, de adivinación, las desaforadas enciclopedias que tratan extenuadoramente de todas las materias posibles, como el *Iqd al-farid* o «Collar único» escrito a lo largo de veinte años por el polígrafo cordobés Ibn Abd Rabbihi: constaba de veinticinco volúmenes, titulado cada uno con el nombre de una piedra preciosa, tenía más de diez mil páginas y la sola enumeración de su índice ya es agotadora, aunque nos recuerda a las enciclopedias chinas imaginadas por Borges. Encerrado en su biblioteca de Córdoba, Ibn Abd Rabbihi escribió sobre el gobierno bueno y justo, sobre la guerra, los caballos y las diversas clases de armas, sobre la generosidad y los regalos, sobre las embajadas, sobre la manera de dirigirse a los príncipes y las ceremonias de los reinos, sobre el saber y la educación, sobre los proverbios, sobre la religión y el ascetismo, sobre los pésames y las elegías, sobre la esperanza, el arrepentimiento, la peste, el llanto, la risa excesiva y las tribulaciones, sobre los epitafios —distinguiendo entre los que se dedican a los padres, a los hermanos, a las esposas y a las concubinas—, sobre las genealogías y virtudes de los árabes desde los tiempos de Noé, sobre el lenguaje, sobre la conversación entre hombres selectos, sobre la elocuencia y los sermones, sobre la escritura, sus instrumentos y los secretarios, sobre la historia de los califas, sobre las tribus árabes antes del nacimiento de Mahoma, sobre la excelencia de la poesía, sobre la prosodia, sobre el canto (que es, a despecho de quienes lo condenan por impío, «el alimento del oído, la pradera del alma, el manantial del corazón, el solaz del triste, el compañero del solitario y la provisión del peregrino»), sobre las mujeres y sus virtudes y defectos, sobre los falsos profetas, los locos, los avaros y los tramposos, sobre la naturaleza humana y animal, sobre los pájaros, sobre las provincias y las mezquitas del Islam, sobre el número y las jerarquías de los ángeles, sobre la longitud de la tierra, sobre el veneno, el mal de ojo, la magia y la donación de regalos, sobre los alimentos y su correcta masticación y las bebidas, distinguiendo las lícitas de las prohibidas a los musulmanes, sobre las horas adecuadas para comer, sobre las bromas, sobre los chistes y la manera de contarlos, sobre las biografías, sobre los jardines y los ríos del Paraíso...

Como en Alejandría y en Roma, cualquier hombre rico y cultivado posee una extensa biblioteca particular. La del cadí Ibn Futais ocupaba un edificio entero, y sus pasillos, escalinatas y anaqueles estaban trazados de manera que había un punto central desde el que se dominaban todas las estanterías. Trabajaban permanentemente en ella seis copistas, no a destajo, sino con un salario invariable, para que la prisa, tan enemiga de la caligrafía, no ocasionara incorrecciones en la escritura, y todas las paredes, el techo, el vestíbulo, las terrazas los almohadones y alfombras estaban pintados de verde, color que simbolizaba la nobleza al mismo tiempo que favorecía la serenidad de la lectura. Dicen que fue la segunda biblioteca de Córdoba, después de la del califa, y que su dueño, Ibn Futais, cuando se enteraba de la existencia de algún manuscrito que aún no poseía, estaba dispuesto a cualquier sacrificio para conseguirlo, y pagaba el triple o el cuádruple de su valor para que no se le escapara, y aun perdiéndolo era tan obstinado que no descansaba hasta forzar a su dueño a que le permitiera copiarlo. Vigilaba a sus bibliotecarios y calígrafos como el carcelero del panóptico imaginado por Bentham —esa fantasmagórica prisión en la que un solo guardia, con la ayuda de los espejos, custodia sin moverse a todos los condenados—, y era tan avaricioso de sus posesiones que por nada del mundo accedía a prestar un libro. «Demasiado sabía, por experiencia, de cuán mala gana se suelen devolver, y con cuánta facilidad se hacen los aficionados los suecos y olvidadizos» escribe don Julián Ribera y Tarragó, que también da noticia en un impagable opúsculo publicado en Zaragoza en 1896, de algunas damas de alcurnia poseídas por la pasión de la bibliofilia: «Aquella mujer muslímica que muchos describen sentada perezosamente sobre mullidos divanes —dice el vehemente don Julián—, aspirando los aromas que se desprenden de humeantes pebeteros, recluida en las interioridades del harén, soñando siempre en materiales placeres, ésa no es la española.» En la biblioteca de al-Hakam II trabajó hasta el final de su vida una erudita virtuosa llamada Fátima, tan ajena a todo lo que no fuera el placer de los libros que murió virgen, y que en la más extrema vejez siguió conservando su pulso infalible para la caligrafía. En Córdoba y en aquel tiempo vivió también Aixa, «de familia muy principal —sigo citando a Ribera—, a quien los amores literarios dieron tales instintos de independencia que no quiso casarse nunca, muriendo también doncella y de edad avanzada. Era un portento de elocuencia en sus odas, modelo de decir en sus versos, y tenía habilidad tan grande para la copia, que causaban admiración los códices que personalmente escribía de su propia mano».

Pero los libros, como ahora, también podían ser vanos objetos de presunción y de lujo, volúmenes adquiridos a muy alto precio para no bajarlos nunca del anaquel donde se exhiben. En los mercados de libros los potentados compiten entre sí como en los de esclavos. El bibliófilo al-Hadrami, que andaba siempre husmeando por el zoco en busca de manuscritos raros, asistió un día a la subasta de un libro «de hermosa caligrafía y elegante encuadernación». Cuenta que empezó a pujar hasta una cifra exorbitante, pero un desconocido ofrecía siempre una suma un poco más alta. Discretamente, al-Hadrami se acercó a él, para intentar un arreglo, aunque ya desesperaba de conseguir el libro, imaginando que el otro era un bibliófilo tan obsesivo como él, pero mucho más rico. Para su desconcierto, el desconocido le dijo que ni siquiera sabía de qué trataba el libro por el que estaba dispuesto a pagar tanto dinero: «Pero como uno tiene que acomodarse a las exigencias de la buena sociedad —le explicó— se ve precisado a formar una biblioteca. En los estantes de la mía tengo un hueco que pide exactamente el tamaño de este libro, y como he visto que tiene hermosa letra y buena encuadernación, se me ha antojado comprarlo.» Amargamente, al-Hadrami le contestó, antes de irse del mercado con las manos vacías: «Bien es verdad lo que dice el proverbio, que Dios da nueces a quien no tiene dientes. Yo que sé el contenido del libro y deseo aprovecharme de él, por mi pobreza no puedo utilizarlo.»

Un musulmán piadoso copiará por sí mismo el Corán y llevará siempre consigo ese ejemplar escrito con su mano. El acto de escribir se parece al de la creación, porque al fin y al cabo el mundo es el resultado de la escritura divina. «A través del cálamo la existencia recibe las órdenes de Dios —dice un místico sufí—: De él recibe la lámpara del cálamo su luz. El cálamo es un ciprés en el jardín del conocimiento, la sombra de su designio se esparce sobre el polvo.» Las palabras se escriben en el pergamino y en el papel, se modelan en el yeso, se esculpen en la piedra, se hienden en la arcilla: «La caligrafía es la geometría del espíritu.» También es el arte más necesario y más valioso, porque gracias a él la memoria de la sabiduría y de la religión puede transmitirse de unas generaciones a otras: «Es la lengua de la mano, la belleza de la conciencia, el embajador del intelecto, la voz del pensamiento y la armadura del saber», dice ibn Rabbihi en el decimocuarto volumen de su *Collar único*. Los instrumentos del calígrafo, la posición en que se sienta para escribir, su lentitud y su pericia, son como los atributos de un acto litúrgico y nos recuerdan la solemnidad de esas estatuas egipcias que representan a un escriba. El cálamo, *qalam*, es una caña dura y firme y perfectamente afilada, traída a ser posible de las marismas de Babilonia. Hay dos clases de tinta: la *madad*, hecha de hollín disuelto en miel y goma, y la *hibr*, que se hace con agalla, esa excrecencia o tumor que crece en algunas plantas cuando los insectos depositan en ellas sus huevos. Los grandes calígrafos preferían esta última, porque aunque su color y su brillo desaparezcan, dice Alí Efendi, «la tinta permanece sin embargo inmutable, como un monumento siempre presente ante los ojos de los sabios». El tintero, de cobre, se lleva colgado del cinturón, y es el signo que identifica públicamente al calígrafo. También los hay de porcelana y de loza, y tan necesarios como ellos son los pequeños frascos que contienen el agua para desleír la tinta y la arena azul que se le añade, cuidadosamente tamizada.

Las palabras se escriben para perdurar: los veloces números de las operaciones aritméticas, que por lo común se borran cuando éstas concluyen, se trazan sobre una mesa cubierta de arena o de polvo. Por eso se llaman *hurub al-gubar*, letras de polvo, y ésa es también la procedencia de nuestra palabra «ábaco», que viene de la hebrea *abac*, que significa polvo. Imaginamos el dedo índice de un matemático moviéndose nerviosamente sobre una mesa de arena, como el de alguien que escribe en el vaho de un cristal. Con la palma de la mano alisa luego la arena o el polvo, igual que nosotros borramos los signos de tiza escritos en una pizarra. Memoria y olvido son la cara y la cruz de una misma disciplina, la escritura, tan laboriosa siempre y tan frágil, protegida por el respeto que impone su condición sagrada, vulnerable a la humedad, a la carcoma, al fuego de la barbarie. La lenta paciencia de los calígrafos y de los copistas combate silenciosamente con la voracidad del tiempo: cada libro es un milagro, un modesto heroísmo, una sorda tarea de hombres y mujeres que fabrican hojas de pergamino o de papel, que traducen y copian otros libros, que pasan años humillados sobre un atril para repetir palabra por palabra tratados que tal vez no entienden, pero que merecen sobrevivir por la única razón de que han sido escritos.

Cerca de la puerta de los Perfumistas, en Córdoba, había un barrio entero ocupado por los artesanos que elaboraban pergaminos, el *rabad al-raqqaquin*, y dice un poeta que el oficio de pergaminero era particularmente penoso, tan duro como el de los curtidores. Los mejores pergaminos, los de superficie más lisa, blanca y flexible, eran los elaborados con piel de ternera. Desde fines del siglo X este arte fue decayendo poco a poco, a medida que se generalizaba el uso del papel, que tal vez llegó a al-Andalus durante el reinado de Abd al-Rahman III, traído por los mercaderes desde Bagdad y Damasco. Inventada en China, según dicen, por el mandarín Ts'ai Lun, a principios del siglo II, la fórmula del papel se mantuvo en secreto durante seiscientos años, y se transmitió al Islam por un azar de la guerra: el año 751, durante una incursión militar al otro lado de las fronteras de la China, dos artesanos expertos en la fabricación de papel fueron apresados por los musulmanes. En Samarcanda los obligaron a practicar su misterioso oficio, y, lentamente, aquella materia, tan exótica y casi tan tenue como la seda, se extendió hacia Occidente. Se usaban como materia prima los trapos de lino y de cáñamo. El papel era más ba-

195

rato que el pergamino y el papiro, y también más liviano y manejable. Los primeros hombres que lo tocaron con sus dedos en Córdoba tal vez sintieron el mismo íntimo asombro que los que un siglo antes percibieron la suavidad y la ingravidez de la seda. Como los colores de los vestidos, los del papel explicaban siempre valores simbólicos: en Egipto, las órdenes de decapitación se escribían sobre papel azul, porque éste era allí el color del luto. El rojo y el rosa eran los colores de la felicidad y del poder: sólo los más altos dignatarios podían escribirle al califa sobre papel rojo o rosa, colores que también aludían a la piedad, por lo que era lícito usarlos en las peticiones de justicia. El amarillo se consideraba particularmente distinguido: las mujeres más cultivadas y elegantes teñían de azafrán el papel de sus cartas. El acto de escribir era la culminación de un ceremonioso preludio: sobre una plancha de madera de castaño muy lisa se extendía el papel, que se frotaba luego con un huevo de cristal de media libra de peso hasta quedar tan brillante y escurridizo como una superficie de vidrio. La hoja se pautaba con un hilo de seda y una regla. Cuando el cálamo trazaba la primera letra en el ángulo superior derecho, en el vacío blanco y brillante, el calígrafo se acordaba reverencialmente de la primera palabra que pronunció Dios en la gran nada anterior al mundo. En un poema didáctico escrito por Abul Hasan Alí al-Bagdadí, las normas del aprendizaje de la escri-

196

tura nos recuerdan las de los ejercicios de ascetismo con que el alquimista depura su alma: «Oh tú que deseas poseer en su perfección el arte de escribir. Si tu intención es sincera, ampárate en tu Señor a fin de que te facilite el éxito buscado. Escoge en primer lugar las cañas bien derechas, duras y apropiadas para producir una buena letra. Considera sus dos extremidades, y escoge para el corte el extremo más delgado y más tenue. Aplica a dicho corte toda tu atención, porque de él dependerá la belleza de los caracteres. Usa luego en tu escritura el negro de humo, que tú mismo prepararás con vinagre o agraz. Agrégale ocre rojo, que haya sido batido y mezclado con oropimente y alcanfor. Cuando esa mezcla haya fermentado, toma un papel blanco y alísalo. Luego, después de cortado, somételo a la acción de la prensa a fin de que no quede arrugado ni ajado. En seguida ocúpate sin interrupción y con paciencia de copiar los modelos: la paciencia es el mejor medio de alcanzar el fin a que se aspira. No te ruborices de lo feo de los caracteres que haces al principio. La tarea es difícil, mas ya se hará cómoda: ¡cuántas veces no vemos la facilidad suceder al obstáculo! Una vez que hayas obtenido el objeto de tu esperanza, experimentarás sumo júbilo y placer. Entonces agradecerás a tu Señor y te harás digno de su benevolencia.»

El papel, la seda, la sabiduría, los libros, llegaban siempre de Oriente, de la casi infinita

Bagdad, de donde había venido en tiempos de Abd al-Rahman II el músico Ziryab, de Bizancio, cuyos emperadores enviaban a los emires de Córdoba quintales de piedras de mosaicos y libros más valiosos y únicos que la gran perla al-Jatima. Al mismo tiempo que el manuscrito de la *Materia médica* de Dioscórides, llegó a la corte de Madinat al-Zahra un monje griego y políglota que se llamaba Nicolás y que había sido enviado por Constantino VII Porfirogéneta para dirigir la traducción al árabe del libro. Traía con él a un ayudante, Apolodoro de Salónica, que era un judío helenizado, aunque muy experto en las oscuridades de la cábala y posiblemente de la alquimia. Este Apolodoro, que en los años que duró la traducción del Dioscórides se hizo muy amigo de Hasday ibn Shaprut, acabó ocupando una posición relevante en la Judería de Córdoba, y trajo a ella noticias de un reino al oriente de Bizancio, el país de Khadar, del que contaba que era el único en el mundo gobernado y habitado únicamente por judíos. Es posible que el reino de Khadar no existiera: Hasday ibn Shaprut escribió cartas a las comunidades hebreas del mar Negro y envió mensajeros en busca de noticias fidedignas sobre aquel país, y hasta el final de su vida alimentó el sueño de viajar alguna vez a él. En cuanto a Apolodoro, parece que renunció a volver a Bizancio cuando quedó concluida la traducción de la *Materia médica*, y que se quedó en Córdoba cada vez más recluido y apartado de todo, consagrándose a la fracasada creación de un homúnculo según un procedimiento, también practicado por algunos médicos musulmanes, que consistía en guardar en un frasco de vidrio una gota de semen humano a la que se añadían ciertas sustancias a medida que avanzaba su putrefacción.

De Oriente procedía todo: de allí habían venido los árabes para establecerse en al-Andalus y siguieron viniendo hasta el final del califato sabios acogidos hospitalariamente en Córdoba para que enseñaran aquí sus disciplinas, como el poeta, lexicógrafo y gramático Abu Alí al-Qali, que había nacido en la remota Armenia y tuvo que abandonar Bagdad al cabo de veinticinco años de magisterio para no morirse de hambre, y al que Abd al-Rahman III, que lo nombró preceptor del futuro califa al-Hakam, le ofreció una casa y un salario tan espléndidos como los que había recibido Ziryab cien años antes. De Bagdad vino también el poeta al-Muhammad, y de Qayrawan el erudito al-Jushaní, que escribiría una copiosa historia de los jueces de Córdoba. Hacia el Oriente los caminos eran ilimitados para los viajeros: por el occidente al-Andalus lindaba con el final de la Tierra, con el temible océano más allá del cual no había nada más que unas islas —las Canarias— a las que según los geógrafos sólo podía llegarse por casualidad, cuando una tormenta arrojaba a ellas a un navío perdido.

De Occidente, del mar de las Tinieblas, venían de vez en cuando unos salvajes piratas de pelo rubio y ojos azules —los árabes los llamaban *Machus* o magos— que asolaban las ciudades costeras e incluso se atrevían a remontar el Guadalquivir hasta Sevilla en sus ligeros barcos de remos que tenían en la proa figuras de animales fantásticos. Hacia el norte estaban las tierras de los *rum,* los cristianos, los politeístas, «pueblos a los que Dios ha dado un espíritu anárquico y tozudo y les ha concedido el amor al desorden y a la violencia», dice con desdén el historiador Ibn Said.

El viaje a Oriente conducía a La Meca y a las ciudades del saber. En un lugar de Oriente había creado Dios al hombre y establecido el Paraíso Terrenal, que según dice san Isidoro de Sevilla todavía permanece inalterable y vacío, defendido por espadas de fuego. En las regiones orientales del mundo vivieron los profetas y se inventaron todas las artes, desde la escritura y la aritmética hasta la astrología y la interpretación de los sueños, que gozaban de un firme prestigio en al-Andalus, donde hubo siempre excelentes adivinos: uno que se llamaba al-Dabbi le predijo al emir Hisham I que su reinado duraría exactamente siete años, y el poeta al-Gazal pronosticó en verso y con un año de antelación la caída en desgracia y la muerte por envenenamiento del eunuco Nasr, primer ministro de Abd al-Rahman II. Adivinar el porvenir mediante la interpretación de los sueños era una práctica lícita, porque, según la Biblia y el Corán, la había practicado José ante el faraón. Sabemos que en vísperas de una campaña contra el reino de León al-Mansur o Almanzor había soñado que un hombre le ofrecía espárragos y que él se apresuraba a comerlos. Al despertar consultó con su astrólogo, que al oír el relato del sueño le respondió sin vacilar: «Ve contra la ciudad de León. Te apoderarás de ella.» Almanzor le preguntó cómo lo había sabido. «Los espárragos en Oriente se llaman *al-halyun* —dijo el astrólogo— y el ángel del sueño te ha dicho: *Ha Lyun*, "aquí tienes León".»

A pesar de su orgullo de vivir en un país próspero y privilegiado, los andalusíes sospechaban melancólicamente que estaban confinados en un extremo del mundo, en la frontera misma de la oscuridad y la barbarie. Abd al-Rahman I habría querido volver a sus jardines de Damasco. Hasday ibn Shaprut se pasó la vida imaginando que emprendía el viaje hacia el reino de Khadar. Un rey o un hombre poderoso podían viajar a Oriente por delegación, y pagaban a otros para que peregrinaran en su nombre a La Meca, cumpliendo así el mandamiento coránico sin moverse de Córdoba, sin soportar la incertidumbre de los caminos y del mar, la travesía de los desiertos del Magrib y de Libia, el miedo a los bandidos y a las tormentas de polvo. El sedentario califa al-Hakam, que se pasaba la vida en las estancias de Madinat al-Zahra y en su biblioteca del alcázar de Córdoba, ordenaba a otros que viajaran y que le trajeran libros de Bagdad y de El Cairo y le contaran lo que habían visto durante sus peregrinaciones, lo que él mismo imaginaba leyendo los relatos escritos por viajeros orientales.

Al-Hakam al-Mustansir billah, hijo de Abd al-Rahman al Nasir y segundo califa de al-Andalus, es para nosotros el señor de los libros. Fue el más culto de los omeyas andaluces y seguramente el menos cruel, tal vez el único de ellos que nunca se complació en la violencia y en la sangre. Tenía cuarenta y seis años cuando subió al trono. Irónicamente, su padre, al-Nasir, con frecuencia le pedía disculpas por vivir tanto. Había madurado y casi envejecido a su sombra, presenciando desde una cercanía escéptica su poder y su ira. Desde muy joven supo que sería el sucesor del califa, y aguardó con paciencia, ocupándose de tareas laterales y oscuras, de los trabajos en Madinat al-Zahra, de la biblioteca y los jardines. Desde su infancia se había educado con los mejores sabios de Córdoba. Cuando era joven vio morir decapitado en el salón del trono a su hermano Abd Allah, que había conspirado para arrebatarle la primacía en la sucesión. Seguramente apartó los ojos cuando vio descender la cuchilla del verdugo, y si pensó algo, si aprobó la cruenta decisión de su padre o renegó de ella, se mantuvo en silencio, limitándose a heredar los libros de su hermano muerto, que era, como él, un reputado bibliófilo. Durante su reinado, que duró sólo quince años, defendió enérgicamente con las armas la primacía de al-Andalus sobre los cristianos del norte, pero a diferencia de al-Nasir desconoció el placer de las expediciones militares. «Aunque no era amante de la guerra y la hizo contra su voluntad —escribe Dozy—, la hizo tan bien que obligó a sus enemigos a pedir la paz.»

En su templanza había un nervio de acero, en su silencio de tantos años, mientras su padre envejecía y reinaba negándose a morir, se ocultaba una solitaria voluntad de equilibrio, una tranquila aversión hacia el espectáculo y la ebriedad del poder. Cuando él lo tuvo en sus manos ya era demasiado tarde para que lo envenenara la soberbia. Después de pasarse media vida esperando, se había acostumbrado a la penumbra del segundo término, y no ignoraba, porque su salud era débil, que el trono sería para él una experiencia no muy larga. Murió de hemiplejía el año 976. Desde el 970 había estado en paz con los reinos cristianos. Así pudo dedicarse sin contratiempo a lo que más amaba, a administrar su país y su biblioteca. En una carta testamentaria a su hijo Hisham escribió: «No hagas la guerra sin necesidad. Mantén la paz, por tu bienestar y el de tu pueblo. Nunca saques la espada salvo contra los que cometen injusticias. ¿Qué placer hay en invadir y en destruir naciones, y en llevar el pillaje y la destrucción hasta los confines de la tierra? No te dejes deslumbrar por la vanidad: que tu justicia sea siempre como un lago en calma.»

Añadió a la mezquita sus naves más resplandecientes. A costa de su propio tesoro —había heredado de su padre una fortuna calculada en veinte millones de monedas de oro, lo que lo hacía uno de los dos o tres monarcas más ricos del mundo— mandó reparar mezquitas y hospederías públicas, construir fuentes y caminos y levantar acueductos y puentes por toda la anchura de al-Andalus: «El califa convirtió espadas y lanzas en azadones y rejas de arado, y a los inquietos guerreros en labradores pacíficos —dice una crónica—: «los más eminentes militares se enorgullecían ahora de cultivar sus huertos con sus propias manos, los magistrados y teólogos pasaban sus horas de indolencia bajo la sombra de las parras». Fundó veinticinco escuelas públicas en Córdoba. Dispuso que a los pobres se les suministraran gratuitamente las medicinas en la farmacia del alcázar. Favoreció a los mayores sabios de su tiempo: a Hasday ibn Shaprut, al filólogo al-Zubaydí, autor de una puntillosa monografía *Sobre el habla de las gentes vulgares*, al cirujano Abulcasis, cuyo tratado de cirugía, traducido al latín, se extendería durante siglos por las escuelas de Europa, al matemático y alquimista Maslama al-Majrití, que es el primer madrileño célebre del que hay noticia y que escribió un tratado de aritmética y un manual para la fabricación de astrolabios y tradujo por primera vez al árabe el *Planisferio* de Tolomeo, aparte de vaticinar, con treinta años de anticipación, el principio de la guerra civil y la ruina del Califato.

El sobrenombre que adoptó al-Hakam cuando subió al trono, *al-Mustansir billah*, significa «el que busca la ayuda victoriosa de Dios». Lévi-Provençal lo llama «sabio impecable, mecenas fastuoso, amigo de las letras y de las artes». En Damasco, en El Cairo, en Constantinopla, hombres enviados por él indagaban en las bibliotecas y pujaban en los mercados de libros para obtener aquellos que no se encontraban en Córdoba. En Bagdad tenía un delegado permanente, un escribano llamado Muhammad ibn Tarjan, cuyo único oficio era copiar para él cualquier libro recién publicado. Pero su impaciencia era tanta que algunas veces no esperaba la aparición de un libro para apresurarse a comprarlo: en cuanto supo que el erudito Abul Farach al-Isfahaní, que vivía en Mesopotamia, acababa de concluir una vasta recopilación de la poesía y la música de los árabes —el *Kitab al-Agani* o Libro de Canciones—, le mandó a un mensajero con una bolsa de mil dinares para conseguir la primera copia del libro antes de que lo hubiera leído nadie en Oriente. No había ningún saber que no le importara: para al-Hakam, para cualquier hombre culto de su tiempo, no había fronteras entre las ciencias, sino una rigurosa jerarquía, presidida por la religión, dentro de la cual todos los saberes se enlazaban entre sí como los dibujos abstractos de las decoraciones vegetales. La escritura, la lectura, la lexicografía y la gramática son las ciencias sobre las que se fundamentan las demás, pues permiten el aprendizaje no sólo de las cosas de este mundo, sino también de las que conducen a la salvación eterna. Tras ellas vienen las ciencias de los números y de la astronomía, con el estudio de los eclipses, de la anchura y longitud del mundo, de la duración de los días y de las noches y la sucesión de las estaciones, lo cual permite fijar las fiestas canónicas y el orden de los trabajos agrícolas. La medicina descubre los vínculos entre la salud del cuerpo y la del alma: el estudio de la lógica lleva al conocimiento de la verdad y de la mentira, de las especies y partes de la naturaleza y de los elementos que la constituyen, revelando el plan de la creación divina. Pero la ciencia más valiosa de todas es la teología, porque las otras tratan de nuestra pasajera vida en el mundo, y sólo ella nos es útil aun después de la muerte y en la eternidad.

Detrás de los muros del alcázar de Córdoba, la biblioteca de al-Hakam II contenía un resumen abrumador del Universo. En las páginas de cada uno de los libros cuyo recuerdo ha llegado a nosotros latía una minuciosa voluntad de contarlo y entenderlo todo. El año 961, recién llegado al trono, al-Hakam recibió un presente ofrecido por el obispo Recemundo o Rabí aquel que había sido embajador del difunto Abd al-Rahman III. Se trataba, desde luego, de un libro, porque los cortesanos sabían que ningún otro regalo podría ser más grato al nuevo califa: el *Calendario de Córdoba*, cuyo manuscrito, perdido durante siglos, fue encontrado hacia 1860 por Reinhart Dozy en la Biblioteca Nacional de París. Basta la lectura de su primera página para comprender, con un poco de nostalgia y de envidia, que hubo un tiempo en que la ciencia y la poesía se aliaban en una misma pasión por el conocimiento:

«...he aquí un libro destinado a recordar los períodos y las estaciones del año, el número de los meses y de los días que cada uno cuenta, el curso del sol a través de los signos del zodíaco y de las mansiones, los puntos extremos en que se levanta, la medida de su declinación y de su elevación, el tamaño variable de las sombras que hace proyectarse en el momento de su paso por el mediodía, el regreso periódico de las estaciones, la sucesión de los días con el aumento y la mengua de su duración, la estación fría y la cálida y aquellas, templadas e intermedias, que las separan, la fijación de la fecha del comienzo de cada estación, el número de los días que contiene según la doctrina de los astrónomos que se ocupan de calcular la posición y el movimiento de los cuerpos celestes, y según la de los médicos antiguos que determinaron las estaciones y las naturalezas que se relacionan con ellas, pues en la división del año, aparecen entre las categorías de sabios divergencias que serán mencionadas en su lugar, si Dios lo quiere...»

La administración de la gran biblioteca no era menos complicada que la de un reino. La dirigía el eunuco Tarid, que tenía como secretaria a la poetisa Lubna, célebre por su belleza y por su erudición, y los jefes de sus encuadernadores y copistas eran Abul Fadal el siciliano y el calígrafo Zafr al-Bagdadí, que había venido de Oriente por invitación expresa de al-Hakam, trayendo consigo un valioso cargamento de papel de Samarcanda y de cálamos de las marismas del Tigris. Dice Ibn Hazm que el catálogo de aquella biblioteca llenaba cuarenta y cuatro cuadernos de cincuenta folios cada uno. Casi ningún rey del mundo poseía tantas monedas de oro como al-Hakam: ningún otro pudo enorgullecerse de poseer cuatrocientos mil libros. Su número aumentaba a tal velocidad que no bastaban las habitaciones del palacio para contenerlos. Llenaban hasta el techo las paredes de las habitaciones y de los corredores, y cuando ya no había sitio donde guardarlos se amontonaban en el suelo. Cuando se decidió cambiar de sitio la biblioteca duró seis meses la mudanza.

No sólo era un coleccionista maniático: también un lector escrupuloso y voraz. Según iba leyendo anotaba sus reflexiones en los márgenes, y consignaba siempre la fecha en que concluyó la lectura y el nombre y la patria del autor de cada volumen. Recibía en los salones dorados de Madinat al-Zahra a embajadores de reinos lejanos que se humillaban a sus pies y gobernaba ejércitos y escuadras de navíos de guerra, pero al final de las interminables ceremonias, cuando el último de los poetas cortesanos acababa de recitar ante él sus versos adulatorios, prefería regresar, ya de noche, al interior de las murallas de Córdoba, a las estancias del alcázar donde estaban sus libros y donde los copistas seguían trabajando a la luz de los candiles de aceite. Contaba los lomos alineados, los rollos de papiro traídos de Alejandría, lo embriagaban tenuemente los olores dispares del pergamino y del papel, de la tinta fresca del polvo, del aceite quemado. El ruido de los cálamos deslizándose sobre las hojas pulidas con un huevo de cristal era tan incesante y monótono como el de la lluvia en una tarde de invierno: lo alarmaba el rumor de una carcoma invisible, el de las uñas de un ratón moviéndose en las sombras donde no penetraba el brillo de las velas. Tenía miedo del fuego y de la sinrazón que exterminan los libros. Examinaba la irreprochable caligrafía de una página y encontraba en ella la misma hermosura que testimonia en la naturaleza la huella de un designio divino.

Como Ibn Rabbihi, cuya enciclopedia sin duda guardaba en su biblioteca, al-Hakam habría querido saberlo todo y poseer y leer todos los libros. Su reino se extendía desde las estepas despobladas del Duero hasta el norte de África, pero tal vez toda esa dilatada geografía le era más desconocida y ajena que su otro dominio, el imperio silencioso y dócil de las palabras escritas. Su devoción sin fanatismo le acentuaba el deseo de saber: una tradición profética dice que nadie es más importante para Dios que un hombre que aprendió una ciencia y la enseñó a las gentes. «Un musulmán no puede regalar a su hermano nada mejor que una palabra de sabiduría. Si Dios te conduce hacia un solo hombre sabio es mejor para ti que la posesión del mundo y de todo lo que contiene.»

Pero el destino de la biblioteca de al-Hakam, y el de casi todas las de Córdoba fue tan cruel como el del palacio imaginado y construido por su padre. Algunos años después de la muerte del califa, el primer ministro al-Mansur, para congraciarse con el peligroso fanatismo de los alfaquíes, ordenó que la biblioteca fuera expurgada de todos los libros sospechosos de herejía. Miles de volúmenes fueron arrojados a los patios del alcázar y ardieron en hogueras que el mismo al-Mansur ayudaba a atizar. El fuego ya nunca se detuvo: durante la guerra civil en la que se hundió el Califato, a principios del segundo milenio, el alcázar fue saqueado, y los libros que no ardieron entonces acabaron malvendidos por los zocos a precios de papel viejo o se dispersaron sin remedio por las ciudades de al-Andalus y los países del Islam. Del edificio donde había atesorado sus libros el cadí Ibn Futais no quedaba nada a los pocos años de su muerte. Sus herederos, arruinados por los saqueos y motines de la guerra civil, subastaron aquella biblioteca que había sido la segunda de Córdoba, obteniendo un beneficio de cuarenta mil monedas de oro.

Cinco siglos después, recién concluida la conquista de Granada, el cardenal Cisneros ordenó quemar públicamente en la plaza de Bib Rambla millares de libros musulmanes. Tal vez en algunos de ellos habría anotaciones marginales escritas por al-Hakam II. De los cuatrocientos mil volúmenes que poseyó, sólo uno ha llegado a nosotros: lo encontró Lévi-Provençal en 1938, en una biblioteca de Fez. Borges habla de unos bárbaros que quemaban todos los libros porque temían que contuvieran insultos a su dios, que era una espada de hierro: los inquisidores españoles, cuando veían los libros escritos en árabe —«rubricados con letras coloradas y azules, con curiosas pinturas y caracteres», dice Ribera— sospechaban siempre que tratarían asuntos de perjurios y encantamientos. En un manuscrito que se conserva en la biblioteca universitaria de Valencia hay una nota en catalán que dice: «Este libro me lo encontré yo, Jaime Ferrán, en el pueblo de Laguar, después que los moriscos subieron a la sierra, y como es letra arábiga, jamás he hallado quien sepa leerlo. Tengo miedo no sea el Alcorán de Mahoma.» Ribera, que es quien cuenta la historia, lo leyó: el libro que tanto miedo daba a aquel hombre era una gramática.

IX. EL TIRANO BENÉVOLO

En las proximidades del alcázar, en un mezquino zaguán de la medina de Córdoba, un hombre joven, alto, de facciones regulares, de modales seguros, aunque un poco provincianos, se gana la vida escribiendo con aseada y rápida caligrafía memoriales y solicitudes que se dirigirán a las oficinas del califa, pero se nota en seguida que desconoce la serenidad innata de los otros calígrafos, que levanta los ojos cada vez que se abren o se cierran las puertas de bronce dorado, como si considerase la posibilidad de cruzarlas clandestinamente, como si su verdadera vida no estuviera allí, en su portal de escribano, sino al otro lado de las puertas del palacio real, de las ventanas con celosías desde donde dicen que miran las embozadas mujeres del harén y los eunucos de voz débil y ojos claros, los guardianes del trono, los dueños del poder. Este hombre, Muhammad ibn Abi Amir, vino hace algunos años de su lejana provincia, Algeciras, la al-Yacirat al-Jadra o Isla Verde, donde hace ya cerca de tres siglos desembarcaron los primeros invasores musulmanes. Orgullosamente puede remontar la pureza de su linaje árabe hasta aquellos tiempos heroicos, sin necesidad de pagar a uno de tantos genealogistas embusteros que son capaces de inventarle a cualquiera todo un catálogo de antepasados gloriosos. Su familia, los amiríes, tiene su origen en la misma Arabia, en las tribus nómadas y guerreras del Yemen que participaron en la fundación del Islam, y mucho antes de que el primer omeya desembarcara en las costas de al-Andalus los amiríes ya estaban enraizados aquí: uno de ellos, Abd al-Malik, combatió en el ejército de Tariq ibn Ziyad, recibiendo como botín por su coraje el señorío de un castillo y de unas tierras en la comarca de Algeciras, que tres siglos después seguían perteneciendo a la familia.

En aquellas fincas vivió Muhammad hasta los dieciséis o diecisiete años. El fundador de su familia había sido un guerrero, pero a lo largo de las generaciones sus descendientes prefirieron el ejercicio de las letras y de la judicatura al de las armas. El padre de Muhammad, por ejemplo, había sido un teólogo célebre por su erudición y su piedad, una especie de hidalgo desentendido del mantenimiento de su hacienda que no tuvo reparo en agotar las últimas rentas de aquel antiguo señorío para costearse la peregrinación a La Meca. Ya de regreso, al cabo de varios años de viaje, murió de unas fiebres en Trípoli, y su primogénito, Muhammad, que había vivido hasta entonces dedicado al estudio, decidió abandonarlo todo para probar fortuna en la capital del califato. En Córdoba se alojó en casa de unos parientes y empezó a frecuentar a los maestros que impartían sus enseñanzas en la mezquita mayor. Nos dicen que era un muchacho retraído y extraordinariamente guapo: también —aunque puede ser una mentira posterior de sus enemigos— que era un poco jorobado. Estudió teología y literatura con los mejores maestros, con Abu Alí al-Qalí, del que se decía que era el filólogo más sabio de su tiempo, y que fue preceptor de al-Hakam II. No participaba en las juergas de sus compañeros, y casi nunca probaba el alcohol, aunque no parecía que fuera particularmente devoto. Se enorgullecía de su linaje y aceptaba sin queja su estrecha vida de estudiante provinciano, pero había en él, en su austera reserva, en su codicia de aprender, un rasgo de locura: lo que importaba a otros, le era indiferente. Con insensata certidumbre aseguraba a sus amigos que llegaría a ser el hombre más poderoso de al-Andalus. Vivía en el desasosiego de los trepadores, en el desvelo de una ambición que lo enajenaba de su propia vida. Pero no parecía que se embriagara irresponsablemente de sueños. En los desvaríos de su adolescencia sacrificada y solitaria se adivinaba la frialdad de un método, el progreso oculto de un plan. En las reuniones de taberna desconcertaba a sus amigos preguntándoles qué cargo les gustaría obtener cuando él rigiera el Estado. La ironía de los otros acentuaba su rencor y su determinación de lograr lo imposible.

A los pocos años de su llegada a Córdoba era un excelente calígrafo. Alquiló un zaguán en la medina, muy cerca del alcázar —lo hipnotizaban la proximidad del poder y la visión de sus símbolos— y se dedicó a escribir cartas y solicitudes a cambio de unas pocas monedas. Su buena letra y la soltura de su prosa jurídica en seguida llamaron la atención: al poco tiempo ya era un escribiente subalterno en las oficinas del gran cadí de la ciudad, Muhammad ib al-Salim. Pero tampoco le duró mucho ese trabajo: puede que a al-Salim lo maravillara su inteligencia, o que desconfiara de él y prefiriera apartarlo cuanto antes de su cercanía. Lo cierto es que cuando el gran visir al-Mushafí le pidió el nombre de un escribano competente para agregarlo al servicio de las oficinas del alcázar al-Salim se apresuró a recomendarle al joven Muhammad ibn abi-Amir, que apenas tenía veinticinco años. No era más que un calígrafo, pero ya había logrado cruzar las puertas de aquel palacio que desde su zaguán de la medina le pareció inaccesible. Recorrería con asombro y envidia —con la envidia abrasada de quienes piensan que el mundo les debe una restitución— los jardines con animales autómatas y las estancias inagotables de la biblioteca del califa. Desde la galería encristalada de Abd al-Rahman II miraría la ciudad y el río y la llanura de Córdoba como un reino que él estaba destinado a ganar. Con mansedumbre, con sigilo, con una atención insomne, obedecería órdenes y copiaría memoriales diciéndose que la fatalidad del tiempo obraba a su favor. Contaba con su inteligencia y con la predilección del visir, que era a su vez el favorito y casi el valido del califa al-Hakam. No era nadie todavía, nadie entre la multitud de dignatarios esclavos, de eunucos, de mercenarios, de escribanos, de poetas a sueldo, de esclavas músicas que cantaban y tañían el laúd al otro lado de cortinas translúcidas. Lo que colmaba las vidas y los deseos de otros, para él no constituía más que un preludio. Se mostraba asiduo y leal con quienes podían favorecerlo en algo. Cada gesto y cada palabra, cada sonrisa suya obedecía a un solo propósito. Vivía en una perpetua y acechadora simulación. Amaba la filosofía y la literatura, pero procuraba ocultarlo si su interlocutor era uno de esos poderosos teólogos que despreciaban todo lo que no fuera el Corán. Con un geógrafo de la corte podía conversar sobre el *Planisferio* de Tolomeo: con un filólogo, sobre los méritos y la antigüedad de la poesía de los árabes. Era un letrado sedentario que nunca había ido a la guerra, pero se interesaba también por la estrategia militar y la cuantiosa administración del ejército, por que imaginaba que alguna vez le serían útiles conocimientos tan ajenos a los de su oficio. Poseía la disposición enigmática de quien se ha convertido a sí mismo en un héroe de peripecias futuras. Era el dueño único de un secreto no revelado a nadie, el centro de una conspiración invisible en la que nadie más que él participaba.

En Madinat al-Zahra, en el alcázar de Córdoba, el califa vivía entregado a sus devociones y sus libros. De gobernar diariamente se ocupaban el gran visir, los mayordomos eunucos y la concubina Subh, Aurora, que había despertado en al-Hakam una pasión tardía, no sólo por su melena rubia y sus ojos azules, sino porque le dio dos hijos varones cuando ya temía morir sin descendencia por culpa de su edad y su mala salud. El primogénito, Abd al-Rahman, murió pronto. Al poco tiempo nació el segundo, Hisham, y el califa se apresuró a nombrarlo sucesor y a asignarle rentas y posesiones. Para administrarlas hacía falta un funcionario capacitado y leal: entre los candidatos que el gran visir presentó a la madre del príncipe estaba Muhammad ibn Abi Amir, ese joven brillante y casi desconocido que apenas llevaba un año sirviendo en palacio. Cuentan que su mirada y su rostro hipnotizaban a las mujeres en la misma medida en que sobrecogían a los hombres: la rubia Subh lo eligió, y así, de pronto, a los veintiséis años, Muhammad ibn Abi Amir se convirtió en intendente de los bienes del heredero del trono. Ganaba al mes quince monedas de oro, pero ese sueldo, que envidiaría cualquiera, no era nada comparado con lo que él apetecía y con las ingentes fortunas que ahora pasaban por sus manos. Puede que no lo tentara la avaricia. Desde muy joven se había acostumbrado a la escasez, y no le importaba el dinero en sí mismo, sino por la potestad que le concedía para comprar y corromper a otros hombres. El dinero era un medio de satisfacer su única pasión, igual que los diversos simulacros de amistad, de generosidad y hasta de amor que urdía sin remordimiento para seguir trepando hacia las jerarquías del poder.

Cuando sólo llevaba siete meses como administrador de los bienes del heredero obtuvo un nuevo cargo, mucho más relevante: director de la Ceca o Casa de la Moneda, y después, en el plazo de un año, curador de las sucesiones, tesorero, cadí del distrito de Sevilla y Niebla. En cada una de esas ocupaciones desplegaba una actividad incesante y proteica, y más de una vez debió de sentir el vértigo del jugador que lo apuesta todo en golpes sucesivos de audacia. A los treinta y dos años era jefe del segundo cuerpo de la *shurta*, la guardia mercenaria que custodiaba al califa y mantenía el orden en las turbulentas calles de Córdoba. En aquel tiempo, en cuanto oscurecía y se despoblaban los zocos, la ciudad era más peligrosa que una selva: cualquiera que saliera de noche sería la víctima segura de ladrones homicidas que abandonaban luego los cuerpos degollados en los callejones. Desde que Muhammad ibn Abi Amir disciplinó a los soldados de la *shurta*, las cabezas cortadas de los rateros amanecían cada mañana en las esquinas de los zocos, y la noche de Córdoba ya no era temible: los noctámbulos y los mercaderes bendecían su nombre. A los treinta y tres años —faltaba muy poco para que muriera al-Hakam— dirigía la educación del futuro califa y controlaba los fondos secretos del ejército que combatía en el norte de África. Contaba siempre con la protección del gran visir al-Mushafí, con la lealtad de cortesanos a quienes prestaba dinero para sus fiestas ruinosas y prometía el éxito de ciertas delicadas gestiones, una palabra dicha al califa o al visir en el momento preciso, una irregularidad menor en las contabilidades del tesoro que le supondría a alguien un escondido beneficio. La corrupción de los otros era la garantía de su progreso y de su impunidad: sabía comprar la gratitud, pero prefería las lealtades nacidas del miedo y de la avaricia. Poseía la virtud infalible de la seducción: un mendigo al que arrojaba una moneda de cobre o un soldado inválido cuyas quejas se detenía a escuchar le serían tan rabiosamente fieles como un aristócrata al que había regalado un cargamento de monedas de oro para salvarlo de una quiebra escandalosa.

Nos dicen que era muy alto: que se movía con severos ademanes tiránicos, como si el mundo y la vileza de los otros le hubieran pertenecido siempre, incluso cuando no era más que un calígrafo que se ganaba malamente la vida en un zaguán de la medina. Pero sin duda el mérito más decisivo en su ascenso fue el favor de la concubina Subh: en Córdoba cundía la convicción de que la había hecho su amante, arriesgándose con fría temeridad a provocar la ira del viejo califa, que apuraba al mismo tiempo su último amor y los últimos años de su vida. Imaginamos a Subh como una rubia ambiciosa, razonable y helada, una extranjera —había venido de los reinos del norte— dispuesta a olvidar su origen y su religión y a ganarlo todo en un país hostil. Era la esposa de un enfermo, y Muhammad ibn Abi Amir le ofrecía una juventud exaltada por la inteligencia y la crueldad, pero lo que los unió durante muchos años fue una mutua codicia que cada uno alimentaba en el otro. Para lograr lo que quería, Muhammad necesitaba a Subh: a ella el triunfo de su amante le garantizaba que después de la muerte de al-Hakam su único hijo, Hisham, que empezaría a reinar muy joven, iba a contar con el apoyo del hombre más poderoso y despiadado de Córdoba.

Muy pronto llegó a ser también uno de los más ricos. Se construyó un palacio en el arrabal de la Rusafa, muy cerca de donde se levantaba todavía el que fundó Abd al-Rahman I el Inmigrado. Su fortuna de advenedizo despertaba sospechas, no siempre dictadas por el rencor y la envidia: él procuraba ahogarlas bajo el espectáculo bárbaro de su generosidad. Cualquiera tenía mesa y refugio en su palacio y podía sumarse sin reparo a las fiestas que se celebraban diariamente allí, cualquier poeta que escribiera una tirada de versos en honor de Muhammad ibn Abi Amir o de sus antepasados contaba con una bolsa de monedas de oro. Un ejército de esclavos custodiaba el recinto: el séquito de Muhammad era casi tan lujoso y tan innumerable como el del califa. Sus enemigos se preguntaban durante cuánto tiempo podría mantener la impostura de una riqueza ilegítima, cuándo se hundiría en el desastre su arrogancia de jugador. Para halagar a Subh le regaló la maqueta de un palacio labrada en plata maciza: previamente la exhibió en público a la admiración y la envidia de quien quisiera mirarla. Llevó en procesión por las calles de Córdoba el palacio de plata y al entregárselo a Subh se inclinó con ceremonia ante ella, convirtiendo en desafío para los cortesanos el secreto de su amor. Hasta el califa al-Hakam que prefería optar por la indiferencia, empezó a recelar. Cuentan que dijo «¿Por qué hábiles manejos se atrae este muchacho a todas mis mujeres y se hace dueño de sus corazones? Aunque se ven rodeadas de todos los lujos del mundo no aprecian más regalos que los que proceden de él. ¿Hay que pensar que es un sabio mágico o un servidor admirablemente diestro? En todo caso, siento cierta inquietud por los fondos públicos que maneja.»

Era cierto que Muhammad había apostado

demasiado fuerte: lo sometieron a una investigación y los contables de palacio descubrieron un déficit escandaloso en los fondos que él administraba. Parecía que esta vez ni siquiera la protección del gran visir ni de Subh podrían salvarlo de la vergüenza y posiblemente de la cárcel. Pero Muhammad, al que todos suponían perdido, había tenido la precaución de rodearse de una maraña de deudores: si se arruinaba, muchos otros caerían con él. Cuando el califa, con serena frialdad, le pidió que justificara el dinero desaparecido en la Casa de la Moneda, asintió como si se dispusiera a obedecer una orden rutinaria y pidió tan sólo unas horas de plazo: nunca más que en ese momento le era preciso adoptar un aire de inocencia. Un visir muy rico, Ibn Hudayr, le debía grandes favores, tan especiales que sería incómodo para él que salieran a la luz. Muhammad ibn Abi Amir, desesperado, tranquilo, fue a su casa y le pidió prestado el dinero que le faltaba para cubrir su déficit. Ibn Hudayr accedió. Cuando se revisaron de nuevo las cuentas, cuando parecía inminente la caída de Muhammad, él presentó al califa una contabilidad irreprochable: en la Casa de la Moneda no faltaba ni un solo dinar. Automáticamente los acusadores se volvieron acusados: la honestidad de Muhammad ibn Abi Amir salió fortalecida por el descrédito de la sospecha y la calumnia. Quienes habían creído que lo derribaban, contribuían a su imparable elevación. No hubo piedad para ninguno de ellos: la cualidad más peligrosa de Muhammad ibn Abi Amir era que no olvidaba nunca.

Sabía, mejor que nadie, recordar y esperar: para que se afianzara definitivamente su poder era preciso que muriera el califa al-Hakam. Con un niño enfermizo en el trono de Córdoba, él, Muhammad, que había sido su mentor casi desde que nació y era además el amante de su madre, no tendría ningún obstáculo que lo detuviera. De su parte estaban el gran visir al-Mushafí y el general Galib, antiguo esclavo de Abd al-Rahman III que había llegado a ser con los años el militar más glorioso de al-Andalus. Pero tenía motivos para desconfiar de los influyentes eunucos de palacio, cuyos jefes eran Faiq al-Nizami, gran maestre del guardarropa y los tapices, y Chawdar, supremo orfebre y halconero mayor. Ambos gozaban de la privanza más íntima con el califa. Cuando murió, después de una larga agonía, sólo ellos dos estaban presentes. Consideraron que, si el niño Hisham subía al trono, Muhammad ibn Abi Amir y sus aliados no tardarían en despojarlos de todos sus privilegios, incluso era posible que adoptaran la precaución suplementaria de ejecutarlos. Solos a medianoche en la alcoba donde yacía aún el cadáver de Al-Hakam II, Faiq y Chawdar decidieron mantener en secreto su muerte durante algunas horas, tal vez hasta que amaneciera, y ganar tiempo mientras tanto: harían que en lugar de Hisham fuera nombrado califa su tío al-Mugira, uno de los últimos hijos de Abd al-Rahman III. Era un joven oscuro y más bien retraído que vivía fuera de palacio, en una quinta a orillas del Guadalquivir, ajeno por completo a la corte y a toda tentación de poder.

Pero los eunucos, con una ingenuidad suicida, contaron su plan al gran visir al-Mushafí, creyendo su promesa de que lo secundaría. Lo que hizo al-Mushafí fue enviar aquella misma noche a Muhammad ibn Abi Amir, con un destacamento de cien esclavos armados, a casa del príncipe al-Mugira. Antes del amanecer, Muhammad lo despertó para darle la noticia de que su hermano, el califa, acababa de morir. Cuando al-Mugira, aturdido todavía por el sueño, vio a los soldados que rodeaban su jardín con las espadas desnudas, comprendió que a pesar suyo estaba condenado. Muerto de miedo, llorando, juró al impasible Muhammad que nunca reclamaría el trono ni conspiraría contra su sobrino, que lo único que deseaba era seguir viviendo como hasta entonces, retirado de todo, que le bastaba lo que poseía, su casa en el campo y las rentas que cobraba como miembro de la familia omeya. Pero Muhammad ibn Abi Amir se mantuvo inflexible, educado, casi complaciente. Miró a aquel príncipe de sangre real humillarse ante él y dándole la espalda salió al jardín, al aire fresco y perfumado de la noche de octubre, e hizo una señal lacónica a los soldados. Tal vez oyó desde le-

225

jos los gritos de al-Mugira, borrados por la corriente próxima del Guadalquivir. Lo estrangularon en su dormitorio y colgaron su cadáver de una cuerda. A la mañana siguiente se sabría en Córdoba que el príncipe al-Mugira se había suicidado. En la Historia, que suele ser una historia universal de la infamia, el príncipe al-Mugira ocupa unas líneas y unas pocas horas: las que duró la noche de la muerte del califa al-Hakam. Su nombre ha perdurado por la única razón de que es una víctima en estado puro, un inocente del que no sabríamos nada si no hubiera sido sacrificado. Vivió veintiocho años tan oscuramente como cualquier otro hombre del que no quedan rastros en la memoria de nadie. Sin duda pensaba que su voluntaria mediocridad lo salvaría. Una noche de octubre oyó golpes en su puerta y voces alarmadas de esclavos y dos o tres horas más tarde ya estaba muerto y volvía para siempre a la oscuridad. Muhammad ibn Abi Amir ni siquiera quiso ver cómo lo mataban.

Pero el porvenir no fue más piadoso con los eunucos Faiq y Chawdar, que sin darse cuenta habían tramado la perdición del príncipe al-Mugira. A Faiq le arrebataron todas sus dignidades y durante el resto de su vida, expulsado del alcázar, vivió prisionero en una casa de Córdoba. Chawdar fue desterrado, y murió años después en las Baleares, acordándose siempre de aquella noche junto al cadáver del califa en la que estuvo a punto de ganarlo todo y todo lo perdió. Inmediatamente después del entierro de al-Hakam, en la mañana del dos de octubre del año 976, los imanes proclamaron en la mezquita mayor el nombre del nuevo califa, que fue sacado en procesión por las calles de Córdoba entre un séquito de guerreros y eunucos, vestido de púrpura y llevando sobre su cabeza infantil un turbante tan alto como una tiara. Era un niño de complexión muy débil, de piel translúcida, de pelo rubio y ojos muy claros. Los gritos de la multitud y el estrépito de los militares lo asustaban, y le hacía daño la luz del sol. Muhammad ibn Abi Amir, al-Mushafí y Galib ocupaban lugares de privilegio junto al sitial del monarca.

Como habían previsto, entre los tres se repartieron los máximos cargos del Estado. Al-Mushafí y Galib fueron nombrados *hayibs*, o primeros ministros, y Muhammad *visir al-dawla*, o consejero mayor, y *wali al-madinat*, o gobernador de Córdoba, también llamado señor de la noche —*sahib al-leil*— porque los soldados a sus órdenes rondaban las calles de la ciudad desde que oscurecía hasta el amanecer. No se fiaba de los árabes, porque los sabía levantiscos y dados a las conspiraciones: contrató mercenarios cristianos y bereberes a los que pagaba de su propio tesoro y a nadie más que a él juraban lealtad. A los treinta y seis años había alcanzado la cima del poder, pero aún no estaba solo ni se sentía del todo firme en ella: dependía de un niño sin voluntad manejado por su madre y de dos viejos cortesanos —Galib y al-Mushafí— que en el

227

fondo lo despreciaban como a un advenedizo, aunque lo habían alentado siempre para aprovecharse de su audacia.

Primero aniquiló a al-Mushafí. Organizó contra él una minuciosa cacería, lo acusó de robo al tesoro público, de venalidad, de nepotismo, de abusos de poder, de impiedad y de lujuria. El califa firmó el decreto que despojaba a su primer ministro de todos sus cargos y confiscaba todas sus propiedades y lo envió a la cárcel junto a sus hijos y a todos los parientes que medraban con opulencia a su sombra. En pocos días, al-Mushafí, que había gozado de la amistad de al-Hakam II y vivido siempre en la omnipotencia y el lujo, se vio reducido a una miseria peor que la de un pordiosero. Lo confinaron en una mazmorra, injuriaron su nombre, lo sometieron a tortura. Viejo y fracasado, ni siquiera conservó la dignidad, aunque es posible que no la hubiera conocido nunca. Desde la cárcel escribía a Muhammad ibn Abi Amir mensajes de abyecta sumisión, incluso se le ofrecía como esclavo y profesor de sus hijos: «Que Dios te perdone. ¿No puede tu misericordia concederme un tardío perdón? Si he cometido sin premeditación una gran falta, tu poder es, sin embargo, más grande y más alto que mi delito. ¿No has visto a algún servidor traspasando los límites de sus derechos, pero también a un señor perdonando? Son menos culpables quienes habiendo alcanzado tu indulgencia han reparado sus faltas. Perdóname, para que el Eterno te perdone.» Al escribir estas cosas probablemente se acordaba al-Mushafí que el hombre a quien debía su ruina había sido en otro tiempo un escribano sin porvenir al que él mismo protegió. Pero Muhammad era tan poco dado a la clemencia como a la gratitud. Dejó que al-Mushafí agonizara durante meses y años en la cárcel, urdió contra él un inacabable juicio público y lo hizo arrastrar a su presencia, ante toda la corte, vestido con harapos y empujado y golpeado por los guardias. Cuentan que el antiguo visir dijo a uno de ellos, que lo había tirado al suelo de una patada: «Despacio, hijo mío, llegarás a lo que deseas. Me gustaría que la muerte pudiera comprarse, pero Dios le ha fijado un precio demasiado alto.» Ninguno de sus antiguos protegidos lo defendió. Ni siquiera lo miraban a los ojos. Para que apurase el horror, Muhammad no lo condenó a muerte: lo dejó seguir envejeciendo en la cárcel, lo condenó al suplicio de la enfermedad y del miedo incesante. Cansado de que no muriera, lo mandó estrangular cuando ya estaba tan viejo y enfermo que no se sostenía en pie. En su celda se encontraron estos versos: «No te fíes de la fortuna, porque nos procura muchos cambios. Antes me hizo desafiar a los leones, hoy me obliga a temblar delante de un zorro. ¡Qué humillación para un hombre valeroso, deber siempre implorar la clemencia de los viles!»

Para hundir a al-Mushafí, el general Galib se

había aliado con Muhammad: incluso accedió a casarlo con una hija suya. Pero Galib también era peligroso, porque contaba con muchas lealtades en el ejército, y aún a los setenta años cabalgaba hacia la batalla a la cabeza de sus tropas con una capa de púrpura y un casco dorado. Cuando advirtió —para su desgracia, muy tarde— que después de la caída de al-Mushafí él era la siguiente presa de su yerno, levantó contra él una rebelión militar, pero ni siquiera así lo pudo vencer. El soldado más heroico de al-Andalus, el que había aplastado durante medio siglo a los ejércitos cristianos y a las tribus bereberes del Magrib, murió en una batalla contra el antiguo escribano de Córdoba. Tenía casi ochenta años, y, al dar la orden de ataque a sus soldados, su caballo tropezó y Galib se rompió el pecho contra el arzón de su silla: de nuevo el azar se ponía de parte de Muhammad ibn Abi Amir. Para vencer a Galib había contado con la ayuda del general Chàfar ibn Alí. Supuso que si éste luchaba con tanto coraje contra otros, alguna vez lo haría contra él: Chafar ibn Alí murió al poco tiempo de una puñalada en la espalda al salir, borracho, de una cena que Muhammad había ofrecido en su honor.

Algunas veces adornaba sus venganzas con rasgos de un venenoso humorismo. El poeta Ramadí, que había escrito con frecuencia versos satíricos contra él, fue detenido por participar en una conspiración. A todos los conjurados, salvo a Ramadí, los decapitaron. Muhammad había reservado para él otro castigo. Lo dejó en libertad, pero ordenó en un bando, bajo pena de muerte, que nadie lo mirara ni le dirigiera la palabra. Durante el resto de su vida, Ramadí deambuló como un fantasma por las calles de Córdoba, tan solo entre la multitud como en mitad de un desierto, hablando a hombres y mujeres que se volvían mudos en su presencia, buscando desesperadamente una sola mirada que no eludiera sus ojos. Debió enloquecer poco a poco, debió de sentir que no existía, puesto que nadie reparaba en él, y al cabo de los años ya ni siquiera intentaría romper el círculo de silencio que lo rodeaba. En Córdoba le llamaron *el muerto*.

Muhammad ibn Abi Amir no perdonaba a nadie y no descansaba nunca. Tras la ruina sucesiva de al-Mushafí y de Galib por encima de él quedaba en al-Andalus una sola figura: la del califa Hisham II. Era un niño frágil y precozmente corrompido —Dozy supone con disgusto que entre su madre y Muhammad lo indujeron a una piedad delirante y a una temprana y abrumadora experiencia de la lujuria y del alcohol—, pero el nuevo primer ministro no podía deshacerse sin peligro de él. Como no era prudente matarlo, decidió volverlo invisible, reducirlo gradualmente a la inexistencia. En dos años se construyó a las orillas del Guadalquivir una ciudad palacio más grande y más ostentosa todavía que Madinat al-Zahra —retadoramente le dio un nombre parecido: *Madinat al-Zahira*, la ciudad florecida— y trasladó a ella todas las oficinas del Estado y el tesoro real. Al califa lo encerró en el alcázar de Córdoba, custodiado por guardias a los que él, Muhammad, sobornaba para que no cumplieran más órdenes que las suyas y para que vigilaran de día y de noche a Hisham y le contaran con exactitud cada palabra o gesto suyo. «Cercó de un muro el alcázar del califa —escribe al-Maqqari— e hizo abrir en todo su circuito un ancho foso, poniendo además guardias y velas que custodiasen las puertas. Apartó al califa de la vista de todos, mandó a los porteros que no permitiesen entrar persona alguna en su presencia ni que recibiese la menor noticia de los negocios públicos. Así tenía a su señor como preso en sus manos e ignorante de cuanto sucedía...» La seguridad de Hisham era demasiado valiosa como para exponerlo a algún peligro. Muhammad dispuso que sólo acudiera a la mezquita en las dos fiestas mayores del año, y aun entonces no salía a la calle, sino que cruzaba por un pasadizo que terminaba en la maqsura, de modo que los fieles difícilmente podían vislumbrar su silueta lejana y desconocida. En último extremo, cuando era del todo imprescindible que el califa saliera —para visitar, por ejemplo, el palacio de su primer ministro—, un pregonero seguido de gente armada lo precedía, ordenando a los cordobeses que abandonaran las calles y cerraran las puertas. Hisham II, oscilando torpemente sobre su caballo y aturdido por la pereza y el alcohol, miraba como en sueños una ciudad fantasma, súbitamente silenciosa y vacía.

Para que su usurpación fuera tolerada, para mantenerse como dueño absoluto de al-Andalus, Muhammad tenía que convertirse también en el señor de la guerra. Uno de los mandamientos del Islam era el de combatir a los infieles: la guerra santa o *yihad* constituía una tarea tan grata a Dios como la peregrinación a La Meca o el hábito de la oración y la limosna. Al-Hakam II había preferido firmar tratados de paz con los reinos cristianos, pero a Muhammad ibn Abi Amir su infatigable instinto de dominación lo empujaba a la costumbre de la guerra, a los desfiles militares en las afueras de Córdoba, al fiero espectáculo de los ejércitos que volvían del norte trayendo largas hileras de esclavos cristianos y acémilas con los serones rebosantes de cabezas cortadas. Los andalusíes tenían fama de jinetes mediocres y poco dados al heroísmo. El ejército seguía organizándose según las antiguas filiaciones tribales, los *yunds* árabes y sirios de la época de la conquista, pero poco a poco sus contingentes más numerosos no fueron los de soldados andaluces, sino los de mercenarios bereberes y eslavos, incluso cristianos de los reinos del norte atraídos por la excelente paga y el trato que recibían. Para acabar con la influencia de la antigua aristocracia árabe y romper del todo la peligrosa solidaridad tribal, que podría volverse contra él, Muhammad ibn Abi Amir impuso una nueva or-

ganización militar según la cual árabes, bereberes, esclavos negros y cristianos se mezclaban por
igual en los regimientos. Que en las tropas del califato sirvieran castellanos, navarros y leoneses es
una circunstancia que irrita profundamente a los
historiadores católicos, en especial a don Francisco Javier Simonet, que llama a esos soldados
apóstatas y traidores a su patria. Lo cierto es que
también, según los azares de la guerra, hubo mercenarios musulmanes en los ejércitos cristianos,
y que el mismo Cid Campeador no tuvo ningún
escrúpulo en luchar de vez en cuando al servicio
de algún rey musulmán. Las relaciones entre ambos mundos eran mucho más fluidas de lo que
la historia posterior ha querido enseñarnos: un
hijo de Muhammad, Abd Allah, se sublevó contra él y fue acogido en la corte de Garci Fernández, conde de Castilla, obteniendo un puesto de
mando en su ejército, si bien no la inmunidad
frente a la ira de su padre, que cruzó la frontera
para capturarlo, asoló varias ciudades mientras
iba en su busca y al final, cuando lo hizo prisionero, le cortó la cabeza y la hizo enviar a Córdoba, conservada en salmuera, como ejemplo de
inflexibilidad y aviso para rebeldes futuros.

Cuando empezó a trepar en el poder, Muhammad ibn Abi Amir era un letrado que no había
tenido nada que ver con la guerra ni con la administración militar. En pocos años se convirtió
en el general más temible, en un héroe que cabalgaba siempre en la vanguardia y parecía in-

vulnerable a las lanzas y a las espadas del enemigo, en un estratega sin descanso que emprendió cincuenta y dos campañas contra los reinos cristianos y volvió victorioso de todas. La *Crónica general* de Alfonso *el Sabio* lo llama *saña de Dios*: igual que en los tiempos de Tariq y de Musa ibn Nusayr, cuando el reino de los visigodos se desplomó en pocos meses como asolado por un cataclismo, los cristianos sentían que Muhammad ibn Abi Amir era el instrumento de un castigo divino que se cebaba en ellos. «Con tales designios —escribe el siempre apocalíptico Simonet—, y para azote de una grey y pueblo degenerado, puso Dios en manos de este hombre las armas del poder y la fortuna, y el nuevo Atila, conociendo la misión a que era llamado, se propuso cumplirla con su natural saña para gloria de su soberbia y de la fanática creencia que profesaba...» Llevaba siempre consigo al campo de batalla un Corán que había copiado él mismo y una pequeña arqueta en la que sus criados, cuando se desnudaba por la noche, guardaban el polvo cuidadosamente sacudido de sus vestiduras de guerra: quería que cuando muriera lo esparcieran sobre su cadáver y que lo enterraran cubierto por él.

Continuamente llegaban a Córdoba desde el norte de África tribus enteras de bereberes para enrolarse en sus ejércitos. Eran jinetes más belicosos que los andaluces, debilitados, dice Ibn Jaldún, por los largos años de abundancia y de paz, inútiles ya para la guerra. Combatían con la misma furia de los nómadas de los desiertos de Arabia y eran fanáticamente leales no al califa ni al Estado, sino a Muhammad ibn Abi Amir, a quien debían su salario y el cuantioso botín que les era repartido después de cada victoria. Los cordobeses los despreciaban como a bárbaros y les tenían miedo, porque eran cada vez más numerosos en las calles de la ciudad y casi nunca se castigaban sus abusos: vinieron tantos, con su piel oscura, con sus turbantes negros, sus modales salvajes y su idioma extranjero, que hubo que ampliar otra vez la mezquita mayor para que cupieran en ella durante la oración de los viernes. Pero, gracias a ellos, al-Andalus estaba conociendo una superioridad militar que no había sido tan absoluta ni en los tiempos de Abd al-Rahman III, y los esclavos de guerra afluían, a precios irrisorios, a los mercados de Córdoba, y el país conocía una prosperidad que muy pronto sería recordada con más nostalgia que la Edad de Oro: la vida en Córdoba, bajo la dictadura de Ibn Abi Amir, fue más apacible y regalada que nunca, la comida era barata y abundante, la ley inflexible, pero también imparcial, las calles nocturnas tan seguras como los caminos más desolados.

En los arrabales de la ciudad cundía el hervidero incesante de los talleres de guerra: en ellos se fabricaban anualmente trece mil escudos, doce mil arcos, doscientas cuarenta mil flechas, tres mil tiendas de campaña. Al final de cada primavera, los ejércitos desfilaban en las explanadas abiertas junto al Guadalquivir y en la mezquita se bendecían los estandartes de guerra, que los generales ataban a sus lanzas. Cuarenta y seis mil jinetes dice Ibn Hayyan que formaban parte de una de las últimas expediciones de Muhammad ibn Abi Amir, y también veintiséis mil infantes, ciento treinta atabaleros que aterrorizarían a los enemigos con sus golpes de tambor, tres mil camellos que transportaban el material pesado y cien mulos cargados con los molinos destinados a moler el trigo para los soldados. El equipaje de Muhammad ibn Abi Amir y el de sus oficiales y esclavos viajaba sobre dos mil acémilas: llevaba en él los grandes arcones con el tesoro de guerra, las cien tiendas de su séquito, los treinta pabellones de lujo en el que descansaban sus invitados y los embajadores, los palanquines para las mujeres que acompañaban a la expedición, las cargas de flechas y de cotas de malla, de aceite, de petróleo para encender el fuego griego, de estopa y de pez. Entre la formidable muchedumbre que viajaba hacia el norte por las calzadas romanas había no sólo soldados y mujeres, sino también poetas que recitaban versos épicos para alentar las cargas de caballería y mercaderes judíos y cristianos que compraban a los soldados después de cada batalla la parte del botín que les había correspondido. El ejército se aprovisionaba sobre el terreno: por eso las expe-

237

diciones solían organizarse en la época de la cosecha de cereales, y eran suspendidas en los años de sequía. Cada jinete, armado con una lanza, una espada y un hacha de doble filo, llevaba consigo a un escudero con una acémila en la que se cargaban la tienda de campaña, las armas defensivas y las reservas de proyectiles. Los soldados de infantería iban armados con una pica y una maza, y algunas veces con jabalinas y hondas, y usaban un escudo de madera. El de los jinetes, la adarga, era un disco de cuero tensado sobre armazón de madera. Los mejores escudos eran los fabricados con piel de antílope del Sahara, que tenía fama, una vez curtida, de ser impenetrable a las lanzas.

Al entrar en territorio cristiano, al otro lado de la tierra de nadie, la caballería se entregaba metódicamente al pillaje: se asaltaban los almacenes de grano, se incendiaban las cosechas y los monasterios y caseríos aislados, se talaban los árboles. Más que una duradera expansión territorial, se buscaba un rico botín y la humillación militar del enemigo. Los combates a campo abierto entre grandes ejércitos eran menos frecuentes que las rápidas incursiones de la caballería ligera, que se retiraba a sus posiciones después de quemar una aldea y pasar a cuchillo a sus defensores. Si las tropas cristianas y las andalusíes se encontraban frente a frente en una llanura a veces se sucedían peleas singulares entre paladines de los dos ejércitos, jinetes solitarios que cabalgaban el uno hacia el otro cubiertos con sus cotas de malla y se mataban entre sí mientras las dos multitudes adversas los contemplaban en silencio. Tras los desafíos de los paladines se desborda la batalla campal: «Los infantes, con sus escudos y sus lanzas, se colocan en varias filas —escribe Abu Bakr al-Turtusí a finales del siglo XI—: apoyan sus lanzas oblicuamente sobre sus hombros, hincadas en el suelo y con la punta dirigiéndose hacia el enemigo; tienen la rodilla en el suelo y el escudo en el aire. Detrás se sitúan los arqueros, y a sus espaldas la caballería. Cuando los cristianos cargan contra los musulmanes los infantes no se mueven, permanecen rodilla en tierra, y al llegar cerca el enemigo, los arqueros le asestan una ráfaga de flechas mientras los infantes lanzan sus venablos y les oponen las puntas de sus lanzas. Sólo después infantes y arqueros abren sus filas, apartándose a derecha y a izquierda, y a través de ese espacio libre la caballería se lanza contra los enemigos y los pone en fuga, si es que Dios así lo ha decidido...»

Al final del verano, antes de que empezaran las lluvias, las multitudes de Córdoba presenciaban el regreso de los soldados victoriosos: ante ellos cabalgaba siempre Muhammad ibn Abi Amir; únicamente a él se le debía tanta gloria, tal abundancia de cautivos y de cabezas cortadas que se colgarían luego en hileras alrededor de las murallas, tantas campanas de iglesias que se usarían como lámparas en las mezquitas y banderas ensangrentadas de los enemigos vencidos. El año 981, al volver de una campaña contra el reino de León, Muhammad ibn Abi Amir se permitió el atrevimiento que culminaba definitivamente su impostura. Usando para sí mismo un privilegio que sólo pertenecía a los califas, se impuso el sobrenombre de *al-Mansur billah*: «el que vence por Dios». Quienes se acercaran a él debían arrodillarse y besarle la mano y llamarle «señor». El califa no era nadie, una sombra cada vez más perdida tras los muros del alcázar y los esplendores narcóticos de Madinat al-Zahra. Él solo, al-Mansur o Almanzor, como lo llamaron los cristianos, regía Córdoba y aplastaba y perseguía a sus enemigos y agrandaba la mezquita y quemaba los libros de al-Hakam II y emprendía guerras sin descanso contra los reinos cristianos, llevando el terror y la destrucción mucho más al norte de lo que había llegado nunca un ejército musulmán, atravesando Galicia para arrasar Santiago de Compostela y la basílica del Apóstol, quemando Barcelona y pasando a cuchillo a todos sus habitantes, inmune siempre al desaliento, a la fatiga, a la compasión, a la vejez, poseído por una insaciable voluntad de acción, vengándose de cada uno de sus enemigos y asesinando por precaución a sus más leales cómplices, imaginando que no era sólo un primer ministro ni un general nunca derrotado, sino un rey, y que a pesar de la existencia de aquel vano califa de Córdoba sería él, al-Mansur, quien fundaría un nuevo linaje, para que su dominio sobre al-Andalus no terminara con su muerte.

Siguió guerreando sin tregua hasta el final de sus días, y cuando ya no pudo cabalgar, deshecho por la vejez y maniatado al dolor, fue hacia la batalla tendido en un palanquín y tiritando de fiebre, y la muerte lo encontró en el castillo de Medinaceli, al regreso de una campaña victoriosa, cuando tenía sesenta y dos años. Había dispuesto que su mortaja se comprara con dinero de las rentas de su casa solar de Algeciras, para que no estuviera manchado por la vileza con la que obtuvo su fortuna. Esparcieron sobre su cadáver el polvo adherido a su ropa durante treinta años de batallas, y cuando se supo en Córdoba que había muerto, las mujeres se desgarraron los vestidos y se ensuciaron el pelo con ceniza y alguien gritó: «¡Ay de nosotros! ¡Murió el que nos proveía de esclavos!» Los cristianos, que nunca pudieron vencerlo mientras vivía, inventaron para él una derrota póstuma, la nunca sucedida batalla de Calatañazor, nombre que aún perduraba, novecientos cincuenta años después de su muerte, en nuestras enciclopedias infantiles. Pero Muhammad ibn Abi Amir al-Mansur billah murió sin conocer la medida abismal de su propio fracaso. Sabemos sin embargo que lo presintió. Un día, cuenta al-Maqqari, cuando paseaba con un amigo por sus jardines de al-Zahira, Muhammad ibn Abi Amir se echó a llorar y dijo: «Desdichada Zahira, quisiera conocer al que dentro de poco te ha de destruir. Ya veo saqueado y arruinado este hermoso palacio, ya veo a mi patria devorada por el fuego de la guerra civil.»

X. LA CIUDAD ARRASADA

No hay un otoño de la grandeza de Córdoba, no hay una lenta curva de declinación, como en las postrimerías de Roma, un presentimiento gradual de fracaso: Córdoba se hunde de pronto como el sol en los trópicos, como Pompeya borrada por el Etna, como Sodoma y Gomorra y como la Atlántida, presa de una especie de castigo bíblico sin misericordia, de una desgracia súbita. En cuatro años estrictos la mayor ciudad de Occidente es derribada por lo que el poeta Ibn Suhayd llama el viento de la adversidad: inundaciones, hambre, peste, incendios, exterminio metódico, guerreros africanos cabalgando por sus callejones con sables ensangrentados, palacios devastados por multitudes rapaces, bibliotecas ardiendo entre las risas agradecidas de los fanáticos de la ignorancia y de la religión. El réquiem de Córdoba es un apocalipsis. Madinat al-Zahra, la ciudad de la soberbia, se hunde como la torre de Babel: al menos de ella quedan las ruinas. Pero de Madinat al-Zahira ni siquiera el recuerdo se salva de la destrucción. Una muchedumbre amotinada en-

tró en ella como un río que se desbordara y lin-
chó a sus guardianes, y lo que no fue robado por
los saqueadores sucumbió al fuego, de manera
que hoy no sabemos ni en qué lugar se levantó.
El vasto edificio político erigido por Abd al-Rahman III y usurpado y fortalecido luego por
Muhammad ibn Abi Amir al-Mansur se desmo-
rona de pronto igual que una estatua de arena.
El impulso de disgregación que había latido en
al-Andalus desde los tiempos de la conquista arre-
cia hasta convertirse en un gran cataclismo, en
una locura unánime de la que nadie se salva, la
guerra civil, la *fitna*, una batalla sangrienta de
todos contra todos en la que no hay nadie que
no participe como verdugo o como víctima o que
no sea sucesivamente ambas cosas.

Lo que venían anunciando los astrólogos, lo
que presintió al-Mansur cuando se echó a llorar
en los jardines de al-Zahira, se cumplirá siete años
justos después de su muerte: siete años durante
los cuales creció tanto la prosperidad y el lujo de
Córdoba que ni siquiera los ancianos que recordaban los días de Abd al-Rahman III encontraban
razones para la nostalgia. Ibn Jaldún, que en el siglo XIV reflexionó sobre el auge y caída de los imperios con una claridad no inferior a la de Gibbon
o Toynbee, notó que a veces, en el filo de la decadencia, una civilización condenada despliega un
engañoso esplendor: «...pero eso no es sino el último centelleo de una mecha que va a extinguir-
se, tal como sucede a una lámpara que, estando a

punto de apagarse, despide súbitamente un resplandor que hace suponer su encendimiento.»

Había muerto al-Mansur, el guerrero invencible, pero ahora era primer ministro su hijo Abd
al-Malik, y el califa Hisham seguía oculto en sus
alcázares y entregado a sus devociones y a sus vicios. Que un soberano permanezca recluido y
delegue todo el poder en sus visires es para Ibn
Jaldún otro de los síntomas de que una dinastía
va a hundirse: «La reclusión del califa es ocasio-
nada comúnmente por los progresos del lujo: los
herederos de un soberano, al pasar su juventud
sumidos en los placeres, olvidan el sentir de su
dignidad varonil y, habituados al ambiente de
nodrizas y comadronas, acaban contrayendo una
blandura del alma que los torna incapaces del
poder; no saben incluso la diferencia entre mandar y ser dominado.» Abd al-Malik era corrupto
y soberbio, y andaba siempre en juergas de borrachos con sus oficiales de confianza, todos
cristianos y bereberes, pero también era un militar valeroso y enérgico y había aprendido de su
padre la cautela política de amparar el ejercicio
absoluto de su poder tras la ficción de un califa
legítimo, pero fantasma. A diferencia de al-Mansur, que fue un hombre cultivado y adicto a la literatura, Abd al-Malik no era más que un guerrero violento, pero siguió pagando pensiones
espléndidas a los poetas y a los astrólogos de su
corte, así como a los jugadores profesionales de
ajedrez a los que su padre había protegido. Al-

Mansur había usado el lujo como un arma de propaganda política: Abd al-Malik se complacía bárbaramente en él, igual que todos los que lo rodeaban, y dicen que en Córdoba nunca hubo más comercio de sedas y de metales preciosos que en aquellos siete años que precedieron al desastre: un día, al salir de al-Zahira, para ponerse al frente del ejército, Abd al-Malik se presentó montado en un pura sangre blanco, vestido con una cota de malla de plata sobredorada y con un casco octogonal incrustado de piedras preciosas en medio de las cuales resplandecía un gran rubí. Como su padre, adoptó un sobrenombre califal. Se hizo llamar al-Muzzafar, el vencedor, y lo cierto es que combatió con éxito a los cristianos en sus expediciones anuales de guerra santa, pero padecía una enfermedad del pecho y murió todavía joven: también dicen que lo envenenó su hermano menor, Abd al-Rahman, que no era hijo de su misma madre, sino de una de aquellas princesas navarras, rubias y de ojos azules, que tanto gustaban a los andalusíes.

Le llamaban un poco despectivamente Sanchol, o Sanchuelo, porque era nieto del rey Sancho Abarca de Navarra, de modo que tenía un parentesco directo con el califa Hisham, hijo también de una rubia cristiana, aquella Subh a la que tanto amó al-Hakam II y que se hizo cómplice y amante de Muhammad ibn Abi Amir sin saber que estaba labrando su desgracia futura. Dice un cronista árabe que Sanchol vivía «dominado por el vino y anegado en los placeres». Era un notorio borracho, se exhibía acompañado siempre por «sodomitas, cantantes, bufones, bailarines», y mostraba tan impúdicamente su impiedad que una vez, al oír al muecín llamando a la oración, dijo a gritos, parodiando la salmodia litúrgica entre las carcajadas de sus compañeros de parranda: «No vayáis a rezar, venid mejor a la taberna.» El califa se apresuró a otorgarle el mismo nombramiento que ya habían tenido su padre y su hermano mayor, pero a Abd al-Rahman Sanchol no le bastaba ser nada más que primer ministro: al fin y al cabo una parte de la sangre que corría por sus venas era la misma de Hisham, y los dos compartían no sólo el parentesco, sino también el gusto por la indolencia y la depravación. Algunas noches se veía pasar por las calles despobladas de Córdoba un rumoroso cortejo de mujeres veladas y hombres pintados y vestidos como mujeres, ocultos tras las cortinas de los palanquines y rodeados de guardias: al ver el brillo de las telas de lujo y oír las risas de los embozados se sabía en seguida que una vez más el Príncipe de los Creyentes abandonaba el alcázar para acudir a una fiesta en Madinat al-Zahira.

En su testamento, al-Mansur había advertido a sus hijos que sólo conservarían el poder si respetaban escrupulosamente la apariencia de la legalidad califal. Pero una mañana de principios del año 1009 se supo en Córdoba que había ocurrido lo increíble: Hisham ibn al-Hakam ibn Abd al-Rahman, descendiente directo de los primeros califas del Islam y de Abd al-Rahman el Inmigrado, acababa de nombrar sucesor no a un príncipe omeya, como exigían la tradición y la ley, sino al hijo de aquel escribano advenedizo que se había convertido en dictador de al-Andalus, al impío y borracho Sanchol. En la ciudad crecía una tensión difícilmente contenida por el miedo. Circulaban versos anónimos que maldecían al nuevo tirano, y se contaba que un viejo ermitaño, al pasar junto a los muros de Madinat al-Zahira, había gritado contra ellos un conjuro profético: «¡Palacio que te has enriquecido con los despojos de tantas casas, quiera Dios que pronto todas las casas se enriquezcan con los tuyos!»

Insensatamente, Sanchol no receló, sino que decidió emprender cuanto antes una campaña contra los cristianos, aunque era enero y los caminos estarían embarrados por las lluvias: quería lograr en seguida la gloria militar, volver a Córdoba como habían vuelto tantas veces su padre y su hermano, en un desfile de triunfo, seguido por una caravana de prisioneros, tesoros y racimos de cabezas cortadas. El viernes 14 de enero los estandartes fueron bendecidos en la mezquita mayor, y Sanchol cometió una nueva injuria pública que tampoco le sería perdonada: todos sus soldados y sus generales debían usar el turbante de los bereberes, y él mismo, para dar ejemplo, se presentó así. Fueran de origen árabe o andaluz, los cordobeses odiaban unánimemente a aquellos guerreros medio salvajes venidos del norte de África. En al-Andalus sólo los teólogos llevaban turbante: que se impusiera a los soldados la obligación de usarlo era, por una parte, una falta de respeto a la religión, y por otra, una muestra más de sometimiento a las costumbres odiosas de los bereberes. Pero Abd al-Rahman Sanchol, poseído por una temeraria predisposición al fracaso, no parecía oír nada ni sospechar nada. Abandonó Córdoba en medio de un temporal de lluvias, subió hasta las montañas de León sin encontrar nunca al enemigo y extraviándose con todo su ejército entre tormentas de nieve, y sólo cuando todos los caminos estuvieron cegados por el barro dio la orden de replegarse hacia Toledo. Fue allí donde supo que en Córdoba había estallado una rebelión.

La encabezaba un príncipe omeya, uno de los innumerables bisnietos de Abd al-Rahman III, llamado Muhammad ibn Abd al-Chabbar, que contaba con cuatrocientos partidarios armados y con el apoyo de los teólogos puritanos que maldecían a Sanchol por su vida disoluta y blasfema y renegaban de un califa incapaz de mantener la legitimidad de su propia dinastía. Una hora antes del anochecer del 15 de febrero, Muhammad ibn Abd al-Chabbar y treinta de sus hombres, que se habían congregado a la orilla del río, asaltaron a los guardianes de las puertas del alcázar, matándolos a todos y simultáneamente los otros conjurados extendieron por las calles de Córdoba el grito de sublevación. Miles de hombres y mujeres vinieron de los arrabales al centro de la ciudad en un voraz desbordamiento de entusiasmo y de rabia. Mientras sus partidarios repartían armas y dinero entre la multitud, Ibn Abd al-Chabbar recorrió las habitaciones del alcázar buscando al califa, que se había escondido, muerto de incertidumbre y de terror, en las estancias mejor guardadas del harén. Desde allí oiría, temblando, inmovilizado por el miedo, los gritos de los amotinados, los pasos de los invasores, el escándalo de las mujeres que huían por los corredores queriendo escapar de aquellos hombres que mataban a todo el que se les resistiera. Llamaba a sus esclavos y a sus guardias y nadie le respondía. El rumor de las calles de Córdoba, que tantas veces había escuchado como quien se acostumbra a oír un mar lejano que no ve, crecía ahora hasta convertirse en una tormenta que tal vez iba a ahogarlo, que ya inundaba y arrasaba los jardines de su palacio.

Aquella misma noche, Ibn Abd al-Chabbar le exigió que abdicara en beneficio suyo. Según su lánguida costumbre, Hisham rápidamente accedió. Muhammad ibn Abd al-Chabbar se convirtió en Príncipe de los Creyentes y adoptó el sobrenombre de al-Mahdi billah, *el guiado por Dios*. Nombró visires y gobernadores, dispuso que todo el que quisiera sería admitido en el ejército, ordenó el asalto inmediato de Madinat al-Zahira. Ninguno de los dignatarios que habitaban allí y que debían toda su fortuna a la familia de al-Mansur hizo nada por defender la ciudad palacio. Con inmediata abyección juraron lealtad al nuevo califa y huyeron de Madinat al-Zahira antes de que la muchedumbre armada la tomara, comenzando un saqueo que duró cuatro días, y que al-Mahdi no quiso o no pudo detener. Robaron todos los objetos de valor y cuando ya no quedaban arquetas de marfil ni figuras de plata y de oro arrancaron hasta las tuberías de plomo y los goznes de las puertas: los metales, las piedras preciosas, los mármoles, los tejidos de seda y de púrpura avivaban como madera seca el gran fuego del pillaje. Encontraron millón y medio de monedas de oro y dos millones de monedas de plata, y cuando ya parecía que no quedaba más dinero apareció un arcón con otras doscientas mil monedas de oro que desaparecieron entre las manos innumerables de los invasores como si hubieran sido arrojadas al mar. Un incendio que iluminó durante toda una noche los arrabales de Córdoba y las orillas del Guadalquivir borró hasta las ruinas de Madinat al-Zahira.

Mientras tanto, Sanchol, más inmune a la lucidez que al desaliento, incapaz de comprender que lo había perdido todo, abandonaba Toledo con su ejército y con un harén de setenta mujeres, dispuesto a aplastar la rebelión, pero a medida que cabalgaba hacia Córdoba lo iban abandonando todos los que hasta unos días antes le fueron leales, los soldados y los oficiales bereberes a quienes él y su familia habían enriquecido: cada mañana, cuando se despertaba, descubría la deserción de una parte de sus tropas, pero él se negaba a claudicar y seguía aproximándose a Córdoba, sabiendo que al-Mahdi había decretado la guerra santa contra él y que no le quedaba ninguna posibilidad de sobrevivir. De pronto su estupidez se vuelve temeraria o heroica. No tiene a nadie a su lado, salvo a un conde cristiano, de nombre Gómez, que manda un regimiento de mercenarios leoneses. El conde Gómez le advierte una vez más que está perdido y le ofrece la hospitalidad de su castillo, donde le jura que lo defenderá si sus enemigos van a buscarlo. Sanchol se niega: tienen miles de partidarios en Córdoba, dice, hombres poderosos que han sido siempre fieles a los amiríes, en cuanto él llegue a la ciudad se pondrán todos de su parte y expulsará fácilmente a quienes ahora lo persiguen. Como un samurai, Gómez decide quedarse al lado de Sanchol sabiendo que ha elegido morir por una causa perdida que ni siquiera es la suya. De nuevo emprenden el camino de Córdoba: del ejército que salió de la ciudad hace menos de dos meses sólo quedan unos pocos soldados cristianos, algunos esclavos que todavía no han desertado, una cuadrilla de músicos, bailarines y coperos, setenta mujeres y un general que cabalga borracho creyendo que se aproxima a la victoria, «tan perdido —dice un cronista— como una camella ciega».

El 4 de marzo se encontraron por fin con las primeras tropas de al-Mahdi. Ni siquiera hubo combate. Sanchol descabalgó y cayó de rodillas ante el visir de su enemigo, besando el suelo que pisaba; pero también le exigieron que besara los cascos de su caballo, y él obedeció, y luego lo ataron de pies y manos cuando intentó clavarse un puñal. El conde Gómez asistiría como en sueños a la indignidad de Sanchol: por ese hombre que lloraba y se retorcía en el suelo y lamía los cascos de un caballo él estaba a punto de perder la vida. Los decapitaron a los dos. Al día siguiente, en Córdoba, al-Mahdi pisoteó con su caballo el cadáver de Sanchol y lo hizo embalsamar para que durara más tiempo su exhibición pública: lo clavaron en una cruz y pusieron junto a ella su cabeza, hincada en una pica.

Pero al-Mahdi no era menos torpe o depravado que Sanchol. Bebía y blasfemaba tanto como él y manifestaba en sus actos la misma capacidad de ganarse rabiosos enemigos. El desorden y la confusión que había alentado con su dinero y sus armas para derribar al hijo de al-Mansur ya no pudieron ser contenidos. Los soldados bereberes se habían puesto de su parte, pero el odio de los cordobeses hacia ellos se mantenía intacto, y muy pronto empezaron a quemar sus casas y a perseguirlos como a perros. Por cobardía, por desidia, al-Mahdi toleró las matanzas de bereberes, sin darse cuenta de que su trono se hundiría si no contaba con la fidelidad de aquellos guerreros. Enajenado por la soberbia del poder, ciego de excitación y de alcohol, organizaba ceremonias más fastuosas que las de los tiempos de los grandes califas y persecuciones de posibles traidores, pero a quien más temía era al más inocuo de sus enemigos, el califa destronado Hisham, que seguía preso en el alcázar, que nunca había tenido voluntad para hacer nada ni para negarse a nada, pero que aún era, a pesar de su abulia, un peligro cierto, porque cualquiera podía usarlo como bandera de una conspiración legitimista. Al-Mahdi lo tenía en sus manos, igual que lo habían tenido al-Mansur y sus hijos, pero tampoco él se atrevía a matarlo. Prefirió fingir que Hisham había muerto, urdiendo una laboriosa impostura. Por sus espías tuvo noticia de que acababa de morir en Córdoba un cristiano que se parecía extraordinariamente al antiguo califa —al que, además, muy pocas personas conocían— y presentó su cadáver vestido con mortaja real, ordenando que se le enterrara en el panteón del alcázar y que se guardara luto por él y se rezara en su memoria en la mezquita mayor. Al verdadero Hisham, que tal vez recibió con alivio la noticia de su falsa muerte, lo llevaron de noche a una casa de los arrabales donde permaneció solo y como sepultado en vida, vigilado continuamente por guardianes que no sabían quién era, quién había dejado de ser. En medio del horror y de la locura de Córdoba, este hombre impasible y desconocido permanece siempre inmóvil en la oscuridad: tenía ya cerca de cuarenta años, y ni una vez en toda su vida, que sepamos, había emprendido ni un solo acto que no obedeciera a los propósitos de otros. Ahora aceptaba estar muerto igual que en su infancia había aceptado ser el califa de al-Andalus: en ambos casos se limitó a fingir la identidad que otros le atribuían, aunque es posible que de todos los personajes que había sido hasta entonces prefiriera este último, el de muerto olvidado.

Para su desgracia, la falsa muerte que tanto había apetecido sólo duró unos meses. A principios de noviembre, los guardias que lo custodiaban le ordenaron que se vistiera cuanto antes y sin decirle adónde iba lo hicieron subir a un palanquín con las cortinas echadas. Tal vez pensó que ahora sí lo ejecutarían, que su segunda muerte anónima se disolvería en la primera sin dejar ningún rastro. Cruzó de nuevo las calles de Córdoba oliendo el humo de los incendios y el hedor de los cadáveres corrompidos. Pero no lo habían sacado de su encierro para matarlo, sino para que resucitara ante la ciudad que lo creía muerto y en la que casi nadie lo recordaba ya. Al-Mahdi, su enemigo, su enterrador imaginario, recurría a él en un vano intento de salvarse a sí mismo. Los bereberes, expulsados de Córdoba, habían proclamado a un nuevo califa, otro príncipe omeya que se llamaba Suleyman, y volvían a la ciudad para imponerlo por las armas, con la ayuda de los ejércitos del conde de Castilla. Cuando los bereberes y sus aliados se acercaron a Córdoba, sólo una muchedumbre caótica y mal armada se les pudo enfrentar: artesanos de los arrabales, comerciantes, tenderos, haraganes de la medina, teólogos enfervorecidos, campesinos de la vega del Guadalquivir, gentes sin disciplina ni experiencia de la guerra que fácilmente sucumbieron ante un ejército de mercenarios animados por el deseo de venganza y botín. Diez mil hombres murieron como reses ante las murallas de la ciudad, y los supervivientes retrocedían y se ahogaban en las aguas del río o queriendo ganar las puertas se pisoteaban entre sí mientras los jinetes bereberes y los castellanos se extenuaban en la matanza, que prosiguió luego en las calles y en el interior de las casas y de los palacios.

Fue entonces cuando al-Mahdi, aislado en el alcázar y sin tropas que le obedecieran, imaginó que podría salvarse devolviendo el trono a quien al fin y al cabo era el califa legítimo, el muerto y resucitado Hisham. Pero ya era demasiado tarde: nadie podía detener el saqueo y la furia de los bereberes ni la codicia vengativa de los castellanos. Suleyman ocupó el alcázar como nuevo califa y mandó encarcelar otra vez a Hisham, cuya restauración sólo había durado unas pocas horas. Al-Mahdi no tuvo más remedio que huir para que no lo degollaran: abandonaba el trono igual que lo había usurpado, en medio del desastre. Los historiadores futuros lo acusan con unánime severidad de haber provocado la ruina de al-Andalus: «Fue al-Mahdi quien rompió en Córdoba la unidad musulmana y quien originó la devastadora guerra civil —dice Ibn Hayyan—, fue él quien suscitó la *fitna* en al-Andalus, quien reanimó el fuego casi extinguido, quien desenvainó el sable enfundado, quien transmitió en herencia el oprobio.»

Reanimado el fuego, ya fue imposible apagarlo; el sable desenvainado siguió exigiendo muertos innumerables. Al huir de Córdoba, al-Mahdi encontró refugio en Toledo y levantó allí un ejército de eslavos y de catalanes que marcharon sobre la capital saqueada unos meses antes por los bereberes de Suleyman y los cristianos del conde de Castilla. Esta vez el resultado de la batalla le fue favorable, y mientras los catalanes se entregaban en la ciudad a la matanza y al pillaje, al-Mahdi volvió a proclamarse califa y ocupó el alcázar recién abandonado por su enemigo Suleyman. Pero no se conformaba nunca con la victoria, igual que no se había conformado con obtener la cabeza de Sanchol: le gustaba apurar hasta el límite la venganza y profanar los cadáveres de sus víctimas, cuyos cráneos utilizaba como tiestos de flores. Tampoco le bastó con expulsar a los bereberes de Córdoba: mandó a sus catalanes que los persiguieran y continuaran matándolos, pero los bereberes se reagruparon en las cercanías de Algeciras y el 21 de junio de 1010 atacaron por sorpresa al ejército de al-Mahdi, que esta vez fue aniquilado. Tres mil catalanes murieron en la llanura donde el Guadaira desemboca en el Guadalquivir. Los supervivientes regresaron a Córdoba en una ciega desbandada y pagaron su ira por la derrota saqueando otra vez la ciudad y matando a todo aquel cuyos rasgos les parecieran de bereber. El 8 de julio se marcharon de vuelta al condado de Cataluña. Habían asolado Córdoba con su crueldad y su rapiña, y la abandonaban sin defensa cuando los bereberes volvían a marchar sobre ella. Al-Mahdi no tenía un ejército que oponerles: sólo podía esperar que llegaran con la misma impotencia con que habría visto acercarse una nube de langosta.

Mandó abrir un foso alrededor de la ciudad y fortalecer las murallas, imaginando en sus delirios de beodo que dirigiría una resistencia heroica frente a los bárbaros. Pero no vivió para presenciar su llegada: los poderosos oficiales eslavos, que le habían ayudado a recobrar el trono, conspiraban ahora contra él. En esos años atroces Córdoba es un pudridero de irresponsabilidad y traición: mientras los bereberes seguían aproximándose a ella, los cortesanos y los jefes militares se enredaban en sus venenosas intrigas como si el peligro no existiera. La ruina de Córdoba adquiere progresivamente un aire de vano aturdimiento y de farsa: el 23 de julio, los eslavos sacaron otra vez a Hisham II de su prisión, le devolvieron sus vestiduras reales y lo pasearon por la ciudad sobre un caballo enjaezado de púrpura: él era el ver-

dadero y único califa, declararon, y no al-Mahdi,
ese corrupto usurpador, que merecía morir. Iner-
te como un sonámbulo, como un muñeco articu-
lado al que alguien hace agitar la cabeza y mover
los brazos, Hisham II volvió a saludar a la multitud y a recibir en el salón del trono del alcázar el
homenaje de los eslavos y los eunucos. A al-Mahdi lo sacaron del baño para llevarlo atado a su
presencia. En voz baja, probablemente sin rencor,
porque hasta para sentirlo le faltaría coraje, Hisham le reprochó su deslealtad. Luego un eslavo
lo decapitó. El doble califato de al-Mahdi billah
había durado diecisiete meses.

Tres años duró el asedio de los bereberes.
Arrasaron las huertas y talaron los árboles de los
alrededores y a principios de noviembre pusieron sitio a Madinat al-Zahra, tomándola por
asalto al cabo de tres días y degollando primero
a los soldados de la guarnición y luego a todos
los hombres, mujeres y niños que vivían en la
ciudad palacio de Abd al-Rahman al-Nasir, sin
respetar siquiera a los que se habían refugiado
en la mezquita. Cazaron a los animales exóticos
que poblaban los jardines, destrozaron la gran
taza de mármol sobre la que en otro tiempo se
derramaba el mercurio, arrancaron las perlas y
las piedras preciosas incrustadas en los capiteles,
usaron como cuadra para sus caballos los salones donde se habían humillado ante el califa de
al-Andalus los embajadores de los reinos del
mundo. Durante todo aquel invierno se ensaña-

ron sin descanso en la destrucción y luego la consumaron con el fuego.

Para escapar de los bereberes, los campesinos abandonaban sus aldeas y buscaban refugio en el interior de las murallas de Córdoba. Quemadas las cosechas, interceptadas por los sitiadores las cargas de alimentos que venían de las provincias, el hambre empezó a cundir en la ciudad superpoblada al mismo tiempo que llegaban los fríos, y muy pronto se extendió una epidemia de peste. En primavera, después de uno de los temporales de lluvias más largos que se recordaban, el Guadalquivir se desbordó, inundando dos mil casas de los arrabales y provocando casi tantas muertes como la peste y el hambre. Empobrecidas, asediadas, maltratadas por todas las desgracias posibles, las gentes de la ciudad viven en una especie de alucinación colectiva que las empuja a resistir con una tenacidad inesperada y a prescindir de todas las normas morales que hasta entonces han obedecido. Como en las leyendas del Milenio, los hombres y las mujeres de Córdoba se arrojan desesperadamente a la vida sabiendo que lo que los aguarda es el fin del mundo y el Juicio Universal. «Se bebe vino abiertamente —escribe un cronista escandalizado—, el adulterio es cosa permitida, la sodomía no se esconde, no se ven más que libertinos haciendo gala de sus liviandades...» El 19 de abril del año 1013 un soldado de la guarnición vendido a los bereberes les abrió una de las puertas de la muralla. Como un ejército de ángeles exterminadores irrumpieron en la ciudad y se derramaron por sus calles lanzando feroces gritos de guerra y agitando los sables sobre sus cabezas tocadas con turbantes negros. Aquellos hombres que habían sido el brazo armado de Córdoba se revolvían ahora contra ella para aniquilarla y la anegaban en sangre. Al cabo de tres años de asedio, mataban exaltados por una apremiante voluntad de exterminio, sin perdonar ni respetar a nadie, persiguiendo a caballo a los hombres que huían hasta atraparlos en los callejones sin salida, derribando las puertas de las casas para matar incluso a los enfermos y a los viejos y violar a las mujeres. Los cordobeses morían igual que animales hacinados en el corral de un matadero. Duró dos meses el horror, pero ese tiempo es tan inconcebible como la duración del infierno. A principios del verano hizo su entrada en la ciudad Suleyman, el califa de los bereberes, convertido, gracias a ellos, en el señor de un reino de escombros y de cadáveres, de una capital deshabitada. La mayor parte de los que habían sobrevivido a cuatro años de desastres fueron obligados a abandonar Córdoba, y se les prohibió volver bajo pena de muerte.

Uno de aquellos condenados a la diáspora era un joven de dieciocho años que se llamaba Abu Muhammad Ali ibn Hazm. Su padre, recién asesinado por los bereberes, había sido un alto funcionario califal que incluso en los tiempos de al-

Mansur permaneció íntimamente fiel a la dinastía. Ibn Hazm, como casi todos los jóvenes de su clase, se había educado entre las mujeres del harén, apasionándose precozmente por el amor y la literatura. «Yo he intimado mucho con las mujeres —confiesa con la peculiar naturalidad que hay en todos sus escritos, y que nos hace sentirlo extrañamente cercano a nosotros— y conozco tantos de sus secretos que apenas habrá nadie que lo sepa mejor, porque me crié en su regazo y crecí en su compañía, sin conocer a nadie más que a ellas, y sin tratar hombres hasta que llegué a la pubertad... Ellas me enseñaron el Corán, me recitaron no pocos versos y me adiestraron en la caligrafía. Desde que llegué al uso de razón, no puse mayor empeño ni empleé mi ingenio en otra cosa que en saber cuanto las concierne, en estudiar cuanto las atañe y en allegar estos conocimientos.» A los catorce años se enamoró de una esclava rubia, con un amor, nos dice, «desatinado y violento». La persiguió mucho tiempo, con la devoción pertinaz y siempre fracasada de la adolescencia, y no obtuvo de ella más que la mirada fría de sus ojos azules. Dejó de verla cuando los bereberes lo expulsaron de Córdoba, pero volvió cinco años después, y cuenta que no la habría reconocido si no llegan a decirle su nombre. La mujer que había amado estaba tan desfigurada como la misma ciudad adonde ahora volvía: «Se había alterado no poca parte de sus encantos; desaparecido su lozanía; agostado aquella hermosura; empañado aquella diafanidad de su rostro, que parecía una espada acicalada o un espejo de la India... Sólo quedaba una pequeña parte que anunciaba cómo había sido el conjunto y un vestigio que declaraba lo que antes era el todo.»

De no haber sido por la guerra civil, que lo despertó de pronto a las atrocidades de una interminable pesadilla, Ibn Hazm se habría convertido, como su padre, en un funcionario cultivado y hedonista, en uno de aquellos brillantes versificadores que improvisaban poemas en las fiestas nocturnas y en las recepciones oficiales. La *fitna*, al arrojarlo del palacio familiar y de Córdoba, hizo de él un moralista radical y un escritor severamente elegíaco que algunas veces nos recuerda a Quevedo o a Séneca. En aquellos años en que al-Andalus se despedazaba en una ciega confabulación de crueldad y de locura, él, Ibn Hazm, casi siempre perseguido y errante —murió muy lejos de Córdoba, abandonado hasta por sus hijos—, se convirtió en una conciencia solitaria y cada vez más insobornable y herida por el desengaño. «La flor de la guerra civil es estéril», decía. Quemaban sus obras queriendo reducirlo al silencio, pero él nunca se rindió:

Aunque queméis el papel no podréis quemar
lo que encierra, porque lo llevo en mi pecho...

Probablemente fue el hombre más sabio de su tiempo, y García Gómez lo considera el mejor prosista de al-Andalus. Escribió, con abrumadora fertilidad y erudición, tratados sobre las ciencias humanas y sobre los enigmas de la teología que ocupan ochenta mil páginas manuscritas y cuatrocientos volúmenes, pero el único libro suyo por el que lo seguimos recordando es el *Tawq al-hamama* o «Collar de la paloma sobre el amor y los amantes», escrito cuando tenía veintiocho años, en Játiva, durante uno de sus tantos exilios. Sus análisis del sentimiento amoroso tienen a veces la pérfida clarividencia de una página de Proust. Pero el recuerdo de las mujeres o de los hombres que amó nunca es tan desesperado como el de su ciudad destruida por la guerra: «Ahora son asilo de los lobos, juguete de los ogros, diversión de los genios y cubil de las fieras los parajes que habitaron hombres como leones y vírgenes como estatuas de marfil, que vivían entre delicias sin cuento. Su reunión ha quedado deshecha, y ellos esparcidos en mil direcciones. Aquellas salas llenas de letreros, aquellos adornados gabinetes, que brillaban como el sol y que con la sola contemplación de su hermosura ahuyentaban la tristeza, ahora, invadidos por la desolación y cubiertos de ruina, son como abiertas fauces de bestias feroces que anuncian lo caedizo de este mundo; te hacen ver el fin que aguarda a sus moradores; te hacen saber adónde va a parar todo lo que en él ves, y te hacen desistir de desearlo, después de haberte hecho desistir durante mucho tiempo de abandonarlo... Se ha presentado ante mis ojos la ruina de aquella alcazaba, y la soledad de aquellos patios que eran antes angostos para contener tanta gente como por ellos discurría. Me ha parecido oír en ellos el canto del búho y de la lechuza, cuando antes no se oía más que el movimiento de aquellas muchedumbres entre las cuales me crié dentro de sus muros. Antes la noche era en ellos prolongación del día... ahora el día es en ellos prolongación de la noche en silencio y abandono.»

Tras la ocupación de los bereberes y el regreso al trono de Suleyman —que tampoco lo disfrutaría mucho tiempo—, al tantas veces injuriado y resucitado Hisham lo encarcelaron otra vez, y a partir de ahora sus huellas, como las del rey Rodrigo después de la batalla del Guadalete, se pierden para siempre en la salvaje confusión de la guerra civil. Algunos dicen que Suleyman lo mandó estrangular en su celda: al cabo de unos años alguien mostró un cadáver jurando que era el suyo, pero también se contaba que había logrado escapar de la cárcel y que se refugió algún tiempo en Almería, donde trabajó como aguador. Años más tarde, en Sevilla, un cadí que se había apoderado de aquella provincia, alzando uno de los tantos reinos fugaces en que se convirtieron los despojos de al-Andalus, dijo saber que el antiguo califa se había ocultado en Calatrava, donde se ganaba pobremente la vida con el oficio de esterero. Hizo traer a aquel hombre, al que llamaban Jalaf, y un peluquero de su corte, que lo había sido antes del alcázar de Córdoba, cayó de hinojos ante él y aseguró que lo reconocía. Si el esterero había aceptado voluntariamente la impostura o si la brusca irrealidad de lo que le sucedía lo paralizó de estupor, es algo que no podemos saber. Nadie creía que fuera de verdad Hisham II, pero lo llevaron a la mezquita mayor de Sevilla y le rindieron pleitesía, y él predicó como un califa y luego volvió a palacio y hasta el cercano fin de su vida imitó al hombre a quien suplantaba.

La vida invisible de Hisham se multiplica en rostro de impostores, en dobles a los que alguien vio en una fosa o en algún taller de los zocos de Calatrava o Almería, tejiendo esteras, llevando sobre sus hombros encorvados una carga de agua. También dicen que al huir de Córdoba peregrinó a La Meca disfrazado de mendigo, pero guardando una bolsa con perlas y monedas de oro que unos ladrones o unos soldados le arrebataron. En la ciudad sagrada permaneció dos días orando sin probar alimento, y luego un hombre se acercó a él y le preguntó si le gustaría ser alfarero. Hisham dijo que sí y aprendió a amasar el barro y a manejar el torno: él, que había sido uno de los príncipes más ricos del mundo, trabajaba con sus manos desde el amanecer a cambio de un dracma y de un pan. Tal vez le llegaban de vez en cuando, traídas por las caravanas, noticias sobre la ruina de su patria, pero él fingiría no oírlas, no saber nada de aquel país de Occidente en el que seguía ardiendo la guerra civil. ¿Había vivido alguna vez allí, había soñado una improbable existencia anterior en la que no fue un alfarero ni un mendigo, sino un rey? Pronto abandonó el taller del alfarero y volvió a echarse a los caminos, feliz de no ser nadie y de no poseer nada, ni una casa, ni una moneda, ni un nombre. También él, como el príncipe sin reino que huyó de Siria para fundar el emirato de al-Andalus, era un inmigrado, pero él no viajaba hacia el cumplimiento de ninguna ambición, sino hacia la voluntaria oscuridad y la pobreza, y en las llanuras de Siria se acordaba sin nostalgia del valle del Guadalquivir, ahora asolado por la guerra y manchado de cadáveres insepultos. Tal vez este hombre imaginario, aunque no del todo inverosímil, habría suscrito los últimos versos que escribió en su vida el cordobés Ibn Suhayd, que era amigo de Ibn Hazm y conoció como él la aniquilación de la ciudad que amaban y del mundo en el que habían nacido:

Al ver que la vida me vuelve el rostro
y que la muerte me ha de atrapar sin remedio,
sólo anhelo vivir escondido
en la cima de un monte, donde el viento sopla;
solitario, comiendo lo que me reste de vida
las semillas del campo
y bebiendo en los hoyos de las peñas.

En Jerusalén vivió de limosna y cuando se cansó de mendigar entró de aprendiz en el taller de un esterero. A partir de aquí se desdobla la mentira o la historia incierta de sus últimos años: Hisham aprendió a tejer el esparto y envejeció y murió en Jerusalén practicando ese oficio, Hisham regresó a al-Andalus, ganado al fin por la nostalgia, acaso por el deseo de morir donde había nacido, y el año 1033 alguien lo reconoció en un portal del zoco de Calatrava, y volvió a ser califa... Da lo mismo si volvió o no, si alguna vez llegó a salir de Córdoba. Hisham II se desvanece en el tiempo igual que su ciudad y que la dinastía que reinó en ella durante casi tres siglos, igual que Madinat al-Zahra y la biblioteca de al-Hakam II y las muchedumbres que poblaban los zocos y afluían cada viernes a la mezquita mayor. Nada es más irreal que el pasado: nada es más inquietante, porque indagar en él también nos vuelve irreales a nosotros. Cuando ya había acabado la guerra civil, cuando al-Andalus estaba dividida en una maraña de reinos de taifas y el califato no existía, Ibn Suhayd escribió:

> No hay entre las ruinas ningún amigo que pueda informarme. ¿A quién podría preguntar para saber qué ha sido de Córdoba?
> No preguntéis sino a la separación; sólo ella os dirá si vuestros amigos se han ido a las montañas o a la llanura.

El tiempo se ha mostrado tirano con ellos: se han dispersado en todas direcciones, pero el mayor número ha perecido.

Por una ciudad como Córdoba son poco abundantes las lágrimas que vierten los ojos en chorro incontenible...

¡Oh Paraíso sobre el cual el viento de la adversidad ha soplado tempestuoso, destruyéndolo, como ha soplado sobre sus habitantes, aniquilándolos!

BIBLIOGRAFÍA

Abd Allar, *El siglo XI en primera persona*, edición de E. Lévi-Provençal y E. García Gómez, Madrid, 1980.

Anónimo, *Crónica anónima de Abd al-Rahman III*, edición de E. Lévi-Provençal y E. García Gómez, Granada-Madrid, 1950.

— *Ajbar Machmua*, edición de E. Lafuente Alcántara, Madrid, 1867.

— *Le calendrier de Cordue*, edición de R. P. Dozy, Leiden, 1861.

Arié, Rachel, *La España musulmana*, Barcelona, 1987.

Ashtor, Eliyahu, *The Jews of Moslem Spain*, Filadelfia, 1973.

Burkhardt, Titus, *La civilización hispanoárabe,* Madrid, 1977.

Chejne, Anwar, *Historia de la España Musulmana*, Madrid, 1980:

Clementson, Carlos (ed.), *Nostalgia y presencia de Medina Azahra*, Córdoba, 1980.

Creswell, K. A., *Compendio de arquitectura islámica*, Sevilla.

Creus, Jesús, *Ziryab*, Swann, Madrid, 1987.

271

Crónica del Moro Rasis, edición de D. Catalán y S. de Andrés.

Cruz Hernández, Miguel, *Historia del pensamiento en el mundo islámico*, Madrid, 1981.

Cuevas, Sebastián, *El pensamiento del Islam*, Madrid, 1977.

De Santiago, Emilio, *Un fragmento de la obra de Ibn Sabbat sobre al-Andalus*, Granada, 1973.

Dozy, Reinhart P., *Historia de los musulmanes en España*, Madrid, 1984.

— *Recherches sur l'histoire et la littérature de l'Éspagne pendant le Moyen Age*, Leiden, 1860.

El Corán, traducción de Juan Vernet, Barcelona, 1983.

García Gómez, Emilio, *Árabe en endecasílabos*, Madrid, 1976.

— *Cinco poetas musulmanes*, Madrid, 1959.

Grabar, Oleg, *La formación del arte islámico*, Madrid, 1988.

Guichard, Pierre, *Al-Andalus*, Barcelona, 1976.

Hossein Nasr, Seyyed, *Islamic art and spirituality*, Nueva York, 1987.

Huart, Clement, *Los calígrafos del Oriente musulmán*, Palma de Mallorca, 1987.

Ibn Gabirol, Solomon, *La kábala del kéter-malkut*, Sevilla, 1986.

Ibn Hayyan, *Anales palatinos de al-Hakam II*, edición de E. García Gómez, Madrid, 1967.

Ibn Jaldún, *Al-Muqaddimah*, o *Introducción a la Historia Universal*, México, 1987.

Ibn Zaydun, *Poesías*, edición de Mahmud Sobh, Madrid, 1985.

Lévi-Provençal, Evariste, *L'Espagne musulmane au X siècle*, París, 1932.

— *Histoire de l'Espagne musulmane*, París-Leiden, 1950-1953.

— *La civilización árabe en España*, Madrid, 1969.

López Cuervo, Sebastián, *Medina Az-Zahra. Ingeniería y formas*, Madrid, 1983.

Macnab, Angus, *España bajo la media luna*, Palma de Mallorca, 1989.

Marçais, George, *L'art musulman*, París, 1962.

Mariana, Juan de, *Historia de España*, Madrid, 1852.

Menéndez Pidal, Ramón, *Flor nueva de romances viejos*, Madrid.

Menéndez y Pelayo, Marcelino, *Historia de los heterodoxos españoles*, Madrid, 1986.

Michell, George (ed.), *La arquitectura del mundo islámico*, Madrid, 1985.

Peláez del Rosal, Jesús (ed.), *Los judíos en Córdoba*, Córdoba, 1988.

Péres, Henri, *Esplendor de Al-Andalus*, Madrid, 1983.

Popadopoulo, George, *El arte del Islam*, Madrid, 1978.

Ribera y Tarragó, Julián, *Disertaciones y opúsculos*, Madrid, 1928.

Rubira, M.ª Jesús, *La arquitectura en la literatura islámica*, Madrid, 1988.

Sánchez Albornoz, Claudio, *La España musulmana*, Madrid, 1986.

Simonet, Francisco J., *Almanzor, una leyenda árabe*, Madrid, 1986.

— *Historia de los mozárabes de España*, Madrid, 1984.

Torres Balbás, Leopoldo, *Ciudades hispano-musulmanas*, Madrid, 1972.

Vernet, Juan, *Cultura hispanoárabe en Oriente y Occidente*, Barcelona, 1987.

— *La ciencia en al-Andalus*, Sevilla, 1986.

Von Schack, Adolf Friedrich, *Poesía y arte de los árabes en España y Sicilia*, Madrid, 1988.

ÍNDICE DE NOMBRES Y OBRAS

Abbas ibn Firnas: 26, 120, 121.

Abda, princesa: 60.

Abd al-Aziz ibn Musa ibn Nusayr: 38, 39, 148.

Abd al-Malik: 214, 245, 246.

Abd al-Rahman I: 22, 25, 30, 57, 58, 61, 62, 63, 64, 65, 66, 67, 68, 69, 70, 71, 72, 73, 74, 75, 77, 78, 79, 83, 84, 88, 109, 111, 147, 159, 162, 163, 201, 221.

Abd al-Rahman II: 105, 111, 113, 114, 115, 116, 117, 118, 119, 120, 121, 122, 123, 126, 127, 130, 131, 134, 135, 144, 148, 159, 198, 200, 201, 216, 218.

Abd al-Rahman III: 82, 83, 106, 132, 133, 141, 159, 160, 162, 163, 164, 166, 167, 169, 170, 171, 172, 174, 176, 177, 179, 181, 182, 183, 184, 185, 195, 199, 202, 203, 206, 224, 225, 236, 248, 249, 250, 251, 252, 253, 254, 255, 256, 257, 258, 259.

biblioteca de: 190.

Abd al-Rahman al-Nasir lidin-

Allah: *véase* Abd al-Rahman III.

Abd al-Rahman ibn al-Hakam: *véase* Abd al-Rahman II.

Abd al-Rahman Sanchuelo: 82, 248, 251, 252, 253, 257.

Abd Allah: 87, 148, 160, 162, 167, 168, 202, 237.

Abd Rabbihi, Abu Umar Ahmad ibn: 188, 193, 209.

biblioteca de: 188.

Abraham: 54, 123, 134, 142.

Abu-Futrus: 60, 61, 163.

Abu Imran: 168.

Abul Abbas Abd Allah (primer califa abasida): 60, 62.

Abul Fadal: 208.

Abul Hassan ibn Havy: 92.

Abulcasis Abu-Qasim al Zahrawi, *llamado*: 204.

Ad: 164.

Adán (personaje bíblico): 142.

Adén: 44.

Adhari, Ibn: 159.

Adriano, emperador: 31, 120.

África: 35, 43, 45, 46, 47, 62, 64, 65, 82, 102, 109, 110, 116, 161, 209, 220, 235, 240.

Agripa, Marco Vipsanio: 140.

Aixa: 191.

Ajbar Machmua: 75.

Alcázar (Córdoba): 47, 72, 148,
201, 202, 206, 209, 213, 218,
232, 266.
farmacia del: 204.
jardines del: 92.

Alejandría: 11, 26, 189, 209.
biblioteca de: 26.
conquista de: 89.

Alfonso X *el Sabio*: 34, 235.

Algeciras: 34, 43, 45, 110, 213,
214, 241, 257.
costa de: 43.
pantanos de: 45.

Alhambra, la (Granada): 97,
99, 140.

Alí, califa: 50.

Alí, Chafar ibn: 230.

Almanzor: *véase* Mansur, Muhammad ibn Abi Amir, al-.

Almería: 166, 172, 265.

Alminar: *véase* Catedral, campanario.

Almodóvar, puerta de: *véase*
Osario, puerta del.

Almuñécar: 68, 71, 103.

Álvaro Cordobés: 122, 123,
124, 125, 128, 129.

Allah, al-: 58.

Amadís de Gaula: 44.

Andalus, al-: 39, 44, 54, 58, 67,
68, 69, 71, 74, 83, 88, 91, 92,
106, 110, 111, 112, 116, 117,
120, 131, 147, 154, 159, 161,
172, 176, 199, 200, 202, 203,
204, 214, 215, 224, 230, 231,
233, 236, 241, 244, 249, 255,
257, 259, 263, 264, 265, 267,
268.

Andrómaco de Creta: 174.

Apocalipsis, el: 46, 106, 123,
179.

Apolodoro de Salónica: 198.

Arabi ibn al-: 182, 183.

Arabia: 141, 144, 169, 214,
236.
desierto de: 169.

Archidona, mezquita de: 72.

Aristóteles: 20, 188.

Armenia: 199.

Arturo de Bretaña, rey: 52.

Ashtor, Ellyahu: 171.

Asia: 62.

Ass, Amr ibn al-: 147.

Atila: 235.

Atlántida, la: 243.

Averroes: 20.

Axarquía: 98.

Azahar: 160.

Babel, torre de: 243.

Babilonia: 107, 193.

Badr: 62, 64, 69, 70, 71, 76.

Bagdad: 11, 21, 58, 75, 77, 84,
106, 109, 116, 117, 119, 120,
141, 195, 198, 199, 202, 205.

Bagdadí, Abul Hasan Ali al-:
196.

Bagdadí, Zafr al-: 208.

Bakri, Abu Ubayd al-: 85.

Baleares, islas: 226.

Balluti, Abu Hafs Umar al-: 89.

Barbate
batalla de: 39.
río: 39.

Barcelona: 11, 12, 240.

Baroja, Pío: 11.

Baudelaire, Charles: 11, 12, 18.

Benjamin, Walter: 11, 12, 20,
21, 24.

Bentham, Jeremy: 190.

Berlín: 11.
Bética, la: 40, 42.
Biblia: 54, 201.
Biblioteca Nacional (París): 207.
Biblioteca Universitaria (Valencia): 211.
Bib Rambla, plaza de: 211.
Bizancio: 67, 84, 116, 117, 119, 135, 161, 181, 198.
Borges, Jorge Luis: 19, 20, 152, 188, 211.
Bradbury, Ray: 144.
Buda: 139.
Buñuel, Luis: 25.
Burkhardt, Titus: 22.
Busca de Averroes, La (J. L. Borges): 20.
Busir (Egipto): 59.

Cairo, El: 109, 147, 202, 205.
Calatañazor, batalla de: 241.
Calatrava: 265, 266, 268.
Calendario de Córdoba: 207.
Calle de dirección única (W. Benjamin): 24.
Campo del Azud, almunia: 91.
Canarias, islas: 199.
Caracalla, termas de: 140.
panteón de Agripa: 140.
Cariñena: 174.
Carlomagno: 75.
Carlos I de España y V de Alemania: 157.
Carmona: 127.
Cartago: 166.
Castilla: 175.
Cataluña, condado de: 258.
Catay: 44.
Catedral (Córdoba): 17, 23, 25, 32, 149.
campanario: 32, 125, 133, 138.

Cava, la (hija del conde Julián): 48, 49.
Ceca o Casa de la Moneda: 219, 223.
Ceilán: 174.
Celestina, La: 100.
Ceuta: 48, 66.
Chawdar: 224, 226.
China: 117, 172, 195.
Cid, Rodrigo Díaz de Vivar, *llamado* el: 234.
Cimabue, Giovanni: 107.
Cisneros, Francisco Jiménez de: 211.
Collar de la paloma sobre el amor y los amantes, El (Hazm, Abu Muhammad Alí ibn): 100.
Collar único (Abd Rabbihi, Abu Umar Ahmad ibn): 188, 193.
Constantino VII Porfirogéneta: 181, 198.
Constantinopla: 155, 166, 180, 181, 205.
Contrarreforma: 31.
Corán, el: 45, 46, 60, 103, 113, 125, 132, 138, 143, 144, 146, 148, 156, 157, 163, 183, 187, 188, 192, 201, 211, 217, 235, 262.
Corredera, plaza de la: 29, 30.
Cortés, Hernán: 43, 44.
Creta: 89, 174.
Crónica general (Alfonso X *el Sabio*): 34, 37, 47, 235.

Dabbi al: 200.
Damasco: 30, 51, 60, 78, 195, 201, 205.
jardines de: 201.
De antidotis (C. Galeno): 173.
Delacroix, Eugène: 61.

277

Desposada, monte de la: 167.
Deucalión: 26.
Dickens, Charles: 11.
Diocleciano, emperador: 122.
Dioscórides: 181, 198.
Dorado, El: 44.
Doyle, Arthur Conan: 11.
Dozy, Reinhart: 62, 65, 77, 108, 113, 115, 125, 203, 207, 231.
Duero, río: 209.
Durrell, Lawrence George: 11.

Écija: 39.
Edad de Oro, la: 236.
Edipo (personaje mitológico): 47, 48, 49.
Efendi, Alí: 193.
Egilona (esposa del rey Rodrigo): 39.
Egipto: 44, 48, 59, 85, 109, 147, 196.
desiertos de: 109.
Elipando: 121.
Esfinge (monstruo mitológico): 49.
España: 35, 38, 47, 49, 50, 52, 59, 66, 100, 161.
conquista musulmana de: 35, 59.
Espasa, enciclopedia: 174.
Especieros, puerta de los: véase Sevilla, puerta de.
Estatua, puerta de la: véase Puente, puerta del.
Etna: 243.
Éufrates, río: 55, 57, 62, 63, 64, 73.
Eulogio de Córdoba: 105, 106, 118, 121, 122, 123, 124, 125, 126, 128, 129, 130.

Europa: 95, 103, 169, 204.
Eva (personaje bíblico): 49.

Fadl: 114.
Faiq al-Nizami: 224, 226.
Fath ibn Jayan, Al-: 93.
Fátima (erudita): 191.
Faulkner, William Harrison: 12.
Fernán González, conde de Castilla: 175.
Ferrán, Jaime: 211.
Ferrara (Italia): 11.
Fez: 88.
biblioteca de: 211.
Fierabrás: 175.
Flora: 125, 128.
Florinda (hija del conde don Julián): véase Cava, la.
Focas, Nicéforo: 135, 155.
Francia: 75.

Galeno, Claudio: 173.
Galib, general: 224, 227, 228, 229, 230, 231.
Galicia: 240.
Gallegos, puerta de los (Córdoba): 86.
Garci Fernández, conde de Castilla: 234.
García Gómez, Emilio: 52, 141, 264.
Garnatí, Abu Hamid al-: 164, 165.
Gazal, al-: 200.
Génesis, el (texto bíblico): 95.
Gerión (personaje mitológico): 49.
Germania: 84, 161.
Ghazlan: 109.
Gibbon, Edward: 244.

Gibraltar: 34, 45.
Giotto di Bondone: 107.
Golem, el: 19.
Gómez, conde de: 252, 253, 255.
Gomorra: 243.
Góngora, Luis de: 31.
Granada: 12, 92, 99, 102, 141, 172, 211.
Guadaira, río: 258.
Guadalete, río: 43, 46.
  batalla de: 43, 46, 265.
  marismas del: 33.
Guadalquivir, río: 16, 25, 33, 35, 55, 72, 73, 78, 88.
  puente del: 33.

Habib Ibn: 45, 64.
Hadrami, al-: 191, 192.
Hafsun, Umar Ibn: 83.
Hakam I, al-: 26, 88, 89, 97, 103, 110, 112, 123.
Hakam II, al-: 26, 82, 86, 134, 148, 153, 155, 185, 191, 199, 202, 205, 206, 208, 209, 210, 211, 215, 220, 221, 222, 224, 226, 227, 228, 233, 240, 246.
  biblioteca de: 26, 201, 202, 206, 210, 211, 268.
Hakam al-Mustansir billah, al-: véase Hakam II al-.
Hammarah, Ibn: 90.
Hasday ibn Shaprut: 170, 171, 172, 173, 174, 175, 176, 177, 178, 179, 181, 182, 198, 202, 204.
Hawqal, Ibn: 85.
Hayyan, Ibn: 85, 166, 168, 237, 257.
Hazm, Abu Muhammad Ali ibn: 26, 27, 29, 83, 86, 100, 104, 208, 262, 263, 267.

Hércules, casa de: 49.
Himyari, Abul-Walid al-: 132.
Hisham I: 134, 200, 203.
Hisham II: 57, 60, 111, 218, 221, 224, 231, 232, 245, 250, 254, 256, 258, 265, 266.
Hispania: 45.
  romana: 41.
  véase también: España.
Hiyaz: 44.
Hossain Nasr, Seyyed: 137, 142, 150, 156.
Hrotswitha: véase Roswitha von Gandersheim.
Hudayr, Ibn: 223.

Ibn al-Sabbat: 44.
Ibn Futais: 189, 190, 210.
  biblioteca de: 189, 211.
Idrisi, al-: 133, 150.
Iglesia Católica: 22.
Ilbira, provincia de: 71.
India: 44, 117, 119, 172.
Índico, océano: 179.
Introducción a la historia universal (al-Muqaddima, Jaldún): 67.
Iqd al-farid (Collar único, Abd Rabbihi, Abu Umar Ahmad ibn): véase Collar único.
Irán, desiertos de: 119.
Iraq: 58.
Isaac (monje): 127.
Isaac (patriarca bíblico): 142.
Isfahaní, Abul Farach al-: 205.
Isidoro de Sevilla, san: 200.
Isla Verde: véase Algeciras.
Islam: 22, 43, 54, 57, 59, 64, 67, 82, 83, 87, 106, 114, 119, 123, 125, 137, 141, 142, 146, 147, 154, 155, 172, 195, 210, 233.

Jacirat al-Yadra, al-: *véase* Al-
gecira.
Jaén: 173.
Jafaya, Ibn: 92, 104.
Jalaf: 266.
Jaldún, Abu Zayd Abd al-Rah-
man ibn: 27, 50, 67, 84, 94,
141, 142, 147, 148, 235, 244,
245.
Játiva: 264.
Jayr, Ibn Sad al-: 92.
Jerusalén: 142, 268.
Jesús de Nazaret: 54, 121, 123,
128, 155.
Jordán, río: 72.
Jordana del Foso: 112.
José (personaje bíblico): 201.
Judería, La (Córdoba): 170,
198.
Judíos, puerta de los: *véase*
Osario, puerta del.
Julián, conde (gobernador de
Ceuta): 35, 48, 49.
Jushaní, al-: 199.

Kaaba, la: 134, 145, 154.
Kairuán: 58, 59, 109, 110, 199.
Khadar (Arabai): 198, 201.
*Kitab al-Agani: véase Libro de
Canciones.*

Lacis, Asja: 11, 12.
Laguar: 211.
León, puerta del: *véase* Osario,
puerta del.
León, reino de: 201, 240.
montañas de: 249.
Leonardo da Vinci: 107, 121.
Lévi-Provençal, Evariste: 62,
99, 205, 211.
Lévi-Strauss, Claude: 121.

Lezama Lima, José: 136.
Libia, desierto de: 109, 201.
Libro, El: *véase* Biblia.
Libro de canciones: 205.
Libro de las maravillas (Garna-
tí, Abu Hamid al-): 165.
Loja: 71, 174.
Londres: 11.
Lubna: 208.
Lucena: 172.

Madinat al-Zahira: 231, 246,
247, 248, 250, 251.
Madinat al-Zahra: *véase* Medi-
na Azara.
Madrid: 11.
Maglia, los: 69, 70.
Magrib (África): 85, 154, 230.
desierto del: 201.
Mahdi billah, al-: *véase* Abd al-
Rahman III.
Mahoma: 37, 38, 54, 122, 123,
125, 126, 127, 129, 138, 142,
143, 145, 146, 189, 211.
Málaga: 83, 103, 166.
Mamun, Yahya ibn Ismail al-:
21.
Mansur, Abu Chafar al-: 77.
Mansur, Abu Nasr: 111.
Mansur, Muhammad ibn Abi
Amir al-: 26, 81, 82, 85, 98,
201, 210, 213, 214, 216, 218,
219, 221, 222, 223, 224, 225,
226, 227, 228, 229, 230, 231,
232, 233, 234, 235, 236, 237,
238, 239, 240, 241, 244, 245,
246, 254, 261, 262.
Maqqari, Abu-l-Abbas Ahmad
al-: 94, 167, 172, 180, 232,
241.
María de Nazaret: 86, 157.

Mariana, Juan de: 47, 49.
Marrakesh: 94.
Marsé, Juan: 11.
Marwan II: 59.
Maslama al-Majrití: 204.
Mawsulí Ishac al-: 107, 108.
Materia médica (Dioscórides): 181, 198.
Meca, la: 131, 142, 146, 150, 152, 154, 200, 201, 214, 233, 266.
Medina: 114, 142, 144.
mezquita de: 148.
Medina Azara: 20, 25, 27, 141, 160, 164, 166, 167, 168, 170, 172, 177, 178, 179, 182, 183, 184, 185, 198, 201, 202, 231, 240, 243, 251, 259, 268.
Medinaceli, castillo de: 241.
Mediterráneo, mar: 35.
Memoriale Sanctorum (Eulogio de Córdoba): 128.
Menéndez y Pelayo, Marcelino: 122.
Mesopotamia: 66, 107, 205.
México: 43.
Mezquita (Córdoba): 17, 18, 20, 21, 22, 23, 24, 26, 31, 103, 132, 136, 138, 139, 140, 144, 145, 146, 147, 148, 149, 150, 152, 153, 163, 187, 189.
alminar: 24, 163.
columnas: 17, 18, 21, 22, 140, 144.
patio: 23, 24.
Mil y una noches, Las: 107.
Moisés: 94, 123.
Molina Jiménez, Luis: 5.
Mondrian, Piet: 139.
Muawiya ibn Hisham (padre de Abd al-Rahman I): 60.

Mugira, al-: 225, 226.
Mugit: 35, 36, 37, 38, 40, 46, 54.
Muhammad I: 148.
Muhammad ibn Abd al-Chabbar: *véase* Abd al-Rahman III.
Muhammad ibn al-Salim: 216.
Muhammad ibn al-Tarjan: 205.
Muhammad al-: 199.
Muqaddimah, al: véase Introducción a la historia universal.
Murallas: 68, 73, 92, 209.
Murcia, reino de: 38.
Musa ibn Nusayr: 38, 41, 45, 51, 66, 148, 235.
Mushafí, al-: 216, 220, 224, 225, 227, 228, 229, 230, 231.
Muza, moro: *véase* Musa ibn Nusayr.
Muzzafar, al-: *véase* Abd al-Malik.

Nafi, Abul-Hasan Alí ibn: 105, 106, 107, 108, 109, 110, 111, 118, 119, 120, 121, 122, 126, 144, 198, 199.
Nafza, tribu: 66.
Nasir-al: *véase* Abd al-Rahman III.
Nasr (primer ministro de Abd al-Rahman II): 200.
Navarra: 176.
Negro, mar: 198.
Nerón: 174.
Nicolás (monje): 198.
Niebla (Huelva): 219.
Noé: 189.
Nogales, puerta de los (Córdoba): 86.
Nueva, puerta: 86.

Occidente: 16, 45, 64, 65, 83, 107, 160, 170, 184, 195, 199, 243, 267.
Omar I, califa: 44, 147, 148.
Onetti, Juan Carlos: 11.
Oppas, obispo de Toledo (hijo de Witiza): 51.
Ordoño *el Malo*: 175.
Orelia (caballo del rey Rodrigo): 50.
Oriente: 45, 58, 59, 65, 68, 76, 85, 102, 116, 118, 119, 125, 132, 163, 169, 170, 172, 197, 199, 200, 205, 208.
Osario o del León o de los Judíos o de Almodóvar, puerta del (Córdoba): 86, 92.
Otmán, califa: 145, 148.
Otón I de Alemania: 181.

Pablo (diácono): 127.
Palacio de Damasco, almunia: 91.
Palacio de las Flores, almunia: 91.
Palacio del Enamorado, almunia: 91.
Palacio del Jardín, almunia: 91.
Palacio Real (Córdoba): 75, 213, 259.
Paleolítico superior: 121.
Palestina: 59, 60.
Pamplona: 175, 177.
París: 11.
Pascal, Blaise: 152.
Pasolini, Pier Paolo: 7.
Pères, Henri: 91.
Pérez Galdós, Benito: 11.
Perfecto: 126.

Perfumistas, puerta de los: *véase* Sevilla, puerta de.
Persia: 67, 83.
Pirineos: 75.
Pizarro, Francisco: 89.
Planisferio (Tolomeo, C.): 205, 217.
Platón: 132.
Poética (Aristóteles): 20.
Poitiers, batalla de: 68.
Pompeya: 243.
Papadopoulo, George: 154.
Pradera de Aguas Rumorosas, almunia: 91.
Pradera de Oro, almunia: 91.
Praga, rabino de: 19.
Proust, Marcel: 264.
Puente o de la Estatua, puerta del: 86, 88, 93.

Qalam: 114.
Qali, Abu Alí al-: 199, 215.
Qayrawan, al-: *véase* Kairuán.
Quevedo, Francisco de: 15, 263.
Quincey, Thomas De: 11.
Quzman, Muhammad ibn Abd al Malik, ibn: 90.

Rabi, conde: 123.
Rafael, arcángel (estatua): 22.
Ramadán, el: 150.
Ramadí: 230, 231.
Rashid, Harun al: 107, 108, 114, 117, 120.
Rasis: *véase* Razi, Ahmad al-.
Razi, Ahmad al-: 48, 85, 91.
    Crónica de Al-: 48, 85, 91.
Recemundo de Córdoba: 180, 206.
Renan, Ernest: 20.

Ribera y Tarragó, Julián: 190, 191, 211.

Rodrigo, rey godo: 33, 35, 39, 40, 42, 43, 46, 47, 48, 49, 50, 51, 52, 53, 74, 265.

Roma: 15, 22, 31, 35, 40, 140, 166, 189, 243.

Roma, puerta de: *véase* Toledo, puerta de.

Roncesvalles, desfiladero de: 75.

Roswitha von Gandersheim: 84.

Rumí, al-: *véase* Mugit.

Rusafa, al- (palacio): 25, 57, 62, 77, 78, 86, 221.

Saba, reina de: 164.

Sacrificios, fiesta de los: 103.

Saffah al-: *véase* Abul Abbas Abd Allah.

Sahara: 238.

Said, Ibn: 200.

Salomón, rey: 41, 179.
  templo de: 142, 157.

Samarcanda: 195, 208.

Samarra, mezquita de: 154.

San Acisclo, iglesia de: 37, 122.

San Cipriano, iglesia de: 122.

San Ginés *mártir*, iglesia de: 122.

San Vicente, basílica de: 54, 81.

San Zoilo, iglesia de: 122.

Sánchez Albornoz, Claudio: 113.

Sancho I de Castilla, *el Craso*: 175, 176, 177, 178, 181, 182.

Sancho (Sanchuelo): *véase* Abd al-Rahman Sanchuelo.

Sancho (soldado): 127.

Sancho Abarca, rey de Navarra: 246.

Santa Eulalia, iglesia de: 122.

Santiago, el apóstol: 240.
  basílica de: 240.

Santiago de Compostela: 240.

Saqunda: 83, 87, 97, 103.
  batalla de la: 68, 74.
  cementerio de la: 93, 131.

Satanás: 126.

Schack, Friedrich von: 18, 61.

Schliemann, Heinrich: 40.

Sebastián, rey de Portugal: 52.

Séneca, Lucio Anneo: 263.

Sevilla: 39, 72, 200, 219, 265.
  mezquita de: 148, 266.

Sevilla o de los Especieros o de los Perfumistas, puerta de (Córdoba): 86, 195.

Sfax: 166.

Shakespeare, William: 61.

Shifa: 117.

Shurta (guardia mercenaria del califa): 219.

Sierra de Francia: 51.

Simonet, Francisco Javier: 234, 235.

Siria: 25, 44, 50, 57, 59, 60, 66, 77, 78, 82, 85, 109, 165, 267.

Sisenando (clérigo): 127.

Sobre el habla de las gentes vulgares (Zubaydí al-): 204.

Sodoma: 243.

Speraindeo, abad: 121, 124.

Stendhal, Henry Beyle, *llamado*: 65.

Subh, Aurora: 82, 218, 221, 222, 246.

Subl: 60.

Suhayd, Abu Amir ibn: 93, 243, 267, 268.

Suleyman ibn Abd al-Rahman I: 61, 62, 63, 77, 255, 256, 257, 261, 265.

Tajo, río: 48, 112.
Talmud: 171.
Tánger: 45.
Tarid: 208.
Tariq ibn Ziyad: 43, 44, 45, 47, 50, 51, 214, 235.
Tarragona: 166.
Tarub: 114, 115, 116.
Tawa al-hamama: véase Collar de la paloma sobre el amor y los amantes.
Tebas: 47.
Teodomiro (fraile): 127.
Teodomiro (señor de la región de Murcia): 38, 39.
Tetuán: 95.
Thule, reino de: 116.
Tigris, río: 208.
    marismas del: 208.
Tinieblas, mar de las: 199.
Titus Andronicus (W. Shakespeare): 61.
Toledo: 36, 41, 49, 249, 251, 257.
Toledo o de Roma, puerta de (Córdoba): 86.
Tolomeo, Claudio: 205, 217.
Torá, la: 172, 173.
Torres Balbás, Leopoldo: 27, 42, 85, 87, 89.
Torrox, castillo de: 71.
Tota, reina de Navarra: 161, 175, 176, 181.
Toynbee, Arnold J.: 244.

Tres Santos, iglesia de los: 122.
Trípoli: 214.
Troya: 40.
Ts'ai Lun: 195.
Tudmir: *véase* Teodomiro.
Túnez: 58, 166.
Turtusí, Abu Bakr al-: 239.

Ubayd Allah ibn Utman: 69.

Vasconia: 43.
    montañas de: 43.
Verdún: 172.
Verrocchio, Andrea de Cione, *llamado* Andrea del: 107.
Vía Augusta: 86.
Virgo, constelación de: 86.

Wadi-Lakka: *véase* Guadalete.
Walid ibn Abd al-Malik ibn Marwan: 44, 59.
Witiza, rey de los visigodos: 43, 51.

Xauen: 14, 15, 16, 94.

Yahya (hermano de Abd al-Rahman I): 57, 60, 61.
Yannan, al-: *véase* Jafaya, Ibn.
Yemen: 44, 164, 165, 214.
Yusuf ibn Abd al-Rahman al Fihri: 68, 71, 72, 73, 74, 75.

Zaragoza: 75, 191.
Ziryab: *véase* Nafi, Abul-Hasan Alí ibn.
Zubaydi, al-: 204.

ÍNDICE

I. Introducción a Córdoba 9
II. Hombres venidos de la tierra o del
    del cielo 33
III. El príncipe fugitivo 57
IV. La ciudad laberinto 81
V. El músico de Bagdad y el teólogo
    furioso 105
VI. El bosque de los símbolos 131
VII. El médico del califa 159
VIII. Los libros y los días 187
IX. El tirano benévolo 213
X. La ciudad arrasada 243

Bibliografía 271

Índice de nombres y obras 275

IMPRESO EN LITOGRAFÍA ROSÉS, S. A.
PROGRÉS, 54-60. POLÍGONO LA POST
GAVÁ (BARCELONA)